まだ見ぬ春も、君のとなりで笑っていたい

汐見夏衛

JN048145

STARTS
スターツ出版株式会社

私たちは、今はまだ、暗くて冷たい冬の夜の中にいる。
でも、いつかきっと、明るく温かい春の光が、私たちに優しく降り注ぐはず。
言葉にならない傷を抱えて、それでも私たちは必死に生きていく。
まだ見ぬ春も、君のとなりで笑っていたいから。

目次

まだ見ぬ春も、君のとなりで笑っていたい

君は空から降ってきた

生まれて初めての、本気の恋だった。

いつも彼のことばかり考えていて、彼の姿なら何時間眺めていたって飽きなかった。

本当に、本当に、好きだったのだ。

だけど、あっけなく失恋した。

勇気を振り絞って、震えながら告白したのに、迷いなく振られてしまった。あまりにもあっけなかったので、思わず笑ってしまったくらい。

でも、心では泣いていた。今も、心では泣いている。笑いながら、泣いている。

そうして笑うのが苦しくなったときには、誰もいないあの秘密の場所で、涙が涸《か》れるまで泣くのだ。

＊

「失礼します、広瀬《ひろせ》です」

進路指導室のドアをノックして名乗ると、中から「入れ」と答えが返ってきた。

私はもう一度「失礼します」と声をかけ、そろそろとドアを開く。

部屋の真ん中に置かれたテーブルセットに、進路担当の小林《こばやし》先生が腕組みをして腰かけていた。その威圧感に、いつものことながら背筋がぴりりとするような緊張を覚える。それはやっぱり、自分にやましいところがあるからなのかもしれない。

ここに来るのは、もう何度目だろうか。いつも進路希望調査の項目を埋められずに空欄のまま提出してしまう私は、相当な問題児と思われているのか、たびたび担任や進路の先生に個別面談で呼び出されていた。

今日も朝礼で『放課後、進路指導室に来るように』と書かれたメモを渡され、ため息をつきたい気分を抑えながら終礼後すぐに足を運んでいる。

「そこ、座れ」

「はい……」

私はうつむきながら先生の向かいに腰を下ろす。

小林先生は剣道部の顧問をしている数学の先生で、厳しくて怖いと有名だ。その先生と一対一で向かい合うというだけでも緊張するのに、しかも進路の話となると、自然とうなだれてしまう。

「で、この前の面談から一ヶ月経ったけど、どうだ、ちゃんと考えてきたか。なにかやりたいこと見つかったか」

「……すみません。まだ……」

一ヶ月やそこらで見つかるわけないじゃないですか、と言いたい気持ちを、黙って押し殺す。

私にとって将来の夢や目標というのはとてつもなく遠くにあって、そうそう簡単に見つかるものではなかった。むしろ、もしかしたらこのまま一生見つからないかもしれないと思えるくらいだ。

「どうするんだ、もうすぐ二年生だぞ。受験勉強は三年になってからじゃ遅いんだよ。この前のテストの結果、自分でも危ないってわかってるだろうが」

先生が眉根をきつく寄せながら、成績表のデータをパソコンの画面に映して私に見せる。

先週紙で配布されて確認していたけれど、改めて見るとまた落ち込んでしまう。今までいちばん点数も順位も低くて、ひどい結果だった。もともと勉強が得意でない上に、いろいろと悩みごともあったせいで試験勉強にまったく身が入らなかったのだから当然だ。

「お前の成績だと、早いとこ補習も受けないといけないが、大学も学部も決まってないんじゃ、どの選択コースにするかも決められんだろ。一年のうちからしっかり進路を決めて、目標を見据えて計画的にやっていかないといけないんだぞ。ゴールがわからないマラソンなんて本気で走るのは難しいだろ？　受験勉強も同じだ。進路が定まらないうちは本気で勉強なんてできないんだ。だから……」

先生の言葉が、右耳から左耳へと素通りしていく気がする。

だって、この話はもう十回以上は聞いている。担任の先生から聞かされたり、学年集会の講話で聞かされたり、授業担当の先生から聞かされたり。耳にたこができる、ということわざが思い浮かんだ。

志望大学や希望の学部どころか、なりたい職業すら決まっていない私は、この学校ではかなりの少数派らしい。

いつまでも決められない私はおかしいんだ、だからこうやって何度も呼び出されて説教されてしまうんだ、と机の傷を見つめながら心の中でため息をつく。

どうしてみんな、何年も先の未来をちゃんと思い描けるのだろう。私には、一年先の自分のことさえ、なにをしているのか、どうなっているのか、ちっとも思い浮かべられないのに。

自分が大学で専門的なことを学んでいる姿も、会社で働いてお金を稼いでいる姿も、まったく想像することができない。私は本当に社会人になれるんだろうか。どんな仕事なら私にもできるんだろうか。

もう何度目かもわからない問いかけを自分にしているうちに、先生はやっと言葉の勢いを落とした。

「なあ、先生の立場でこう言っちゃなんだが、他のやつはとりあえず自分の偏差値に合う大学の中からよさそうなところを選んで、得意科目から考えて適当な学部を書いたりしてるんだよ。職業だって、なれたらいいなっていう憧れレベルのものでいい。絶対にそれにならなきゃいけないわけじゃないんだから、とりあえずなにか書けばいいんだ。それなのに、なんでお前は白紙で提出するんだ？」

「……すみません。どうしても選べなくて……」

なんでもいいから書け、というのは担任からも言われていた。でも、わからないからといって適当に書くということすら私にはできなかった。大学も学部も数えきれないほどにたくさんあって、その無数の選択肢の中から、適当にでもひとつを選び出すというのは、私にとってはとてつもなく難しいのだ。

きっと先生が言う〝よさそうな大学を選んで〟〝適当な学部を書いた〟みんなは、進路は定まっていないながらも、ある程度、自分の好きなことや得意なことがわかっているのだと思う。そうでなければ、なんのとっかかりもなくひとつに決めることなんてできるわけがない。

それに、私だってせめて少しでいいから〝これなら自分でもやっていけるかもしれない〟と思える道を選びたい、という気持ちもあった。

私が黙りこくっていると、先生が疲れたように、うーん、とうなった。

「そうやって結論を先延ばしにしてるうちに、いつの間にか受験生になって、目標がないから勉強に身も入らなくて、どんどん周りから遅れて、あっという間に受験当日になって、結局どこの大学にも受からない、そういうやつを先生はたくさん見てきたんだ」

聞きながら私はまたうつむいて、はい、と小さく相槌《あいづち》を打った。

「だから、お前のことを思って言ってるんだぞ。お前が一年後に後悔しないように、厳しいこと言ってるんだ。わかるか？　わかるよな」

「はい……」

「だったら本気で考えろ」

本気で考えているつもりだけれど、答えが出ないのだ。それとも、私の本気なんて、みんなと比べたら少しも真剣じゃないんだろうか。

「それと、ちゃんと親御さんとも話し合っとけよ」

先生が付け加えた言葉を聞いて、さらに気が重くなった。ため息をこらえつつ、はい、とまたうなずく。

「ちゃんと考えろよ、自分の将来なんだから。じゃあ、また来週あたり呼ぶから、次こそちゃんとやりたいこと見つけてこいよ」

いくら考えたってきっと無理、と思いつつも、口では「わかりました」と返事をして、頭を下げた。

進路室を出てドアを閉めたとたん、どっと疲れがきた。

窓ガラス越しに外気が忍び込んでくる廊下は、室内に比べてかなり寒くて、ぶるっと背中が震えた。

深呼吸をして、目を閉じたままうつむき、乱された気持ちが落ち着くのを待つ。でも、すぐに向こうから足音が聞こえてきて、私は慌てて顔を上げた。こんな姿、誰かに見られるわけにはいかない。ぺちんと自分の頬《ほお》を叩いて、気合いを入れた。

教室棟に向かって歩きながら、頭の中では先生の言葉がぐるぐる回っている。

将来の夢はなんですか。やりたいことを見つけて、進路を決めましょう。小学校でも中学校でも言われてきた、当たり前のことだ。みんな当然のようにできていること。

それなのに、私はどうしてもうまくできない。

幼稚園くらいのころには〝ケーキ屋さん〟とか〝お花屋さん〟とか、無邪気に夢を語れていたのに、いつの間に私は夢見る力を失ってしまったんだろう。

昔はきらきらと虹色に輝いて見えた未来が、今はすっかり靄《もや》がかかって灰色に曇り、考えただけで気が重くなる憂鬱《ゆううつ》な存在になってしまった。

そもそも、やりたいことって、〝見つける〟ものなんだろうか。自然とやりたくなるものが、本当のやりたいことなんじゃないだろうか。

なにかないかと探す時点で、それはもう自分のやりたいことではない気がする。もしも私が次の面談までに必死になっていろいろと調べてなにかやりたいことを決めたとして、それはきっとただのこじつけだ。本当に私がやりたいことではないのだ。

考えれば考えるほど重苦しい気分になって、私はまたため息を洩《も》らした。

鈍い足取りで教室に戻ると、香奈《かな》と菜々美《ななみ》が出迎えてくれた。あっけらかんとした笑顔を向けられて、少し気持ちが軽くなってほっとする。

「面談おつかれー、遥《はるか》」

「待っててくれたの？」

「もちろん！」

ありがと、と言いながらふたりのところに行くと、香奈がにっこり笑って抱きついてきた。彼女はスキンシップが好きなのだ。

「遅くなってごめんね、話が長引いちゃって」

「ぜーんぜん。動画見てたからすぐだったよ。ね、菜々美」

「うん、一瞬だった」

菜々美が頬杖《ほおづえ》をついて微笑みながらうなずく。

「そっか、ありがと」

と私は笑って、ふたりのとなりの席に腰かけた。

華やかで明るい香奈と、落ち着きがあって大人っぽい菜々美。彼女たちは私にとって、高校に入っていちばん最初にできた友達だ。

入学式の日、教室に入ってすぐに、もともと同じ中学校で仲がよかったというふたりから話しかけられた。彼女たちはそのときからすでに、周りの子よりも髪型や制服の着こなしが垢抜《あかぬ》けていて、目立っていた。

人見知りというほどではないけれど、初対面の人に話しかけるのはかなり勇気を振り絞らないといけない私にとって、彼女たちが気さくに声をかけてくれたことはとてもありがたかった。その日のうちに連絡先を交換して、次の日の放課後には誘われて三人で遊びに行った。

そのあとしばらくして、もうひとり私の幼馴染が加わって、それからずっと四人で行動してきた。……今は少し、微妙な状態になっているけれど。

「なんの動画見てたの？」

「これこれ。最近流行ってる芸人のやつ」

香奈がそう言いながらスマホの画面を私に向けてくれる。映っていたのは、見たこともない二人組だった。

「あー、ごめん、知らない……」

「うっそ、知らないの？」

「えー、けっこうテレビにも出てるのに」

ふたりが目を丸くしてこちらを見る。私は慌てて笑みを浮かべた。

「あはは、最近テレビあんまり見れてなくて」

うちのお母さんは厳しくて、もともとテレビは一日二時間までと決められている。しかも高校のテストではずっと下から数えたほうが早い順位なので、のんびりテレビなんか見ていようものなら、『そんな暇があったらちゃんと勉強しなさい』と叱られるのが目に見えていた。だから、最近はごはんを食べ終えたらすぐ部屋に戻っているのだ。

「マジで？　ほんとに知らないの？　やばいよ、時代に遅れちゃうよ」

香奈の言葉に、私は眉を下げて笑って「だよねー」と大きくうなずいた。

「ちゃんとチェックしとかなきゃね。教えてくれてありがと」

「そうだよ。ほら見て、これとかめっちゃウケない？」

「ほんとだー、面白い」

そう答えたものの、その芸風はお世辞にも上品とは言えないもので、あまり好きになれそうになかった。でも、流行っているというなら知っておかなければいけないし、面白いと思えなければいけない。そして新しい動画が上がったら見ておかないと、話題から取り残されてしまう。

「あ、ねえねえ、あたし、なんか喉渇いちゃった。ジュース買いに行こー」

香奈の言葉に、私と菜々美はうなずく。別に喉は渇いていなかったけれど、これは水分補給というより人付き合いだから、自分だけ行かないなんて言えないし、言ってはいけない。

自販機に向かう途中、何気なく目線を投げた廊下の先に、大きなスポーツバッグを肩にかけて歩くすらりとした背中を見つけた。と同時に、どきっと心臓が跳ねる。

彼方《かなた》くんだ、と心の中でつぶやいた。

数えきれないほどに見つめてきたその横顔と、後ろ姿。私はいつだってどこだって無意識のうちに彼の姿を探してしまうし、見つけた瞬間に抑えようもなく胸が高鳴ってしまう。

瞬きも忘れて見つめているうちに、彼は廊下の角を曲がっていった。その先にあるのは生徒玄関だ。自販機に行くためには、彼のあとを追う形になってしまう。

気が重くなったけれど、どうしようかと迷っているうちに香奈たちがどんどん先に進んでしまって、私は仕方なくあとに続いた。

今日は進路面談で遅くなったから、彼に会ってしまうことはないだろうと思っていたのに、どうしてまだ校舎にいるんだろう。もしかしたら委員会の集まりなどがあったのかもしれない。

角を曲がると、そこにはやっぱり彼方くんの姿があった。他にも何人かの生徒がいたけれど、私の目はすぐに彼に吸い寄せられる。

靴を履き替えているその横顔を見ないように、私は意識して目を逸らした。一秒でも早くこの場を去りたくて、うつむいて足早に玄関へと向かう。

そのとき、菜々美が「あっ」と声を上げた。反射的に顔を上げて、思わず彼女の視線を追ってしまう。

「羽鳥《はとり》彼方がいる」

菜々美が小さく言った。おかげで、せっかく視界に入れないようにしていたのに、私は結局、彼の姿をはっきりと見てしまった。

その瞬間に、激しく後悔する。

彼はひとりではなかった。小柄な女の子がとなりに立っている。

「……遠子《とおこ》もいるじゃん」

香奈が低くつぶやいた。私は喉が引きつったようになにも言えなくて、ぐっと唇を噛《か》んだ。

仲睦《なかむつ》まじい様子で微笑み合いながら話しているふたり。

彼女──遠子は、私の幼いころからの親友。

そして彼──彼方くんは、私の好きな人。

ふたりは、二ヶ月前から付き合っている。

一緒にいるところなんて見たくなかったのに、タイミングが悪すぎる。てっきり遠子はもう部活に行っていると思っていたのに、彼女もなにか用事があったのだろうか。

「……あ。私、忘れ物」

唇から、その場しのぎの嘘《うそ》が飛び出した。でも、私が踵《きびす》を返す前に、香奈が私の腕を取ってずんずんと前へ歩き出す。

「遥が気をつかう必要なんてないでしょ。行くよ」

ばれてる、と思った。私は肯定することも否定することもできないまま、引きずられるようにして歩く。

「遠子ー、今日もラブラブだね」

香奈が赤いリップを塗った唇を笑みの形にして、通りすがりに遠子の背中に声をかける。肩をびくりと震わせて、遠子が振り向いた。

目が合う。彼女は気まずそうに顔を歪《ゆが》めて、うつむいてしまった。

私は慌てて「遠子」と呼ぶ。彼女が泣きそうな瞳で私を見た。そんな顔は見たくなくて、私は必死に声を明るくする。

「彼方くんに、あれ、渡したの？」

すると、少し困ったように私たちの様子をうかがっていた彼方くんが、すっとこちらに目を向けた。どきっとしたのを悟られないように、少し顔を背けて表情を取りつくろう。

「あれって？」

彼方くんが、私にとも遠子にともつかない調子で、少し首を傾《かし》げて疑問を口にした。

私は遠子に向かってにこっと笑って答える。

「今日の調理実習で、マフィン作ったんだよね。遠子ったら、まだ渡せてないの？」

くすくす笑いながら遠子の肩に手を添えると、彼女は泣きそうな顔で微笑んだ。

「……うん。今から、渡すね。ありがとう、遥」

「そっか、がんばりなよー」

私は遠子に微笑みかけて手を振り、彼方くんのほうは見ないように顔を背けて、ふたりから離れた。

「――遥ったら、なんで協力とかしちゃってるわけ？」

私のあとを追ってきた香奈が眉を寄せて言った。外の空気の冷たさに肩をすくめながら、私は苦笑いを浮かべる。

「ほんと、人が好《よ》すぎだよ」

と菜々美も呆《あき》れたように肩をすくめている。

私はどう答えたものかと少し迷ってから、口を開いた。

「……だって、遠子は小っちゃいころからの友達だし。彼氏とのこと応援するのは、当たり前だよ」

「ほんとに？　ほんとのほんとにそう思ってる？」

疑うように覗《のぞ》き込んでくる香奈に、うん、とうなずいてみせる。彼女は大げさなため息をついた。

「まあ、遥がそれでいいなら、いいんだけど。あたしの勝手だけどさ、なーんか遠子見てるとむかむかすんだよね。あーあ、彼方くんもなんであんな地味なの選んだかな」

私は、「んー……」と曖昧《あいまい》な相槌を打って、作り笑いを浮かべた。

「あ。あれ」

菜々美がそう言って背後を指差したので振り向くと、ずいぶん後ろに、玄関前の階段から下りてくる遠子と彼方くんの姿があった。たぶん、私たちが十分に離れてから校舎を出てきたのだろう。

付かず離れずの慎ましい距離感で、でもときどき顔を見合わせて言葉を交わしながら、ゆっくりと歩いていくふたり。

「なにあれー、見せつけてるつもり？　ほんとむかつく。ちょっとは遥に気つかえばいいのに、ほんと無神経」

いらいらしたように香奈が言うと、まるでその声が聞こえたかのように、遠子の小さな頭がこちらを向いた。

とたんに彼女は、早足で旧館のほうへと向かっていく。

私は目を逸らして、自分の足元をじっと見つめた。目の奥のほうが熱く、ずきずきと痛くなってくる。

だめだ、こんなんじゃ。私は自分を励まし、顔を上げて香奈に笑いかける。

「付き合ってるんだから、一緒にいるのは当たり前でしょ」

私の言葉に、香奈はさらに顔を歪めた。

「遥、横取りされたのに、少しも恨んでないの？」

「あはは、横取りなんて、そんなんじゃないよ。だって私はずっと彼方くんに告白したけど振られたんだもん。遠子は私に遠慮してたけど、本当はずっと彼方くんのこと好きだったから、告白されて付き合うことにしただけだよ。遠子はなにも悪くないよ」

「でも、遥のほうが先に彼方くんのこと好きになったのに、普通オーケーする？」

どきりとした。思わず足を止め、慌てて笑みを浮かべる。

「ごめん、用事思い出した。先に帰るね」

私は明るく告げて、目を丸くしてこちらを見ているふたりから離れた。

小走りで玄関まで戻り、早足で廊下を歩く。ずきずきと胸が痛んでいた。

遠子が悪く言われるのは、悲しい。遠子は私にとって小学校時代からの大事な友達だし、彼女が本当に優しくてとても可愛らしい、そしてとても魅力的な女の子だということは、私がいちばんわかっている。

確かに、控え目で大人しいから、地味だとか暗いとか言われてしまいがちだけれど、本当は彼女は――。

教室に戻って荷物を取り、また来た道を戻る。

グラウンドにはたくさんの部活生たちがいて、それぞれに走ったりボールを追いかけたりしていた。その中には、陸上部で棒高跳びの練習をする彼方くんの姿もあった。前までは毎日のようにそれを眺めていたけれど、今はなるべく視界に入れないようにしている。

体育館からはボールの音やかけ声が、音楽室からは楽器の音が聞こえてくる。中庭では園芸部員たちが花壇の手入れをしているし、ビデオカメラを回して校舎を撮影している映画研究部の人たちもいた。

一生懸命に部活をしている彼らを横目に、私は寒さにコートの襟《えり》をしめながら、校門に向かって歩いていく。

なにか家でやりたいことがあるわけでもないし、早く帰ったところでまたお母さんから小言を言われるだけだと思うと、足取りは自然に重くなっていった。

ゆっくりと歩いて旧館の横を通りかかったとき、視界の端に美術室が映った。

思わず視線を向けると、予想通り、そこには遠子がいた。

窓際の席に座って、キャンバスに筆を走らせている。背筋を伸ばしてキャンバスを真っ直ぐに見つめながら、ただひたすら右手を動かしている横顔を見るだけで、彼女がどんなに絵を描くことが好きなのかが伝わってくるようだった。

いいなあ、と無意識のつぶやきが洩れた。

みんないいなあ。好きなもの、夢中になれるものがある人たちが、心からうらやましい。

遠子も彼方くんも、本当に好きで部活をがんばっているのだと、見るだけでわかる。

遠子はいつも放課後になると一分でも惜しいようにすぐに部活に行くし、夏休みもずっと朝から美術室に通っていたと言っていた。彼方くんも毎日暗くなるまで残って、何度も何度も跳んでいる。他の人たちも、土日も休みなく登校して練習している。

それなのに私は、入りたいと思える部活も、一生懸命になれる趣味もない。ピアノや英会話などの習い事をしていたけれど、どれもそれほど夢中になれなかった。

やりたいことを見つけろ、という進路の先生の言葉がまた甦《よみがえ》ってきた。でも、そんなの絶対に本物じゃない、とやっぱり思ってしまう。

誰に言われたわけでも、教えてもらったわけでもないのに、気がついたらどうしようもなく熱中してしまっていて、止められない。そんなふうに、好きなものとかやりたいことは、きっと自分の中から湧き上がってくるものなんだろうと思う。無理に見つけるものではなく。

そして私には、今までひとつも、自然と好きになれるものや、心の底からやりたいと思うことがなかったのだ。

そんなことを考えながら遠子を眺めていると、その向こうに、グラウンドから彼女に視線を送る彼方くんの姿が見えた。でも、絵に集中している遠子は少しも気づいていない。彼方くんはしばらくの間、黙々と筆を動かす彼女を見つめてから、すっと前に向き直り、ポールを持って助走を始めた。

それから彼が何度か跳んだあと、ふいに遠子がグラウンドに目を向けた。今度は彼方くんのほうが練習に集中していて、まったく彼女の視線に気づいていない。遠子は空中に跳び上がった彼をじっと見つめてから、またキャンバスに向き合った。

そんな彼らを見ていたら、私が選ばれなかったのは当然だ、としみじみ思った。

ひたむきに跳び続ける彼方くんと、飽きることなく絵を描き続ける遠子。

明るくて社交的な彼と、大人しくて控え目な彼女は正反対に見えるけれど、実は根っこの部分はとても似ている。

だから遠子は彼方くんのことを好きになったし、彼は彼女を選んだのだ。

ふたりには、これからもずっと、うまくいってほしい。きっとうまくいく。

そんな思いが胸をいっぱいにした。虚勢を張っているわけでも、嘘をついているわけでもない。

でも、一点の曇りもない気持ちでふたりを応援していると言ったら、それは嘘になる。だって、私はまだ、彼方くんのことを諦めることができていない。

香奈が言ったように、私のほうが遠子より先に彼のことを好きになったのに、と思ってしまう醜い自分が、心のどこかに確かにいるのだ。

入学してすぐのころ、彼方くんが私を助けてくれたのをきっかけに、初めて言葉を交わした。

その瞬間に恋に落ちて、それからずっと彼のことが好きで、彼だけを見ていた。

彼方くんが遠子と付き合い出してからも、気がついたら彼のことを目で追っている自分がいる。

遠子と彼方くんは、とてもお似合いだと思う。ふたりともすごく優しいし、お互いに相手のことが大好きなのが伝わってきて、見ているだけで微笑ましくなる。

なんにも問題はない。……私が彼方くんのことをいまだに好きなことを除けば。

私が彼を諦められさえすれば、すべてはうまくいくのだ。

どうしてよりにもよって、遠子と同じ人を好きになってしまったんだろう。

せっかく大好きな人と結ばれたのに、彼と会うときの彼女はいつも息をひそめるようにしている。なるべく私や香奈たちに見られないように、細心の注意を払っているのがわかるのだ。

彼方くんと一緒にいるところを私に見られてしまったときの遠子は、逆にこちらが気まずくなってしまうくらいに申し訳なさそうだった。彼女にそういう顔をさせているのは自分だと思うと、私のほうまで居たたまれなくなる。

私は遠子に何度も『もう彼方くんのことは吹っ切れたから、気にしないで仲よくしてね』と伝えたけれど、彼女はきっとわかっているのだ。私がまだ彼方くんのことを好きだということが。遠子は私にとっていちばん付き合いの長い友達だから。

そして、私もわかってしまう。遠子が私に対して大きな罪悪感を抱いていることが。当然だ。遠子は、友達の好きな人と平気な顔をして付き合えるような性格ではない。

すごくすごく苦しくて、でも彼方くんのことが本当に好きだから、別れることもできなくて、きっと彼女は今、誰よりも、私よりもずっとつらい思いをしているだろう。

＊

学校から離れると、強張っていた身体がやっと緩んでいく気がした。

最近、香奈や菜々美と一緒にいるのが息苦しいと感じることがある。ふたりとも明るくて会話をするのは楽しいけれど、さっきみたいに遠子の話がからんでくると、どんな顔をしていいのかわからなくなってしまうのだ。

ふうっと息を吐くと、白い靄が唇から立ちのぼった。マフラーをきつく巻き直す。

今日はとくに寒さが厳しい。いつの間にか、すっかり冬だ。

もう高校一年生も終わりに近づいているんだな、と少し切なく思った。

駅までの一本道を、石畳を踏みしめるようにゆっくりと歩く。寒いから早く電車に乗りたいけれど、今日は家に帰ったらお母さんに進路面談の話をしないといけないと思うと、足が鉛《なまり》のように重たくなった。

それでも、十分もしないうちに駅に着いてしまう。ため息をこらえながら地下へとつながる階段を下りて、改札を通ってホームで電車を待つ人たちの列に並んだ。

地下鉄に揺られること約二十分。自宅の最寄り駅に着いて改札を出た私は、波立って荒れ狂う心を静めるために、いつもの秘密の場所へと足を向けた。

帰り道の途中で、左に曲がる。車一台通るのがやっとの、このあたりの住人しか利用しない狭い道を進む。

その先に『桜の広場《さくらひろば》』と呼ばれる場所があった。小さな公園ほどの広さの砂地だ。なにもない広場の真ん中には、一本の桜の木があった。両手を回しても届かないくらいに太い幹をした、古くて大きい木だ。春になると淡いピンク色の花を空いっぱいに咲かせ、近所の人たちが花見に来たりするけれど、今は花も葉もすっかり落ちた寒そうな姿をしていて、もちろん周りには誰もいない。

だからこそ、私はここに来る。誰にも顔を見られたりしない、誰にも声を聞かれたりしない、私だけの秘密の場所。

うつむいたまま、助けを求めるように駆け寄った。桜の根もとに腰を下ろし、太い幹に背をもたれると、私は目を閉じた。

瞼《まぶた》の裏に、さまざまな光景が浮かんでくる。

彼方くんの明るくて優しい笑顔。私の告白を断ったときの、申し訳なさそうな顔。遠子の苦しげな横顔。並んで歩くふたりの背中。

ふっと唇から吐息が洩れた。

苦しい。なにが自分をこんなにも苦しめているのかわからない。でも、苦しい。

彼方くんに振られたことが悲しいのか、遠子が彼方くんの彼女になったのがうらやましいのか、ふたりがとても仲よくしているのが妬《ねた》ましいのか、わからない。その全部かもしれないし、どれも違うような気もする。

自分の気持ちなのに、わからない。頭も心もぐちゃぐちゃで、自分がどうしたいのか、どうすれば楽になれるのかも、わからない。

ただ、とにかく苦しくてつらくて、こらえきれない嗚咽《おえつ》と、止めどない涙が、身体の奥底からどうしようなく溢れ出してくるのだ。

わああ、と声を上げて私は泣いた。

どんなにつらいときでも、声を上げて泣くことができれば、涙が涸れたころには少しはすっきりしている。そうすれば、明日からもがんばって学校に行って、みんなの前で笑顔を見せることができる。

だから私は、この秘密の場所でだけは、少しも我慢せずに泣くことを自分に許しているのだ。

空を仰いで、空に声を投げつけるように、ただひたすらに泣く。

そのとき、私の嗚咽と泣き声の合間に、なにか、かすかな音が聞こえてきた。

誰もいないとすっかり思い込んでいたから、驚きのあまり息が止まる。するとその音がはっきりと聞こえてきた。

耳を澄ませて、やっと気づいた。これは、歌だ。

感情にまかせて張り上げるような強い歌声ではない。慎ましく、密やかに、空間を満たす優しい優しい歌声。

それを聞いていると、不思議な感覚に全身を包まれた。

そっと柔らかく肌を濡らす霧雨《きりさめ》のような。穏やかに降り注ぐ春の木洩《こも》れ陽《び》のような。

桜が満開に咲き誇って、無数の花びらが風に踊って、桜吹雪《さくらふぶき》に包まれているような。

そんな幻想を抱かせる、囁くようなかすかな歌声。

今までに味わったことのない不思議な感覚に、私の涙はいつの間にか止まっていた。

ゆっくりと瞬きをしながら顔を上げ、声の聞こえてきたほうへと目を向けた。

頭上に広がる桜の枝の向こうから降り注ぐ、冬の初めの柔らかくて淡い光に目を細める。と同時に、ぱきっと枝の鳴る音がして、私の目の前に、男の子が降ってきた。

「わ……っ」

あまりにも非現実的な光景に、私は思わず声を上げた。

突然、桜の木から飛び降りてきたのは、見たこともないほど美しい男の子だった。

第一印象は、『天使みたい』、だった。

雪のように白く、陶器のようになめらかな肌。

陽射しの中で金色に透き通って見える、柔らかそうに緩く波打った髪。

光を受けて煌《きら》めく、淡い色の瞳。そして、その瞳からぽろりとこぼれ落ちた、ひと粒の透明な涙の雫《しずく》。

降り注ぐ光とともに私の前に舞い降りた、天使のような男の子。

なんて綺麗《きれい》なんだろう。

私は座り込んだまま、微動だにできずに呆然《ぼうぜん》と彼を見つめていた。

そして彼は、光の中に佇《たたず》んで声もなく涙を流しながら、私を見つめ返している。

時が止まったような奇妙な沈黙。でも不思議とひどく心地がよかった。

しばらくして、このまま無言で見つめ合っているのもおかしいかな、と思い、私はゆっくりと口を開いた。

「……こんにちは」

この状況であいさつをするなんて間の抜けた感じもするけれど、初めて会ったのだからまずはそうするべきだと思ったのだ。

でも、彼は答えなかった。まるでなにも聞こえていないかのように、ぴくりとも動かなかった。ただ、潤んだ綺麗な瞳でじっと私を見つめているだけ。

私の唇から流れ出した言葉は、行く先を失って、ふたりの間の空虚な空間にふわふわと漂っていた。それがあんまり寂しくて、ひとりぼっちの言葉に続けるように、私はもう一度口を開く。

「どうして、泣いてるの？」

彼の静けさを邪魔しないように、そっと囁くように訊ねると、彼はゆっくりと瞬きをした。それから、ふわりと首を傾げて、涙を浮かべたまま微笑んだ。まるで綿菓子が春の雨に溶けるような、そんな微笑み方だった。

思わず見とれていると、彼はゆっくりと手を上げて、人さし指でこちらを差した。その白い指先は、どうやら私の顔に向けられている。なにかついているのかと思って右手の指先で頬に触れると、ひんやりと濡れていた。

「……そっか。私も泣いてるもんね」

おかしくなって、小さく噴き出した。

「人のこと言えないよね」

笑いながら言うと、彼も、ふっ、と息を吐いた。彼が目を細めた拍子に、またぽろりと涙がこぼれる。

なにか悲しいことがあったの？と訊こうと思ったけれど、やめた。涙を流すのは、悲しいときばかりじゃない。喜びで泣くことだってある。

彼の涙の理由が嬉しいことだったらいいな、と思った。

また沈黙が訪れる。なにか話したほうがいいかな、と考えて、でもなにも思いつかなくて、自己紹介をすることにした。初対面の人に出会ったらまずはあいさつをして自分の名前を言いなさい、と幼いころから親に言われていたのだ。

「はじめまして。私は広瀬遥っていいます」

するとか彼はゆったりと首を傾げてから、唐突に地面に座り込んだ。

どうしたんだろう、と見ていると、彼は近くに落ちていた小石を手に取った。その石を使って、砂になにかを書き始める。

私は思わず身を乗り出してその手元を覗き込んだ。なにか絵でも描いているのかと思ったけれど、予想とは違って、彼は文字を書いていた。

『春花』

繊細で几帳面そうな、男の子にしてはずいぶん綺麗な字。それに目を落とした私は、春の花？と心の中で首を傾げたけれど、すぐに、『はるか』と読むのだとわかった。顔を上げて見ると、彼は反応を窺《うかが》うような視線を私に向けている。どうやら、私の名前の漢字を確かめようとしているのだと気づいて、私は首を横に振った。

「違うよ。遥か遠く、の遥だよ」

すると彼は、今書いたばかりの文字を指先で撫《な》でるようにして丁寧にかき消し、今度は『遥香』と書いた。私は手を伸ばして、『香』の字をこすって消す。

ぽつんと残された『遥』という文字を、彼はまるで宝物のように両手で包み込んだ。

それから、小首を傾げて私を見る。

薄茶色の髪がふわふわと揺れた。柔らかい冬の光に包まれて端のほうは金色に透けて見える。蜂蜜のような色の瞳も、宝石みたいにきらきら輝いている。

また無意識のうちに見とれていると、彼がふわりと笑った。とろけそうな笑みだった。

本当に、なんて綺麗な男の子だろう。外国の絵本に出てくる天使みたい、ともう一度思う。

見た目だけではなくて、その笑顔の透明感に私は言葉を失くした。硝子細工《がらすざいく》のように、少し力を込めすぎると脆《もろ》く崩れてしまいそうな、儚《はかな》くて繊細な微笑み。誰かが大切に大切に抱きしめて、守ってあげないと、すぐにも壊れてしまいそうな。

年齢は同じくらいに見える。着ている服は深緑のブレザーと濃い灰色のズボンで、近くの高校の制服だった。

同年代で、同じように制服を着ているのに、彼はなぜか、まるで物語の中から脱け出してきた人のような現実みのない雰囲気をまとっている。

そんな変なことを考えてしまった自分がおかしくて、私はそれをかき消すように口を開いた。

「あなたは？　あなたの名前は？」

彼は微笑んだまま、また小石を使って砂に字を書く。

『天音』

私の名前を書いたときよりもずっと小さくて、控えめな字だった。

「あまね、って読むの?」

訊ねると、彼が小さくうなずく。

「天から降ってくる音、かな。素敵な名前だね。あなたにとても似合ってる」

そう言うと、彼はぱちりと瞬きをした。その瞳が、また潤んだように見えた。

私の涙はすっかり乾いていた。あんなに激しく波立っていた心も、今は何事もなかったように穏やかに凪《な》いでいる。

向かい合って地面にしゃがみこんでいる彼——天音くんを見つめる。彼も私を見つめている。

きっとまた、今日と同じように苦しい思いをする日があるだろう。でも、彼のことを思い出せば、少しは楽になれるような気がした。

彼の歌声と、その笑顔を思い出せば。

「……ねえ、もう一度、歌ってくれる?」

気がついたら、そんな言葉が口から飛び出していた。

天音くんは一瞬、驚いたように目を丸くしてから、軽く唇を噛んで眉をひそめる。

それからすうっと息を吸い込んで、ゆっくりと息を吐いた。右手でそっと喉元に触れて、祈るように瞼を閉じる。

でもすぐに小さく首を振った。唇がなにかを言うように微かに震えたけれど、声にはならなかった。その唇は『だめだ』という形に動いたように、私には見えた。

「……どうしたの？」

そっと訊ねると、彼はゆっくりと私のほうに顔を向けて、悲しそうに微笑んだ。

言葉を失っている私をよそに、天音くんがゆっくりと立ち上がり、頭を下げた。反射的に私も会釈を返す。

天音くんはひらひらと私に手を振って、冬の冷たい空気の中をゆらゆら泳ぐようにして広場を出ていった。

残された私は、彼の消えたあとの気配をたどるように、いつまでも彼が去っていったほうを見つめていた。

君が奏でる優しい音楽

「ねえ遥、今日カラオケ行かない？」

昼休み、お弁当を鞄《かばん》から取り出していると、香奈から声をかけられた。

正直、今はあまりそういう気分にはなれない。でも、断ったら不自然だろうし、付き合いが悪いと思われたら二度と誘ってもらえなくなるかもしれない。迷っていることなど気づかれないように平静を装いながら、ほんの短い時間で考えを巡《めぐ》らせる。

答えようと口を開いたとき、香奈がちらりと横に目を向けた。反射的にその視線を追うと、お弁当の包みを胸に抱えて教室を出ようとしている遠子と目が合った。

「ちょっと、なに見てんの。あんたは誘ってないんだけど」

香奈が眉を上げて言った。遠子は困ったように少しうつむいて、小さく答える。

「……たまたま見てただけなんだけど、気を悪くしたなら、ごめんなさい」

そう言って、彼女は逃げるように教室を出ていった。胸がずきっと痛む。

香奈は小さく息をついて、「ごはん食べよ」と私の前に座った。菜々美もお弁当を持ってきて私のとなりに座り、三人で昼食をとる。

前までは、遠子も一緒に食べていた。でも、文化祭のときに彼方くんのことで気まずくなってしまい、しばらく会話もしていなかった時期があって、四人で食べることはなくなってしまった。

そのあと私と遠子は仲直りができたので、また一緒に食べようと声をかけたけれど、彼女に断られてしまった。たぶん香奈と菜々美に気をつかっているのだろう。

私は遠子とふたりでもいいと思ったのだけれど、彼女はどうしても受け入れてくれなかった。誘おうとするといつも声をかける前にどこかへ行ってしまうのだ。

私自身も、香奈たちとの関係を悪くする勇気がなくて、結局そのままになってしまっている。

遠子は今、どこで食べているんだろう。ひとり寂しくお弁当を食べる姿を想像して、苦い気持ちが込み上げてくる。

でも、次の瞬間には、彼方くんと食べているのかもしれないと思いついて、今度はその想像で胸が苦しくなった。

四人で食べていたころは、昼休みがいちばん楽しみな時間だった。でも今は、いちばん気が重い時間だ。遠子のことを気にしながら、表面上では香奈たちと楽しくおしゃべりをするというのはとても難しくて、笑みを浮かべ続けることに疲れてしまう。

「ねえねえ、このインスタ見てー、モデルさんなんだけどさ、めっちゃ可愛くない？」

「あのドラマ見てる？　すごい面白いから絶対見て！」

「駅前に新しいクレープ屋さんできたんだってー、今度行こー」

「ツイッターで回ってきたパンケーキとアイスクリーム食べてみたいんだよね。ほら、すごい可愛くない？」

「わーほんとだ、行きたい行きたい。じゃあ土曜日にみんなで行こうよ。決まりね！」

ふたりの話に相槌を打ちながらも、その内容は少しも頭に入ってこない。

彼女たちの声が私の周りでぐるぐる回って、いつまでもまとわりついてくるような気がした。ふたりには申し訳ないけれど、ただの雑音のように感じてしまい、騒がしくて耳が痛くなりそうだった。

うまく笑顔が作れない。うまく答えが返せない。こんなんじゃだめだ。ふたりに嫌な思いをさせてしまう。なんとか立て直さなくちゃ。

そうは思っていても身体は言うことを聞いてくれなくて、頭では、先週出会った不思議な男の子のことを思い出していた。

あの優しい歌声と微笑み、そして柔らかな静けさ。

ほんの短い時間だったけれど、誰かと一緒にいてあんなに穏やかな時を過ごせたことはない。あの静寂が恋しかった。

何時間にも感じられた昼休みが終わって、午後の授業を終えたあと、担任の先生に「広瀬、ちょっと」と呼ばれた。小走りで駆け寄ると、先生から一枚のメモを渡される。それを見ただけで用件は予想できた。

「これ、進路の先生から預かってきたぞ。次の面談の呼び出し。忘れないようにな」

見ると、明日の日付が書かれている。

「あ……はい、わかりました」

笑顔でうなずきながらも、気持ちはどんどん沈んでいった。またあの面談を受けないといけない。またあの説教をされる。考えただけで気が重くて、心が暗くなった。

当たり前だけれど、前回の面談からなにひとつ進展していないのだ。

いちおう自分なりに進路関係の本を読んでみたり、ネットで調べてみたりしたけれど、膨大な情報をひたすら目で追うだけで、頭に残らない。これ以上調べたところで、目から鱗《うろこ》が落ちるような新しい発見があるなんて思えないし、きっとなにも変わらないだろう。

どうしよう。嫌だ。明日なんて来なければいいのに。

私は心の中で深い深いため息をついた。

*

放課後は、結局カラオケには行かなかった。苦手な数学の確認テストで合格点がとれず、追試を受けることになってしまったのだ。

しかも追試は満点をとれるまで繰り返して受ける決まりで、集中できなかった私は何度もケアレスミスをしてしまい、帰れたのはすっかりあたりが暗くなったころだった。冬の夜はなんて早いんだろう。

「はあ……疲れた……」

靴箱に向かいながら、思わず小さなつぶやきが洩れてしまった。こんなことは言っても仕方がないから、いつもは口に出さないようにしているのに。

廊下の真ん中で立ち止まって、ぼんやりと窓の外を見下ろしたとき、並んで校門へと歩いていく男女の姿を見つけて、どきっと心臓が跳ねた。

遠子と彼方くんだ。もう暗いからはっきりとは見えないけれど、外灯の光に浮かび上がる小柄な身体とほっそりとした長身は、シルエットだけでわかってしまう。部活の帰りに待ち合わせていたのだろう。

帰宅部の私がこんなに遅くまで学校に残っているはずはないと思っているらしく、ふたりはいつもよりずっと近い距離感で歩いていた。

かっと頭に血がのぼる。どくどくと心臓が暴れて、胸の奥がぎゅうっと絞られたように痛くなった。

ふたりの姿を目撃してしまったことも、私のせいでふたりが周囲の目を避けるように行動しないといけないことも、どちらもつらくて苦しかった。

ゆっくりと小さくなっていく後ろ姿を見ながら、どうしようもなく苦い思いが込み上げてくる。

彼方くんが好きだ。

彼と初めて出会ったときのことを、今でもまだ鮮明に覚えている。

入学したばかりで、まだ気軽に話せる友達がほとんどいないころのことだった。

体育館での全校集会の帰りに、貧血を起こした私は階段の直前で動けなくなってしまった。委員会の呼び出しがあったせいで香奈たちとは離れていて、他には誰も知り合いはなかった。

吐き気を覚えてうずくまる私を、周りの人たちは戸惑ったように遠巻きに見ていた。経験したこともない気持ちの悪さと、みんなが見ているところで吐いてしまったらどうしようという恐怖で、もう死にそうだった。

必死に口元を押さえていたそのとき、突然となりにしゃがみ込んで『大丈夫?』と声をかけてくれたのが、まだ存在さえ知らなかった彼方くんだったのだ。

少しでも動いたら本当に吐いてしまいそうで、返事をするどころか、うなずくことすらできなかった。せっかく声をかけてもらったのに無視する形になってしまって、きっと気を悪くして立ち去るだろうと思った。でも、彼はそうしなかった。

『けっこうやばそうだな。保健室行ったほうがよさそうだけど、歩ける？』

優しい声に泣きそうになりながら、私は黙って座り込んだままでいた。すると彼は、

『無理だよな』とつぶやいてから、

『ごめん、嫌だと思うけど……ちょっとごめんな』

そう言って、私をゆっくりと抱きかかえた。

私は驚きのあまり、口を押さえながら彼を見上げた。その整った横顔はやっぱり知らない顔で、それなのにどうしてこんなに優しくしてくれるんだろうとびっくりした。

彼は申し訳なさそうな表情で、

『ここだとみんな見てるから落ち着かないだろ。知らない男に触られるとか嫌だと思うけど、ちょっとだけ我慢して』

と言って、私を抱いたまま保健室のほうへと歩き出した。

彼は振動が少なくなるようにゆっくり歩いてくれたけれど、やっぱり気持ちの悪さには勝てなくて、途中で少し戻してしまった。ハンカチでは押さえきれずに、吐いたものが廊下に落ちてしまい、しかも彼方くんの服にも少しついてしまった。

吐いたことで多少すっきりして話せるようになった私は、彼の服と廊下を汚してしまったことに青ざめ、何度も何度も謝った。恥ずかしくてどうにかなりそうだった。

でも彼方くんは、『謝らなくていいって』と笑ってくれた。

『廊下はあとで片付けとくから気にしないで。服も部活の着替えがあるから大丈夫』

それでも申し訳なくて仕方がなかったから、私は繰り返し謝った。自分で片付けるから、と言っても、俺がやるからいいって、と笑って返された。

『俺も小学生のとき、みんないる前で給食の牛乳吐いちゃったことあるんだ。きたねーとかくっせーとか騒がれて、真っ赤になりながらぞうきんで拭いたよ。何人か手伝ってくれたの嬉しかったけど、ほんとめっちゃ恥ずかしかったなー。あ、俺と一緒にすんなって話だよな、女の子だもんな、俺の千倍は恥ずかしいよな』

彼がそんなふうに明るく言ってくれたおかげで、死んでしまいたいくらいショックを受けていた私は、本当に救われた。

こんなに優しい男の子には会ったことがない、と思った。

その瞬間に、恋に落ちたのだ。

彼方くんを好きになったことで、小中学生のころの淡い憧れのような思いは本当の恋ではなく、ただの友達の延長みたいなものだったと知った。ただクラスでいちばん仲がよくて話しやすい男子を『好きな人』と呼んでいただけだった。

彼方くんへの気持ちは、そういうものとは全然違った。同じクラスでもないし、一度しか話したこともないのに、私は彼のことしか考えられなくなった。

学校にいる間はずっとアンテナを張り巡らせるように彼を探して、一瞬でも姿を見られたらその日は一日中幸せだった。私に向けられたものではなくても、その声が聞けただけで、跳び上がるほど嬉しかった。

私は生まれて初めて、本気の恋をしたのだと思う。

ずっと、ただ遠くから眺めていることしかできなかったけれど、英語のテスト勉強をがんばっていい点数がとれて、能力別授業で彼と同じクラスになったときは、震えるくらい嬉しかった。そのあと少しずつ話せるようになって、文化祭では一緒に出し物を回ることまでできた。

でも、彼方くんが選んだのは、私ではなかった。

趣味も夢もなくて、熱中してがんばれるものなどなにもなく、ただ毎日を淡々とやり過ごしているだけの私には、なんの魅力もないとわかっている。わかっているけれど、それでも、思わずにはいられなかった。

こんなに、こんなに好きなのに、どうして私は好きになってもらえなかったんだろう。どうして選んでもらえなかったんだろう。

本当に、本当に好きなのに、どうして彼のとなりにいるのは私じゃないんだろう。

どうして彼の笑顔をひとりじめにできるのは私じゃないんだろう。

告白して振られたんだから、いつまでも彼に執着していたって仕方がない。それはわかっているのに、自分ではどうしようもなかった。

「嫌だな……。なんかもう、嫌だ……」

なにが嫌なのかもわからないまま、私は嫌だ嫌だと繰り返した。

泥の中を進んでいるように足が重くて、歩いても歩いてもなかなか進まないような気がする。地下鉄に乗っている間も、沼の底に沈んでいるみたいに重苦しい気分で、時間の進みがいつもの何倍も遅いように思えた。

途中でスマホが鳴って、のろのろと取り出して見てみると、お母さんからのメッセージだった。

【一体いつ帰ってくるの? 勉強もしないでカラオケなんて、ずいぶん余裕ね】

棘《とげ》のある言葉が胸に突き刺さる。

お昼に、【帰りに友達とカラオケに行くから少し遅くなる】と送っていて、そのまま追試のことを伝え忘れていた。だから、こんな遅くまで遊んでいると思われてしまったのだ。

連絡不足だった自分が悪いとはいえ、嫌みな言い回しに苛立《いらだ》ってしまう。

お母さんはとても忙しい人で、化粧品店の店長としての仕事と、たくさんの習い事でいつも飛び回っている。その合間に寸暇《すんか》を惜しんで家事をしているので、家族の帰りが遅くなって家事が滞ったりすると、すごく機嫌が悪くなるのだ。

忙しいのはわかるけれど、習い事なんて全部趣味でやっているんだから、忙しさは自業自得だ。それなのに、そのいらいらを家族にぶつけるなんて、自分勝手だと思う。

でも、そんなことを言ったら逆上しそうだから、言わない。

【ごめん、追試で遅くなった。カラオケは行ってないです。今電車の中】

そう返事をすると、すぐに返信が来た。

【また追試？　抜き打ちじゃないんでしょ、なんでちゃんと勉強しないの？　少しはお兄ちゃんを見習いなさいよ】

はあっと大きなため息が出た。

勉強しなかったわけじゃない。勉強したけれど、だめだったのだ。数学は本当に苦手で、いくら教科書を読んでも何度問題を解いてもなかなか頭に入ってこない。しかも最近は考え事ばかりで、授業にも確認テストにも集中できていなかった。

それに、いつものことだけれど、お兄ちゃんと比べられても困る。お兄ちゃんは小さいころから医者になりたいと言っていて、その夢に向かってずっと猛烈に勉強して、今は国立大学の医学部に通っている。近所でも有名な秀才だ。

それに引き換え私は、運よく入れた進学校でも周りについていけず、落ちこぼれ寸前。お母さんが私の成績表を見るたびに呆れ返るのは当然かもしれない。

でも、これが私なんだからしょうがないじゃない、と思わずにはいられなかった。

「ああもう、ほんとやだ……」

電車を降りて駅を出たものの、家に着いたらお母さんから続きの小言を言われるのだろうと思うと、どうしても真っ直ぐ帰る気になれなくて、遠回りする道を選んだ。うつむいて黙々と歩く。そして、気がついたら、あの不思議な男の子に出会った桜の広場の前に立っていた。

でも、彼はそこにはいない。

「……いるわけないよね……」

無意識のうちに、彼に会いたい、会いに行こうと思っていたのだろうか。あの優しい春の光みたいな歌声が聴きたい。あの透明な硝子細工みたいに綺麗な微笑みが見たい。そう思っていたのかもしれない。

「なにしてんだろ、私……」

そのまましばらく誰もいない広場の真ん中に立ち尽くして、冬枯れの桜の木を見上げていたら、静寂を破るように突然スマホの着信音が鳴り響いた。

嫌だなあ、と思いながら電話をとると、お母さんの甲高《かんだか》い声が耳に突き刺さった。

『ちょっと遥、まだ帰ってこないの？　もう着くころでしょ。なにしてるのよ、寄り道してるの？　何時だと思ってるの？　今どこ？』

矢継ぎ早に質問されて、そのどれにもうまく答えられなくて、「ごめんなさい」とだけ小さくつぶやく。

『どういうことなの⁉　謝ってる暇があったら早く帰ってきなさいって』

いらいらしたように言うお母さんの声を、「ごめん」と遮る。

「今日、遅くなるからごはんいらない」

だめと言われるのはわかっていたので、返事は聞かずに通話を切った。そのまま電源を落とす。

静寂が戻ってきた。ふうっと息を吐いて、私はゆっくりと広場から離れた。

どこか行きたい場所があるわけでも、行くあてがあるわけでもない。でも、とにかく家には帰りたくなくて、私の足は家とは真逆の方向へとふらふら動き出した。

しばらく歩いて、細い路地裏にたどり着いた。狭い道の両側に、古い住宅や小さな飲食店がひしめくように肩を寄せ合っている。

あれ？と小さくつぶやく。なんだか見覚えのある光景だった。

足を踏み入れて、一軒一軒確かめるようにゆっくりと歩いていく。

そして小料理屋のとなりにある『純喫茶《じゅんきっさ》あかり』という店の前に来た瞬間、一気に記憶が甦ってきた。

そこは、幼稚園のころにおばあちゃんがよく連れてきてくれた喫茶店だった。

両親が共働きなので、留守番ができるようになる前は毎日のようにお兄ちゃんとふたりでおばあちゃんに預けられていて、買い物がてらこのあたりを散歩する途中で、この店に寄って休憩していたのだ。

五年前に病気で亡くなってしまったけれど、優しくて明るかったおばあちゃんと過ごした楽しい時間は、今でも私の大事な宝物だ。

懐かしさのあまり、吸い寄せられるように窓から店内を覗き込む。何人かのお客さんがコーヒーを飲んでいるのが見えた。

カウンターの中には四十歳くらいに見える女性がいて、丁寧な手つきでコーヒーを淹《い》れている。その顔にも見覚えがあった。

私たちが店を訪れるといつも笑顔で出迎えてくれて、『お子様には特別サービスよ』とメロンソーダにおまけでアイスクリームをのせてくれた。だから私とお兄ちゃんは、彼女のことを『クリームソーダのおばさん』と呼んでいた。

今思えばそのころはまだ三十代か二十代後半くらいだっただろうから、失礼な呼び方をしてしまっていたなあ、と思わず苦笑いしていたら、ふいに彼女がこちらを見た。

目が合って、窓から覗いていた気まずさで反射的に視線を逸らしてしまいそうになったけれど、それこそ失礼なのでなんとか耐えて会釈をする。すると、彼女が驚いた顔をしてから、にっこりと笑って手招きをしてくれた。

もしかして覚えてくれているのだろうか。でも、十年も前のことだし、まだ小さな子どもだったからさすがにわからないだろう。そう思って戸惑っていると、彼女はこちらへやってきて出入り口のドアを開け、ひょっこりと顔を覗かせた。

「安井《やすい》のおばあちゃんのところの遥ちゃんでしょう？」

さらりと名前を言われて、私は「えっ」と驚きの声を上げた。安井というのはお母さんの旧姓で、おばあちゃんの名字だ。

「あ、はい。そうです……わかるんですか!?」

「わかるわよー、何十回も来てくれたんだから」

彼女は当たり前というようにからりと笑った。人懐っこい笑顔だった。

「そうですか……あんな小さいころだったのに……」

「そんなに顔は変わってないわよ。昔からお人形さんみたいに可愛かったものね」

「あ……ありがとうございます」

強張りそうな顔を必死に抑えて、笑みを浮かべて頭を下げる。

昔から、可愛いと言ってもらうことはたまにあった。友達からうらやましいと言われたことも何度かあるし、香奈たちも褒めてくれる。

自分では、少しつり目気味な上に鼻や顎が尖《とが》っているのできつそうに見えるのがコンプレックスだけれど、やっぱり女の子だし可愛いと言ってもらえるのは嬉しい。

でも今は、素直には喜べない自分がいた。

だって、他の人にいくら可愛いと言ってもらえたって、私の恋は叶《かな》わなかった。多少は容姿に恵まれていたとしても、中身がぺらぺらな私は、彼方くんに好きになってはもらえなかった。

どんな顔をしていたって、本当に好きな人に好きになってもらえないのなら、なんにも意味はない。

そんな考えに沈んでいると、「ねえ、遥ちゃん」と呼ばれてはっと我に返った。

「これからおうちに帰るところ？」

「あ、はい」

「じゃあ、もしまだ門限とか大丈夫なら、少し寄っていかない？」

予想外の言葉に、私は目を丸くした。

「せっかく何年かぶりに会えたんだもの、お話したいわ。ああ、でも、早く帰らないと親御さんが心配なさるかしら」

「いえ、大丈夫です」

思わず即答した。それから、言い方が不自然だったかなと不安になって、言葉を続ける。

「あの……うち、門限とかないので。ちゃんと連絡すれば、まあ……九時くらいまでなら、全然」

私の答えに、彼女は無言でゆっくりとひとつ瞬きをしてから、にっこりと笑った。

「そう。それならまだまだ大丈夫ね。じゃあ、どうぞ入って」

なんだか見透かされているような気もしたけれど、私はこくりとうなずいた。

とにかく、家には帰りたくなかった。申し訳ないけれど、このお誘いを利用させてもらおうと思ったのだ。

「いらっしゃいませ」

温かい声に迎え入れられながら、私は店内に足を踏み入れた。

「どうぞ、座って」

彼女はそう言って窓際の席に私を座らせると、カウンターの中に入っていった。

となりのテーブルでコーヒーを飲んでいたおじいさんが、新聞から顔を上げてこちらを見る。軽く頭を下げると、おじいさんが微笑み返してくれ、それからカウンターのほうに声をかけた。

「おーい、あかりちゃん。ずいぶん可愛らしいお客さんだね。まさかさらってきたんじゃないだろうね？」

その言葉で、店名の『あかり』は彼女の名前から来ているのだとわかった。あかりさん、という素敵な名前があるのに、クリームソーダのおばさん、なんて呼んでしまっていたことを改めて申し訳なく思う。

「そうなのよ、あんまり可愛いから、思わずナンパしちゃった」

そうおどけてみせてから、あかりさんは「ていうのは冗談で」と笑って続けた。

「親の代から来てくださってた常連さんのね、お孫さんなの。私が店を継いだばっかりのころに、いつもおばあさまとお兄さんと一緒に来てくれてたのよ。ね、遥ちゃん」

あかりさんがこちらに話を振ったので、私は「あっ、はい」とうなずいた。

「その節はお世話になりました」

「あらまあ、そんな大人っぽいことが言えるようになったのね。感慨深いわあ」

「いえ、そんな……」

「あ、飲み物はなにがいい？」

そう訊ねられて、思わず「クリームソーダ」と即答する。

「……って、まだありますか」

慌ててそう付け足すと、彼女は「もちろんよ」と答えた。

それからくすぐったそうに笑って、

「覚えてくれてたのね」

と嬉しそうにつぶやいた。

「もちろんです」

私は彼女に向かって大きくうなずく。

「あのころは小さかったのでよくわかってなくて、当たり前みたいにおまけしてもらってましたけど、いつも本当にありがとうございました」

そう言って頭を下げると、あかりさんはカウンターの中で手を動かしながら「いいのいいの」と答えてくれた。

「こっちがしたくてしてたんだもの。小さい子が来てくれるのは珍しくてね、とっても嬉しかったのよ。他のお客さんたちもみんな喜んでたしね」

「そう言っていただけると嬉しいです」

あかりさんがふふっと笑って、小首を傾げて訊ねてくる。

「しっかりしてるわねえ。遥ちゃんは今いくつだっけ」

「高校一年です」

「もう高校生なの。早いわねえ。遥ちゃんのお兄さん、たしか悠《ゆう》くんっていったわよね。今はどうしてるの？」

にこにこしながら訊かれて、またお決まりの流れになるだろうな、と少し身構えてしまう。

「兄は今大学生です」

「そうなの。なにを勉強してるの？」

「医学部に通ってます」

「まあ！　すごいわね、優秀なのねえ」

あかりさんが目を丸くしてぱちぱちと手を叩いた。となりのおじいさんも「ほう」と感心したような声を上げる。

「医学部とは立派なもんだ。将来が楽しみだなあ」

私は笑みを浮かべて「ありがとうございます」と答えつつも、いつものように劣等感が込み上げてくるのを感じた。

お兄ちゃんの話をすると、誰もが驚き感嘆する。妹の私から見ても、努力家で優秀ですごいと思う。尊敬している。

でも、それに比べて私は……と卑屈に思わずにはいられなかった。

もうちょっと待っててね、とあかりさんに続けて言われたので、私はうなずいて、気持ちを切り替えるために店内を見回した。

記憶していた通り、とても落ち着く雰囲気だ。古いけれど逆にそれがお洒落《しゃれ》に見えるテーブルと使い込まれた椅子、上品なインテリア。ところどころに飾られた絵と観葉植物、そして壁際に佇む柱時計と、そのとなりにひっそりと置かれたピアノ。

ふいに、あのピアノを何度か弾かせてもらったことを思い出した。

ちょうどピアノを習い始めたころで、全然うまくはなかったけれど、教室と家以外の場所にピアノがあるのは新鮮で、触りたくて仕方がなかった。下手な演奏をあかりさんやお客さんに聴かせていたのだと思うと、今さらながらに恥ずかしい。

でも、静かな店内でふかふかの椅子に深く腰かけていると、久しぶりに肩の力が抜けた気がした。

「お待たせしました」

もう何年も使われていなさそうな年季の入ったピアノをぼんやりと眺めていたら、あかりさんがクリームソーダをトレイにのせてカウンターから出てきた。

「どうぞ、召し上がれ。こんな店でよければ、ゆっくりしていってね」

「ありがとうございます」

そう言って頭を下げつつ、勇気を振り絞って、気になっていたことを訊ねる。

「あの、すみません……。お代金って、いくらですか……」

この前、香奈たちと遊びに行ってだいぶ散財したので、お財布の中身が心もとなかった。まさかジュース一杯で千円もすることはないとは思うけれど、確かめようにもメニューが手元になかったので、いちおう訊いてから口をつけようと思ったのだ。

あかりさんは一瞬目を丸くして動きを止めてから、おかしそうに声を上げて笑った。

「なに言ってるの、お金なんかもらうわけないじゃない。私が連れ込んだんだし、勝手に飲み物出しただけなんだから」

「え……そうなんですか。でも、悪いです。もうあのころみたいな子どもじゃないですし、ちゃんと払えますよ。……あの、千円超えちゃうとあれなんですけど……」

私の言葉に小さく笑って、彼女は「遠慮しないで」と首を横に振った。

「遥ちゃんはまだ学生さんなんだから、堂々と大人にご馳走《ちそう》してもらっていいの。それでも気になるなら、自分でお金を稼げるようになったら、またお店に来てくれたら嬉しいわ。そのときはしっかりお代金いただくけどね」

いたずらっぽく笑ったあかりさんに、笑顔で「ありがとうございます」と答えつつも、『自分でお金を稼げるようになったら』という言葉がちくりと胸に刺さった。

私は親からもらったお金を、もう子どもじゃないからなどと言って偉そうに払おうとしていたのだ、と気づいて恥ずかしかった。そして、親に対して不満をもったりしているくせに、結局はお小遣いで友達と遊び回っている。挙句、自分の進路さえ決められていなくて、大人になったとしてもきちんとお金が稼げるかもわからない状態だ。

自分の情けなさに嫌気が差した。

それでもなんとか笑みを浮かべ、

「お言葉に甘えて、いただきます」

とあかりさんに頭を下げて、ストローの袋を開けた。

コルク製のコースターの上に置かれたクリームソーダ。目の覚めるような緑色のメロンソーダと、淡く黄色がかった白いバニラアイス、そして鮮やかな赤のさくらんぼ。

あのころと変わらない色合いの懐かしさに、少し泣きそうになった。

最近の自分が、おかしなくらい不安定だというのは自覚している。恋は叶わないし、家族との関係でも友達との関係でもストレスを抱えているし、将来のこともまったく決められなくて足元がふわふわしている。

なにもかもうまくいかない。次から次に私の心を乱すことがやってくる。以前は少しくらい嫌なことがあっても、笑顔でごまかしていつの間にか忘れていたのに、今はどうすれば暗い感情を呑《の》み込むことができるのか、わからなくなってしまった。

ふうっとため息をつきながら、柄《え》の長いスプーンでバニラアイスを小さくすくう。氷がからころと音を立てた。アイスの表面に触れたメロンソーダが黄緑色に凍って貼りついている。しゃりしゃりとシャーベットみたいな食感をしたこの部分を食べるのが好きだったな、と思い出した。

あのころはよかったな、と年寄りみたいなことを思う。毎日幼稚園で友達と楽しく遊んで、家に帰ったらお兄ちゃんと遊んで、おばあちゃんと買い物に行ってお菓子を買ってもらって、この店でクリームソーダを飲んで、お父さんとお母さんが帰ってきたら一日の楽しかったことを一つひとつ思い出しながら報告する。

お母さんは今みたいに勉強勉強とうるさく言わなかったし、お父さんも仕事がそれほど忙しくなかったから家にいる時間が長かったし、お兄ちゃんに対しても劣等感なんてなかったし、おばあちゃんはまだ元気だった。毎日がただ楽しいことばかりで、家族のことが大好きで、未来はきらきら輝いて見えていた。

それなのに、いつの間に私はこんなふうに、家にいるのが苦痛で、学校に行くのも億劫《おっくう》で、未来に希望も持てない、どんより曇った心を必死に隠すだけのつまらない人間になってしまったんだろう。

何度目かもわからないため息をつきながら、アイスを口に運ぶ。甘くて冷たくて、おいしい。ストローでメロンソーダを吸うと、甘くていいにおいがして、しゅわしゅわと優しく舌を刺激する。昔のままの味。

私はすっかり変わってしまったけれど、この店もこの味も、ちっとも変わっていない。

戻りたいな、と思った。好きな人のことも友達のことも、家族のことも将来のことも、なにもかも全部忘れて、子どものころみたいにただ無邪気に笑っていたい。もちろん無理だとわかっているけれど。

またため息をついて、何気なく外を見た。誰もいない薄暗い路地を、切れかけた蛍光灯の頼りない明かりが照らし出している。

ぼんやりとそれを眺めていたとき、目の前を深緑のブレザーが横切っていった。

青白い光の中に浮かび上がる、薄茶色の髪と端整な横顔をした男の子。

――あの子だ。

その姿をとらえた瞬間、私は息を呑んだ。

思わずがたんと音を立てて席を立つ。何事かとこちらを見るあかりさんと他のお客さんたちに「すみません」と頭を下げてから、私は慌てて店の扉から飛び出した。

「――天音くん！」

表に出て呼ぶと、彼はぱっと振り向いて驚いたように目を丸くした。

立ち止まった天音くんは、かすかに唇を動かす。はるかちゃん、という形に動いたように見えた。

「あの、ごめんね急に……わかる？　この前、そこの広場で会った……」

私が桜の広場のほうを指差しながら言うと、彼は目を細めてこくりとうなずいた。

「よかった。急に呼び止めちゃってごめんね、びっくりしたでしょ。……あの、ええと、もう一回会いたいなと思ってて、そしたらたまたま目の前を通ったからびっくりして、つい……」

そう口に出してから、自分の言葉が恥ずかしくなる。会いたい、なんて。

引かれてしまったかなと不安に思って窺い見ると、天音くんはポケットの中から小さなノートとペンを取り出した。ページを開いて、なにかを書き込む。そして、書いたものをこちらに見せてきた。

『僕もだよ』

あの綺麗で繊細な字で、そう書いてあった。嬉しくて自然と頬が緩む。

天音くんはもう一度ノートを自分の側に向けてペンを動かし始めた。今度は長い文を書いているようで、私はしばらく黙って、彼の長い指が器用に、でも丁寧に動いて文字をつづるのを眺めていた。

手を止めた天音くんが、また私にノートを見せてくれる。

『もう一度ちゃんと話せたらいいなって思ってたから、見つけてもらえて嬉しい。ありがとう』

その言葉を見て、ほっと安堵感に包まれる。

「そっか。よかった、迷惑じゃなくて」

天音くんが『そんなわけない』というように、軽く目を見張って首を横に振った。

そのとき、背後で扉の開く音がして、あかりさんがひょこっと顔を出した。

「遥ちゃん、お友達？」

「あっ、はい、友達っていうか……あの、この前一回会っただけなんですけど、今たまたま再会できて」

彼女が「そうなのね」と言って天音くんに目を向ける。

「ねえ、よかったらあなたも中に入らない？　せっかくのご縁だから、ちょっと話していったら？」

あかりさんの言葉に、天音くんは今度は『いいんですか』というように目を丸くしてから私を見る。私がうなずいてみせると、彼はまたにこりと微笑んで、あかりさんに向かって首を縦に振った。

招かれるままにふたりで店に入り、さっきのテーブルに向かい合って腰かけた。

「彼、お名前は？」

あかりさんが私に訊ねてくる。天音くんが声を出して話さないことに気がついたのだろう。

「天音くんっていうそうです」

「天の音、かしら。いいお名前ね」

彼女が微笑んで天音くんに言うと、彼は小さく頭を下げた。それからまたさらさらとペンを走らせる。しばらく手を動かしてから、彼はあかりさんにノートを見せた。

『はじめまして。芹澤《せりざわ》天音と申します。お招きいただきありがとうございます。とてもすてきなお店ですね』

「まあ、ありがとう」

あかりさんが嬉しそうにふふっと笑う。

「飲み物はいかが？　よかったら、あなたたちの再会を祝して、私にご馳走させてちょうだい。どうぞ好きなものを選んで」

そう言われて、天音くんはまた驚いたように私を見た。

「実は私もこれ、ご馳走になってるの」

と答えると、彼はこくりとうなずいてからあかりさんに向き直って、私の前のグラスを指差した。

「遥ちゃんと同じで、クリームソーダかしら」

天音くんがこくりとうなずく。

「承りました。じゃあ、少し待っててね。どうぞごゆっくり」

あかりさんが私と天音くんに微笑みかけてカウンターの中へと戻っていった。

ふたりになって、黙って向かい合う。勢いで声をかけたはいいものの、わざわざ呼び止めるほどの用事もない私は、言葉に困ってしまう。

するると彼がペンをとった。

『まさかこんなにすぐ再会できると思わなかった』

柔らかく微笑みながら、ノートを私に見せる。

私も笑って「そうだね、びっくりだね」とうなずき返しながら、彼がしゃべらないのはどうしてなんだろう、と少し考えた。

こちらの言葉にはちゃんと反応してくれるから、耳が聞こえないわけではなさそうだ。ということは、声が出せない喉の病気かなにかなのだろうか。

そう思ってから、そんなはずないな、と心の中で自分の考えを否定する。

だって、初めて出会ったとき、彼は歌っていた。今にも消えてしまいそうなほどかすかで儚い声だったけれど、私が今まで聞いた中でいちばん優しい、思い出すだけで心が柔らかく解きほぐされるような歌声。

だから、天音くんはきっと声が出せないわけではないのだと思う。なにか他の理由があって、彼は言葉を話さないのだ。

それが気にならないと言ったら嘘になるけれど、知らなくてもいいことだと思った。そんな目に見えない理由よりも、今目の前にいる彼自身の瞳や表情のほうがずっと大事だ。

私は真っ直ぐに天音くんを見て、小さく微笑んで言う。

「名字、芹澤って言うんだね。私の名字はね……」

言いかけたとき、彼がペンをとった。

『ひろせ』

と書かれた文字を見て、私は驚く。

「そう、広瀬。よくわかったね」

すると彼はまたペンを動かす。

『この前教えてくれたから』

「えー、名字まで覚えててくれたんだ。なんか嬉しいな」

『当たり前だよ。衝撃の出会いだったから』

「衝撃？」

首を傾げると、天音くんは少しいたずらっぽく笑って、長い指の先を自分の目尻に当て、頬へと滑らせた。

綺麗な指がしなやかに優雅に動くさまに思わず見とれていた私は、彼のしぐさが涙を流す様子を表しているのだと気づいて、頬が赤くなる。

「あ、そっか、私が泣いてたから……」

彼は唇を笑みの形にして、『号泣だった』と書いた。私は思わず笑う。

「号泣って。……まあ、確かにそうだったかも。でも天音くんだって泣いてたじゃん」

すると彼はまたなにか書いてから、目を細めて私を見た。

『僕のは君のせいだから』

「えっ」

私のせいで泣いた、ということだろうか。自覚はなかったけれど、私がなにか嫌なことを言ってしまったのか。

でも彼はあの日、桜の木から飛び降りてきたときにはすでに泣いていた。どういうことだろう。

私の疑問が伝わったのか、天音くんはノートに文字を書きつける。

『嬉しくて、でも悲しくて、泣いちゃった』

そこに書かれた言葉をじっと見るけれど、彼が言いたいことをうまく理解できない。

私はゆっくりと瞬きをして目を上げ、彼を見つめた。

照明の下で真近に見ると、蜂蜜のような薄茶色だと思っていた瞳はふちのあたりが少し緑がかっていた。本当に、なんて綺麗な目をしているんだろう。光に透けて美しく煌めくさまは、やっぱり宝石みたいだ。

目を奪われていると、背後から足音が聞こえてきた。視線を向けると、あかりさんがクリームソーダを運んできてくれた。

「お待たせしました。どうぞ召し上がれ」

ぺこりと頭を下げ、ゆっくりと顔を上げた天音くんの目が、なにかに吸い寄せられるように動きを止めた。目を見開いて釘《くぎ》づけになっている。

私とあかりさんも彼の視線を追ってそちらを見た。

そこにあったのは、壁際のピアノだ。

「ああ、あのピアノね」

あかりさんがうなずいて、天音くんに向かって言葉を続ける。

「前はお客さんが弾いてくれたりしてたのよ。たまにはピアノの先生とかピアニストの方に頼んで演奏していただいたりね。常連さんたちは楽しみにしてくれてたんだけど、最近はなかなか機会が作れなくてまったく……調律《ちょうりつ》だけは年に一回ちゃんとお願いしてるんだけどね。宝の持ち腐れよね、もったいない」

少し寂しそうにピアノを見つめていたあかりさんが、なにかを思い出したようにはっと私を見た。

「あっ、そういえば遥ちゃん、たしかピアノを習っててよく弾いてくれてたわよね」

しまった、嫌な話題になってしまったと思いながらも笑みを浮かべる。

「あ、そうですね……はい」

「そうよねえ、懐かしいわ。ねえ、よかったら、また弾いてみてくれない？　久しぶりに遥ちゃんのピアノが聞きたいわ」

「えっ……あの、」

私は言葉に詰まってうつむいた。

ピアノは二年以上前にやめていた。中学二年の発表会のあとに教室をやめて、それ以来一度も鍵盤《けんばん》には触れていない。

習っていたころは初見《しょけん》でも楽譜を見ればひと通り弾けたけれど、今は絶対に無理だ。暗譜《あんぷ》していたいくつかの曲でさえ、ほとんど忘れてしまった。発表会のために指が勝手に動くほど練習した曲なら、かろうじて弾けるかもしれないけれど、ただでさえ下手だった私は、それだって人前で弾けるような状態ではないと思う。

断ろうと顔を上げたとき、となりのテーブルから声が聞こえてきた。

「へえ、ピアノが弾けるのかい。それはそれは、ぜひ聴かせてもらいたいなあ」

おじいさんは悪気なくにこにこと笑いながらこちらを見ている。すると他のテーブルにいたお客さんも興味津々といった視線を向けているのに気がついてしまった。

どうしよう。この空気の中で、弾けないだなんて言う勇気は私にはない。

私はいつも、人の顔色を窺って、周りに合わせてしまう。そんな自分が嫌だけれど、だからといって変えられるわけがなかった。

弾けない、弾きたくない。でも断れない。きっと残念な顔をさせてしまう。だけど、無理して弾いたところで下手だし、失敗するに決まっている。みんなに失望されたくない。白けた雰囲気になるのはわかりきっていた。

どっちつかずの思いで頭が混乱していく。どうしよう、どうしよう、と心の中でなにもできずにおろおろしている情けない自分がいた。

本当に、どうして私はこんなにだめなんだろう。

膝の上でぎゅっとこぶしを握り、きつく唇を噛んだとき、かさりと紙の鳴る音がした。

反射的に顔を上げると、天音くんと目が合った。

彼は少し首を傾げて、唇をかすかに動かす。

ゆっくりとした唇の動きと表情から、『大丈夫？』と訊いてくれているのだとわかった。

『大丈夫？　弾ける？』

私は慌ててまた笑顔を作り、こくりとうなずいた。

天音くんにまで気をつかわせてしまった、と後悔が押し寄せてくる。無理やり呼び止めて付き合ってもらっているようなものなのに、私が妙な空気を出してしまったせいで嫌な気分にさせてしまうなんて、最低だ。

「大丈夫だよ、心配してくれてありがと。でも本当に平気だから」

私は笑って答えたけれど、天音くんはそれでも、じいっと窺うようにこちらを見てくる。

綺麗な色の瞳。心の奥底まで見透かされそうな気がして、私はまた顔を伏せた。

笑顔を貼りつけたままの頰がきしきしと軋《きし》んで音を立てそうだった。でも、みんながゆったり楽しんでいるこの店の雰囲気を、壊すわけにはいかない。

顔を上げて、あかりさんに言わなきゃ。『わかりました、弾きます』って。

だけど、どうしても口が動かない。

だめだ、こんなふうに間を空けたら、みんなに変に思われる。とりあえずなにか言わなきゃ、と焦りがピークに達した、そのときだった。

うつむいた視界の真ん中に、すっと天音くんのノートが差し出されてきた。まだなにも書かれていない白紙のページ。泥の沼に沈んで真っ黒に染まっていた世界が、一瞬で白く光り始めたような錯覚に包まれた。

私はそろそろと顔を上げた。天音くんがじっと私を見てから、ペンを動かし始める。私もつられて目を落とした。

真っ白なページに、優しい文字がつづられていく。

『正直に言っていいんだよ』

え、と私は顔を上げて天音くんを見た。彼の言葉はさらに続く。

『無理して笑わなくていいよ』

私は目も口も開いたまま、唖然としてその文字を凝視した。

『だめならだめって言えばいい、できないならできないって言えばいいんだよ』

思いもしなかったところから飛んできた、思いもよらない色と形をした矢に、ふいに射抜かれたような気がした。痛みではなく、強い衝撃。

無理をしてでも笑っていないといけないと思っていた。だめなんて言ってはいけないと思っていた。できないならがんばらないといけないと思っていた。だって、そうしないと空気が悪くなるから。気まずい空気の中で平然としていられる強さなんて、私はもっていないから。だからいつだって、びくびくしながら周りの顔色を窺うしかない。

天音くんの言葉は、そんな私の心をえぐるように響いてきた。

『君の本当の気持ちは？』

私はゆっくりと目を上げて彼を見つめ返して、それからまたうつむき、呻《うめ》くような声で小さく答えた。

「私……ピアノ、ずっと、弾いてなくて……」

天音くんは微笑みながら唇で『わかった』と言ってうなずき、さっと立ち上がった。

どうするつもりなんだろう、と私は彼を見上げる。もしかして私の代わりに断ってくれるのだろうか。

でもその顔を見て、違うのだとわかる。静かな覚悟と決意に満ちた横顔だった。

天音くんが奥のほうへ歩いていく。そしてピアノの前で足を止めた。

えっ、と声を上げてしまいそうになる。もしかして、私があんなことを言ったから、代わりにピアノを弾こうとしてくれているのだろうか。

「あら、もしかして天音くんもピアノ弾けるの？」

あかりさんが私の心を代弁するように声を上げた。

天音くんはちらりと彼女に目を向け、どこか切なげな笑みを浮かべた。それから今度は私のほうを振り向いて、こくりとうなずく。安心させるように。

それで確信した。やっぱり代わりにピアノを弾こうとしてくれているのだ。

どきどきと鼓動が速くなる。天音くんはどんなピアノを弾くのだろう。あの優しい歌声を思い出して、期待に胸が膨らんだ。

彼はそっとピアノの前の椅子を引き、ゆっくりと腰かけた。埃《ほこり》よけのカバーをどこか恭《うやうや》しい仕草で外して、丁寧にたたんで脇に置く。

そして一度両手を下ろして膝に置き、ふっと息を吐いてから、意を決したように腕を上げて、一気に蓋《ふた》を開いた。

赤いフェルトカバーの下から、規則正しく並んだ白と黒の鍵盤が現れて、照明の光を浴びてつやつやと煌めく。彼は愛おしげに目を細めてから、鍵盤を撫でるようにすうっと指を滑らせた。

きっと天音くんはピアノが大好きなんだ、と私は思った。その眼差しから、指先から、彼のピアノへの思いが伝わってくるようだった。

鍵盤に手を当てながら、天音くんがそっと目を閉じる。店内は圧倒されたようにしんと静まり返った。

目を閉じたまま音もなく深呼吸をしてから、彼はすっと瞼を上げて、どこか厳しい目つきでピアノを見つめる。それからゆっくりと鍵盤に指を落とした。

森の奥の湖のような静寂の中で彼が奏で始めた曲は、ベートーヴェンの『エリーゼのために』だった。

きっと誰もが一度は聴いたことのある、あまりにも有名なピアノ曲。

でも、最初の一音が鳴った瞬間に、これは違う、と直感した。

天音くんのピアノは、普通とは違う。私のような、ただピアノを習ったことがあって、楽譜が読めて、その通りに鍵盤を押さえることができるだけの人間が弾くピアノとは、なにかが決定的に違う。

『エリーゼのために』は難しい曲ではない。小学校低学年の子でも弾けるし、うまい子だと幼稚園児のころから弾ける。人気の曲なので街のBGMやテレビでよく流れている上に、自分で弾いたこともあるし、ピアノ教室や発表会でも他の子の演奏を何度も耳にした。たぶん今までに何百回、何千回と聴いたことがあるはずだ。

それなのに、まるで初めて聴いた曲のように胸を打たれた。なんて切なくて、でも綺麗で優しい曲だろう。エリーゼってこんな美しい曲だったんだ、と息を呑む。

透明な湧き水が森の中を流れていくように静かに始まり、中盤のあたり、へ長調に変わって音が明るくなる部分では、まるで春の光が射してきたように優しさに包まれる。その温もりに目の奥が熱くなって、涙がにじんだ。

こういう音を、本物、と言うのだろうか。

ただ鍵盤と連動したハンマーが弦を打って鳴らされるだけの無感情な音とは違う、圧倒的に奥深さと広がりと厚みのある音。でも、ただ強いだけではなく、柔らかくて優しくて、どうしようもなく切ない音。

すうっと水が染み込むように鼓膜を震わせて、するすると身体の中に入ってきて、心を揺さぶられずにはいられない。

店の中にいる全員が、瞬きすら忘れて天音くんの指を見つめていた。春の花の周りを舞う蝶《ちょう》のように、歌うように軽やかに、しなやかに動き回るほっそりと長い指。

「すごい……」

天音くんは周りの声などなにも聞こえないみたいに、ただピアノだけを見つめながら全身を使って演奏している。

その姿を見て、私は初めて、ピアノは指だけで弾くものではないのだと知った。頭も心も身体もすべてをピアノだけに集中させて、全身全霊の力が十本の指先に宿って、そうして初めて〝本物の音〟が鳴るのだ。

魂《たましい》を込めて弾くというのは、こういうことなんだ。

天音くんのピアノは、ものすごく指が速く動くとか、音量がとてつもなく大きいとか、そういうことではない。むしろ、音は囁くように小さく控えめだし、久しぶりに弾く曲なのか、たまに指が詰まったように引っかかることもある。

でも、そんなことはどうでもよくなるくらい綺麗な、きらきらと光り輝く音なのだ。

優しく、穏やかで、美しくて、この世のものとは思えないような音楽。

天音くんの演奏が終わるまで、私は微動だにせず彼の姿を見つめ続けていた。

永遠のように長くも、一瞬のように短くも感じる、まるで夢のような時間が終わり、最後の和音が奏でられた。

空間を豊かに満たすその音の余韻が消えるまで、天音くんは鍵盤から手を離さなかった。そのあと、ゆっくりと下ろした両腕をだらりと垂らして、そのままどこか魂の抜けたような表情でしばらくぼんやりしている。

呆《ほう》けたように目と口を大きく開いてピアノに目を向けていた店内の客から、拍手と感嘆の声がじわじわと沸き上がってきた。

でも、みんなから喝采《かっさい》を受けている当の本人は、周囲の音など耳に入らないような様子で、ふわふわと歩いて席に戻ってくる。あかりさんもお客さんたちも天音くんに声をかけたそうな様子でこちらを見ているけれど、彼は気づかないらしく、どこか上の空で壁のあたりを見ている。それでみんな諦めたように、もとの通り新聞を広げたりコーヒーカップに口をつけたりし始めた。

私は視線を戻して目の前の彼を見つめる。

「天音くん、ありがとう」

代わってくれてありがとう、という思いと、素晴らしいピアノを聴かせてくれてありがとう、という思いのふたつを込めて言うと、彼はまだ夢の中にいるみたいなうつろな目でこちらを見た。

「……天音くん？」

曇ったガラスのような瞳は、私を通り越してずっと向こうを見ているみたいだ。

「大丈夫？」

反応は返ってこない。私は思わず手を伸ばして彼の顔の前で大きく振る。どこか遠くへ行ってしまって、もう二度とここへは戻ってきてくれないような、そんな変な錯覚に襲われたのだ。

「天音くん」

なんとか引き戻したくて、何度も名前を呼びながら手を振る。

すると、彼の目に徐々に光が戻ってきた。

私の呼びかけに、彼がじわりと微笑んだ。それからゆっくりと下を向いて、ノートに文字を書き込む。

『ごめん、ぼうっとしてた』

「……大丈夫なの？　具合が悪いとかじゃない？」

『大丈夫だよ、心配かけてごめん。久しぶりに弾いたから、ちょっと疲れたのかも』

久しぶりに弾いたのに、あんなにうまいなんて。内心でそう感嘆してから、いや違うのかな、と思い直す。音楽に対する思いが溢れ出すようなあの演奏は、久しぶりだったからこそ、なのかもしれない。

もしかして、なにか事情があってピアノを弾けなかったのかな。なんの根拠もないけれど、そんな気がした。でも、その理由を訊くことなんて、彼の様子を見ていたら絶対にできなくて、私はただ自分の素直な感想を告げる。

「天音くん、ピアノ上手なんだね。すごく綺麗で、ちょっと泣きそうになっちゃった。本当に、本当に感動した。すごかった」

天音くんはなぜか困ったように少し眉を下げて微笑み、『ありがとう』と唇を動かした。

「……ピアノが、好きなんだね」

そう言った瞬間、天音くんがびくりと肩を震わせた。うつむいて唇を噛み、ペンを動かし始める。つられて視線を落とすと、ペンを握る指も小さく震えているのに気がついた。

私は驚いて目を上げたけれど、彼の顔は長い前髪に隠れていて表情が見えない。

また彼の手元を見ると、さっきよりずいぶん乱れた筆跡で、書き殴られたような文字が並んでいた。

『好きじゃないよ』

もしもこの言葉が口から出されていたとしたら、きっと呻くようにかすれた震える声だっただろうと思う。それくらい苦しげに感じられた。

「……そっか。私もいちおうピアノ弾けるけど、全然好きじゃないよ」

天音くんと自分を並べて語るなんてあまりにも図々しいとわかってはいたけれど、彼の混乱や動揺をなんとかしたくて、勝手に同調した。

「私の場合はね、練習で弾くのは嫌いじゃなかったんだけど、人前で弾かなきゃいけないのが嫌だったんだよね。発表会とか、ほんとに大嫌いだったなあ」

くすくす笑いながら言ったけれど、天音くんは笑ってはくれなかった。ただ、その緑がかった薄茶の瞳でじっと私を見つめている。静かな眼差しに包まれると、心の奥底まで見透かされそうで居心地が悪かった。

うつむいて、汗をかいたクリームソーダのグラスを見つめる。アイスクリームがすっかり溶けて、濁ってしまった緑色。

しばらく沈黙が流れたあと、天音くんの指先がとんとん、とテーブルを叩いた。目を上げると、彼はさっきと違って綺麗に整った丁寧な字でノートに書いた。

『遥ちゃんは、本当にピアノが嫌いなの？』

私はその言葉を凝視して、硬直してしまった。

視界の中でさらにペンが動いて、次の言葉を紡ぎ出していく。

『君は僕のピアノを聴いて、泣きそう、感動したって言ってくれた。ピアノが好きじゃない人は、そんなふうに思わないと思う』

少し考えてから、私は「でもね」とつぶやいた。

「私、どう聴いたって他の子より下手で、下手なのにみんなに聴かれちゃうのが本当に嫌で、練習もさぼっちゃったり、発表会もいちばん簡単な曲を選んで……ピアノに対して失礼なことといっぱいしちゃったんだ」

天音くんの眼差しがかすかに揺れる。しばらくじっと私を見つめたあと、彼はまたノートに字を書きつけた。

『他の人と比べる必要はないよ』

きっぱりとした文字だった。

『人と比べてうまいとか下手とか、考えなくていいと思う。自分がピアノが好きなら、好きなだけ弾いていいんだよ』

それを見た瞬間、そうだ、と思い出した。

私は最初は、ピアノを弾くのが好きだったのだ。

気がつくと、ピアノとの思い出をぽつぽつと天音くんに話していた。

近所のお姉さんがいつもピアノの練習をしていて、それを聴くのが好きで、自分も弾いてみたくて『習いたい』とお母さんにお願いした。

初めて教室に連れていってもらったときは跳び上がるほど嬉しかった。がんばって楽譜を読んで、繰り返し練習して、引っかからずに弾けるようになると本当に楽しくて、もういいと言われるまで何度も弾いていた。

でも、大きくなるにつれて周りの演奏と比較することができるようになると、私なんかよりずっと難しい曲を、ずっと上手に弾ける子がたくさんいることがわかってきた。自分の演奏を客観的に聴くと、嫌な気持ちが込み上げてくるようになった。ピアノを純粋に楽しめなくなった。

発表会も、自分の前や次の順番がうまい子だと、とたんに弾くのが嫌になって、中止になればいいのにと本気で願うようになった。それまでは、発表会を見に来てくれた家族やおじいちゃん、おばあちゃんの前で、可愛いドレスを着てピアノを弾けるのが嬉しかったのに、彼らが私の演奏を聞いて残念に思っているんだろうなと想像すると、いつの間にか大嫌いなイベントになってしまった。

それからしばらくして、私はピアノ教室をやめた。以来、一度もピアノは弾いていない。

「……かっこ悪い話なんだけど、私ね、周りの目ばっかり気にしちゃうの。いつも人からどう見られてるか気にして、みっともない自分は見せたくないし、うまくできないことは人前では絶対にやりたくない。だから好きだったピアノも弾かなくなっちゃったんだ。下手だったり失敗したりして情けないところを見られたくないから」

天音くんがゆっくりと瞬きをしてからノートに書く。

『そんなふうには見えないけど……』

私は苦笑いを浮かべて首を横に振った。

「そんなふうに見えないように、一生懸命気を張って演技してるから。でも本当は、いい子だと思われたくて人の顔色ばっかり窺ってるし、浮いてるとか思われないように、みんなと同じように振る舞わなきゃっていっつも必死。周りに合わせてばっかりで〝自分〟がないなって、たまに情けなくて悲しくなる……」

そこまで言って、私はふっと息を吐く。こんな負の感情を人に打ち明けるのは初めてで、すごく疲れたような気がした。

すると、天音くんがにこりと笑って書いた。

『そんなふうに自分の隠したい部分を素直に話せるのは、すごいことだと思うよ』

私は「ううん」と首を振る。

「こんなに思ってること全部言えたのは、初めてだよ。天音くんが真剣に聞いてくれるからだと思う。ありがとう」

彼は『それは光栄です』と書いて照れたように笑ったあと、ふっと表情を翳《かげ》らせた。

少し考えるようにうつむいてから、眉を寄せて唇を引き結び、なぜか悲しそうな顔をしながらペンを動かす。

『誰かの好きなものを奪う権利は誰にもない』

見た瞬間、どきりとした。

天音くんの柔らかい雰囲気に似合わない、厳しい言葉に思えた。

戸惑っていると、彼は唇で『ごめん』と言ったあと、ページをめくって新しく書き直した。

『自分の好きなものを、他人のせいで奪われるべきじゃないと思う』

私は目を上げて天音くんを見る。ひどく真剣な表情をしていた。彼はその下に続けて書いた。

『周りのことが気になるせいで、好きだったピアノから離れたんだとしたら、そんなにもったいないことはないよ。遥ちゃんがピアノを好きなら、思いきり弾いていいと思う』

私ははっと息を呑んだ。

下手なピアノを続けることも、人前で恥をさらすような演奏をすることも、自分にとって意味のないことだと思っていた。だからピアノをやめた。

でも、もったいないという天音くんの言葉で、気づかされた。

私には好きなものなんてない、熱中できるものなんてない、と思っていたけれど、それは実は、せっかく夢中になれたかもしれないものを、自分でつぶしてしまっていたのかもしれない。自分で自分に目隠しをして、自分の気持ちを押し殺してしまっていたせいで。

下手なのに弾いていいんだろうか。そんなのを聴かせたら嫌な思いをさせるし、それに私自身も憐《あわ》れむような目で見られてしまうんじゃないか。そんな消極的なことばかり考えて、いつだって自分の正直な気持ちよりも、周りの目ばかりが気になってしまう私。

でも、そんな自分から抜け出したいと、心のどこかでずっと思っていた。

そして、今はそのチャンスなのだ。

「……ねえ、天音くん」

私は顔を上げて、真っ直ぐに彼を見つめた。

「お願いがあるんだけど」

天音くんが、なに？と小さく首を傾げる。

私はごくりと唾を飲み込み、深呼吸をしてから口を開いた。

「……私と一緒に、ピアノを弾いてくれない？」

彼の目が大きく見開かれた。

「天音くんのピアノにすごく感動して、やっぱりピアノの音が好きだなって思った。私も、また、弾いてみたい。……でも、いきなりひとりで弾くのは無理だから……」

変わりたいと思う。それでも、まだ、今日会ったばかりの人たちの前で、ひとりで弾くほどの勇気はなかった。私は弱いから。

だけど、彼と一緒なら、彼がとなりにいてくれるのなら、少しは変われるかもしれない。そしてきっと彼は、優しく微笑んで、私の願いを受け入れてくれるだろう。

――そう思っていたのに。

私の言葉を聞いた瞬間、天音くんは小さく首を横に振った。

彼の顔はひどく強張っていた。薄い唇が震えるようにかすかに動いている。それから彼は目を落として、ゆっくりとノートに書きつけた。

『僕は、もう弾かない』

どくっと心臓が脈打った。私はなんとか声を励まして訊ね返す。

「どうして……？　あんなにうまいのに」

彼はまた硬い表情で首を振る。

『ピアノは好きじゃないから』

それを見た瞬間、考えなしに口走ってしまった言葉を今すぐに取り消したくなった。

なんて無神経なことを言ってしまったんだろう。ついさっき、『好きじゃない』と書いた彼の顔を見て、きっとそこには複雑で苦しい事情があるのだろうと想像していたのに。

激しい後悔が押し寄せてきた。

どうして私は、こうなんだろう。本当にだめすぎて、自分に呆れる。

自分を変えたいと思っていたのに、天音くんの力を借りて変わろうとするのがそもそも間違っていた。しかも、そのせいで彼に嫌な思いをさせてしまったのだ。

自分の情けなさに涙が込み上げてきて、私はうつむいて両手で顔を覆った。

すぐに、こつんと音がする。天音くんが指で音を立てて私を呼んだのだとわかったけれど、顔を上げられない。

すると今度は、紙に文字を書きつける音が聞こえてきた。なにを書いているんだろう、と思っていると、うつむいた視界にノートのページが差し出された。

『力になれなくて、本当にごめん』

その文字を見て、胸が痛くなった。

「なんで謝るの？　天音くんは悪くないよ。私が勝手なこと言っただけなんだから、謝ったりしなくていいよ」

必死に言葉を返したけれど、天音くんはやっぱり申し訳なさそうな顔をしている。

『遥ちゃんのお願いなら聞いてあげたいけど、これ以上は弾けそうにない、ごめん』

私は思わず瞬きも忘れて彼を見つめる。

「……どうしてそんなこと言ってくれるの？　会ったばっかりの私に……」

訊ねると、天音くんはゆっくりと瞬きをしてからふっと目を細めて微笑んだ。

『君の泣き顔は、本当に苦しくて悲しそうだったから』

彼の手元を覗き込み、そんな言葉を見つけてどきりとする。

初めて会ったあのとき、泣き声を聞かれただけではなくて、顔まで見られていたなんて。上を向いて泣いていたからだろうか。恥ずかしさに頬が熱くなる。

そんな私をちらりと見てから、彼はさらに手を動かして続けた。

『君が泣かなくて済むなら、僕で力になれることはなんでもしてあげたい』

えっ、と声が出そうになった。

まるでロマンチックな映画にでも出てきそうなセリフだ。

でも不思議と、天音くんが言うとちっともおかしくない。彼の浮世離れした独特な雰囲気のせいだろうか。

『でも、ピアノだけは、ごめん』

私は彼をじっと見つめながら首を横に振る。

「いいの。全然気にしないで。天音くんは謝る必要ない。それに、ピアノが弾けないくらいで私は泣かないし」

彼はくすりと吐息を洩らして、ペンを走らせる。

『ほんとに？　また号泣しない？』

からかうような笑みを浮かべた彼を、私はむっと睨《にら》み返す。

「ほんとに。私そんな泣き虫じゃないもん」

『そうかなあ』

「そうだよ」

『あんなにぼろぼろ泣いてたのに？』

天音くんはおかしそうに唇の端を上げて笑いながら、私の顔を覗き込むように見ている。

「いや、あのときは……」

反論しようとして、そこで言葉が止まった。

唐突に、彼方くんと遠子が並んで歩く姿や、お母さんからの電話を一方的に切ってしまったことを思い出して、とたんに気持ちが暗くなってしまったのだ。

この店を久しぶりに見つけて、天音くんと再会できて、彼のピアノを聴いて、いろいろなことが一気に起こったからすっかり忘れていたけれど、今私が抱えている問題は、なにひとつ解決なんかしていない。

目の前の出来事に心を奪われて薄れていたどうしようもない感情が、また胸の奥から湧き上がってきた。

今から家に帰って、たぶん火がつくほど怒っているお母さんに言い訳をして、こっぴどく叱られて、朝になったらまた学校に行かないといけない。

考えただけで気が重い。

家にいたくない。学校にも行きたくない。

無意識のうちに、大きなため息をついていた。天音くんが真顔になって、真っ直ぐな眼差しをこちらへ向けているのを感じる。

「……ごめん。なんか、疲れちゃって」

そう適当にごまかしたけれど、彼は真剣な表情を変えなかった。

そのとき、壁の柱時計から鐘の音が鳴り響いてきた。

「あ、もう九時か……」

つぶやいてから、気がつく。

天音くんの家は、こんな時間まで帰らなくても怒られないのだろうか。なにも考えずに呼び止めて引き留めてしまったけれど、大丈夫だったんだろうか。

不安に思って訊ねてみると、天音くんはにっこりと笑って首を横に振った。

『それは大丈夫、気にしないで。親は共働きで帰りが遅いし』

一瞬、彼の手が止まり、また動き出す。

『早く帰っても、やることないし』

小さな文字で書かれたどこか投げやりな言葉を見て、なんとなく気づいてしまった。

理由はわからないけれど、天音くんも私と同じように、家にいても居心地が悪いのかもしれない。だから、なるべく遅く帰りたいのかも。

そう思った瞬間、私は思わず口を開いた。

「ねえ、もしよかったら……」

彼が目を上げて、小さく首を傾げる。

「あの……」

今から自分が言おうとしていることを意識して、急に心拍数が上がったのを感じた。

でも、勇気を振り絞って口に出す。

「……連絡先、教えてくれない？」

心臓が口から飛び出しそうだった。だって、男の子に対してこんな大胆なこと、今まで一度も言ったことがない。

彼方くんの連絡先を教えてもらったときも、結局自分からは言い出せなくて、香奈がさりげなく流れを作ってくれてなんとか訊けたのだ。

でも、今は香奈も菜々美も、ここにはいない。天音くんの連絡先を知りたければ、彼ともう一度会いたければ、自分で行動を起こすしかない。

どうして彼とまた会いたいのか、自分でもよくわからない。彼方くんに恋をしているのと同じように彼が好き、というわけではない。

でも、なぜか彼のことが気になって頭から離れない。

初めて出会ったときの彼の綺麗な歌声と、涙と笑顔、今は口には出さない声、さっき聴いたピアノの美しい音、家に帰りたくなさそうな様子、そういう彼のすべてが、気になって仕方がない。

なにより、他の誰とも違う彼の空気に触れると、なぜだかとても気持ちが落ち着いて、癒《いや》される。彼と話している間は不思議と、家や学校の嫌なことを忘れていられる。

だからなのかわからないけれど、ただ、とにかく、どうしても、これきりにしたくないのだ。

「よかったら、でいいんだけど……できれば、また、会って話したいから」

胸の高鳴りを抑えきれずに震える声で言うと、天音くんが大きく目を見開いてぱちりと瞬きをした。

『会って話したいって、僕と？』

不思議そうに首を傾げてから書かれた言葉に、私はこくりとうなずいた。

『でも、僕と会ってもつまらないでしょ。僕はこんなだから、まともな話し相手にもならないし、筆談だから読むのが大変だよね』

彼はどこか困ったような、申し訳なさそうな表情を浮かべている。

私はすぐに「そんなことない」と首を横に振った。

「そんなことないよ。つまらなくない、全然つまらなくなんかない。むしろ、この前も今日も、私は天音くんと話せてすごく楽しかったし、なんていうか、ほっとした。すごく話しやすいよ」

必死に告げると、天音くんはまたぱちりと瞬きをしてから、じわりと微笑みを浮かべた。画用紙に水彩絵の具がにじむように。

『そんなこと初めて言われた』

彼は噛みしめるようにゆっくりと書いた。

『僕なんかでよければ、いくらでも聞くよ』

なんか、という表現は私も心の中でよく使ってしまう。天音くんはとても魅力的な人だからそんな表現は似合わない気がするけれど、彼も私と同じように自分が嫌いなのかもしれない。だから私は言った。

「天音くんでいい、じゃなくて、天音くんがいいんだよ」

自分のセリフを客観的に聞くと恥ずかしくて声が出なくなってしまいそうだったから、目の前の彼だけに意識を集中する。

「他の誰でもなく、天音くんと会って話したいと思うから」

天音くんが花のつぼみがほころぶようにふわりと微笑んだ。唇が『ありがとう』、そして『嬉しい』と動いて、彼が右手を差し出してくる。同じように私も差し出すと、ぎゅっと握り返された。

『よろしく』の握手だとわかったので、私も笑って「よろしく」と言う。

天音くんらしい、温かくて優しい手だった。なんだか照れくさくなって、小さく笑い合って手を離す。

そのあと彼はしばらく考えるような眼差しを私に向けて、ふいにペンを動かした。

『どんな話をしたいの？』

「なんでもいいんだけど……」

普通なら、どんな話をするのだろうか。考えながら口を開く。

「そうだな、家のこととか、学校のこととか……？」

そう言ってしまってから、私はぶんぶんと首を振った。

「そういう話をしたいんじゃないな……」

天音くんは目を丸くしてから、おかしそうに息をふっと吐き出した。

『普通、高校生同士なら、そういう話をすると思うけど』

「まあ、そっか……。でも、そんな話は、あんまりしたくないし、別に聞きたくもないかな……」

天音くんといることで、せっかく心が浄化されたように穏やかになるのに、そんな現実的な話をしたら台無しだ、という気がした。今の私にとっては家も学校も、楽しい話題を提供してくれるような場所ではない。むしろ嫌なことばかりで、彼に愚痴ばかり聞かせることになってしまいそうだった。

でも、それならなにが話したいのかと訊かれると、なにも思いつかない。たとえば遠子なら、きっと目を輝かせながら絵の話をするのだろうけれど、趣味も特技もなにもない私には、家や学校のこと以外で話題があるかというと、なんにもないのだ。

なんて空っぽで薄っぺらな私。

うつむくと、さらさらと紙を走るペンの音が聞こえてきた。

『その日の空の色、雲の形、風の薫《かお》り、道で見つけた花の名前、どこかの家の晩ごはんのにおい、たまたま出会った野良猫の特徴、新しく発見した道、おいしかった食べ物、どこかで見た綺麗な景色』

ずらりと並べられた言葉たち。なんのことだろう、と私が目を丸くして見ると、天音くんはふっと目を細めてこちらを見てから続けた。

『家と学校以外のことでも、話すことはたくさんあるね』

意表を突かれて、私は言葉もなく彼を見つめ返す。

『その日に感じたことを、話せばいいんじゃないかな』

書き終えて顔を上げた彼に向かって、私はこくりと大きくうなずいた。

「そうだ、そうだね、うん……そうだよね」

彼の言葉から感じたことを、うまく表現できなくて、ばかみたいに繰り返した。

それから私たちはお互いの連絡先を交換して、これからのことを話し合った。

「じゃ、放課後どっちも予定がないときは、四時半に待ち合わせて、その日に感じたことを話す、ってことでいい？」

わかった、というように天音くんがうなずいた。

「場所は、どうしよっか。あの広場にする？　でも、あそこだと天気が悪い日は困っちゃうよね」

香奈たちと放課後におしゃべりをするときは、ファストフード店のドリンクバーやフリータイムのカラオケを利用することが多いけれど、毎日のように会うとなると金銭的に厳しい。それに、天音くんの空気感には、ああいう騒がしい場所は合わない気がする。だから、私としてはそういう店で会うという選択肢はなかった。

彼が首を傾げて考え込むような表情をしたとき、「ちょっといい？」と頭上から声がした。見上げると、あかりさんがにっこりと笑って私たちを見ている。

「ごめんね、話が聞こえちゃったんだけど……ねえ、よかったら、ここはどう？」

彼女は立てた人差し指を下に向けて言った。

「この店で会えばいいんじゃない？」

「え……っ」

私は息を呑んだ。天音くんも目を丸くしてあかりさんを見ている。

「ドリンク一杯で、何時間でも粘ってくれて結構よ」

彼女の言葉に、私はぶんぶんと首を横に振った。この店は、高校生の私たちが気軽に入り浸って何時間もおしゃべりしていいようなところには思えなかった。

「そんな……ご迷惑になるし、うるさくしちゃうかもしれないので、申し訳ないです」

「あら、気にしないで。むしろ、私がふたりに来てほしくて言ってるんだから」

あかりさんがさっぱりと笑いながら言ったので、「え？」と私は首を傾げる。

「だって、若いお客さんがいると雰囲気が華やいで、お店まで若返ったような感じがするもの。あなたたちはちっとも騒がしくなんてないし、常連さんたちも喜ぶわ。お小遣いが足りないときは出世払いでも大丈夫よ。だから、ぜひ来てくれたら嬉しい」

「えー……」

ありがたい申し出ではあったけれど、そんな親切を受け入れてもいいのか、戸惑ってしまう。

答えられずにいると、あかりさんは私の迷いを察したのか、こう続けた。

「じゃあ、こうしましょう。実は夕方からはパートさんがいなくて、お客さんが多い日は手が回らないことがあるの。だから、ふたりが注文をとったり飲み物を運んだりしてくれたら、店としてはとっても助かるわ。それに……」

彼女が私と天音くんを見比べて笑う。

「たまにでいいからピアノも弾いてくれたら嬉しいわ。誰にも弾いてもらえなくて、あのピアノだってきっと寂しがってるものね」

私はどきりとして天音くんを見た。ピアノの話は、彼にとっては禁句なんじゃないだろうか、と思ったのだ。案の定、どこか複雑そうな顔をしている。

「わかりました」

気がついたら、そう言っていた。

「そのときは、私が弾きます。今はまだ、久しぶりできっと下手だから、あれですけど……練習して、上手になったら、いつかきっと」

きっぱりと告げると、あかりさんは少し驚いたように私を見て、それから天音くんに目を向けた。うつむく彼を見てなにかを察したのか、彼女はにっこり笑って私に視線を戻す。

「気が向いたときでいいのよ。無理に弾くものじゃないものね。さっきは遥ちゃんの気持ちも考えずにお願いしちゃってごめんなさい。いきなり人前で演奏なんて、困っちゃったわよね」

私は「いいえ」と首を振った。

「弾いてほしいって言ってもらえたのは嬉しかったんです。でも、あの、自信がなくて……ごめんなさい」

「いいのよ、私こそごめんね。いつか、ずうっと先でもいいから、もし自信がついたら、ここで弾いてくれると嬉しいわ」

私は今度はこくりとうなずいた。それから彼のほうを見る。

「ごめん……なんか勝手に話進めちゃったけど、よかった？」

勢いで話を通してしまったけれど、天音くんはどうなんだろうか、と不安になった。口がきけないのに、喫茶店で手伝いをするなんて、もしかしたら彼にとっては負担かもしれない。できる限り私がひとりでやるつもりだけれど、彼に無断で申し出を受けてしまったのはよくなかった気がする。

窺うように顔を見ると、彼は微笑んでペンを動かした。

『ありがたい話だね。少しでも力になれるように僕もがんばる』

その言葉を見て、ほっとした。と同時に、嬉しさが込み上げてくる。

これから私は毎日ここで彼と会って話をする。そう考えると、私の退屈で無意味だった放課後が、なんだかとても素敵なものになるような予感がした。

私は天音くんとあかりさんの顔を見て、「よろしくお願いします」と頭を下げた。

＊

あかりさんの店を出てから、改めて天音くんと明日の約束をして、手を振って別れた。そして時間を確かめようとスマホを取り出して電源を入れた瞬間、高揚していた気分に冷水をかけられたような気がした。

画面を埋め尽くす、お母さんからの着信履歴。未読メッセージの件数は二十を超えている。

お母さんの激しい怒りが伝わってきて、心臓が暴れ出した。どうしようどうしよう、と焦るけれど、もうどうしようもない。とにかく家に帰るしかない。

重い身体を引きずるようにして家の前までたどり着き、玄関のドアに鍵を差し込むと、いきなりがちゃりとドアが開いた。

「遥っ！」

耳をつんざくような甲高い声と、怒りで真っ赤になったお母さんの顔。

次の瞬間、頬に衝撃が走って、火がついたようにかっと熱くなる。お母さんに平手打ちされたのだ。

小さいころは、言うことを聞かなかったときや習い事の練習をさぼったとき、たまにこうやって叩かれていたけれど、最近はまったくなかった。だから、一瞬なにが起こったかわからなくて、手で頬を押さえたまま呆然とお母さんを見つめ返した。

「今何時だかわかってるの!? こんな遅くまで連絡もしないで……どうしたのかと思うじゃない、もうちょっとで警察に電話するところだったのよ? 一体どこほっつき歩いてたの!!」

お母さんの怒鳴り声を聞いているうちに、徐々に怒りの感情が湧き上がってきた。

理由も聞かずに叩くなんて、ひどい。私はもう小さい子どもじゃない、ちゃんと言葉で話せる。それなのに、なんでいきなり手を出すの? 子どものこと、自分の思い通りになるお人形とでも思ってるの?

そんな言葉をぶつけたくなったけれど、怒り狂うお母さんを見ていたら、結局、小さな声で弱々しく反論することしかできなかった。

「……連絡はしたでしょ。今日は遅くなるってちゃんと送ったじゃん。それに、別に遊んでたわけじゃないよ。たまたま帰りに知り合いと会ったから、話してただけ……」

学校で友達と話をしていると、親と怒鳴り合ったとか、大喧嘩をしたとか聞くことがある。でも、私は一度もお母さんに大声で反論できたことがない。基本的にはなにも言い返さずにお母さんの言うことを聞いているし、どうしても言い返したくなったときも、こうやってただ独り言みたいな声で小さく言い訳をするだけ。お母さんの顔を直視して言いたいことをぶつけるなんて、怖くてできない。

「人のせいにするんじゃないの！　何時ごろに帰るかくらい連絡できるでしょ。それに、こんな時間に出歩いてるなんて、その友達もろくな子じゃないわ。付き合うのやめなさい！」

　いつもこうだ。お母さんは、私が口を挟む隙間もないくらい、次々に激しい言葉をぶつけてくる。こちらの意見なんか聞く気もないのだ。

「まったくあなたは……どうしてそうなの？　ろくに勉強もしないで追試になって、そのくせ反省ひとつしないで遊び歩いて。どうして悠みたいにがんばれないの？」

　お兄ちゃんは小さいときから勉強ができて、私とは頭の出来が全然違う。なのに、なんで私にまでお兄ちゃんと同じ能力を求めてくるの？　そんなの無理に決まってるのに。

「悠は大学行きながら予備校にも通って、医師国家試験の勉強してるのよ？　立派な夢に向かって全力でがんばってるの。兄妹《きょうだい》なのに、どうしてこんなに違うの？　あなたにもできないはずないでしょ？」

　それならもう、私のことは娘なんて思わなくていいから、お兄ちゃんだけを自分の子どもとして可愛がって、好きなだけ期待してくれればいい。

　外に出せない言葉が、どんどん心の中に降り積もって、ずっしりと重く沈んでいく。

「お母さんはね、自分の娘に、夢も希望もなくただぼんやり生きてるだけの人になんかなってほしくないの。遥にはね、悠を見習ってしっかり勉強して、お母さんみたいに一生を捧《ささ》げてもいいって思えるような天職を見つけて、充実した人生を送ってほしいのよ」

はい、はい、と私は何度もうなずいた。耳にたこができるほど聞かされた言葉だけれど、聞き飽きたという顔なんてできるわけがなかった。

お母さんは結婚する前から店長をしていて、お兄ちゃんと私を生んだあともすぐに職場復帰してずっと働き続けている。店の売り上げを全国一位にするのが目標だとよく言っていて、この仕事をしていない自分は自分ではないと思うほど、働くことが生き甲斐《がい》になっているらしい。

きっと〝仕事のできる自分〟が誇らしいのだ。夢中になれる仕事に出会えて、優秀な成績を収めている自分が自慢なのだ。

それはいいけれど、それを私にまで押しつけてくるのは困る。私だって、好きで夢を見つけられずにいるわけじゃないのに。

「このままじゃ遥、お父さんみたいに無気力な会社員になっちゃうわよ？　向上心も出世欲もなくて、組織の歯車として与えられた仕事をするだけの普通のサラリーマンっていうつまらない人生よ。それでいいの？　あなただってそんなの嫌でしょ？」

「……」

　私はお父さんが好きだ。〝普通のサラリーマン〟かもしれないけれど、優しいし、ちゃんと私の話を聞いてくれる。お母さんみたいに子どもを自分の思い通りにしようなんて思わずに、ひとりの人間として尊重してくれている。

　そんなお父さんを自分で選んで結婚したのに、なんで文句や悪口ばっかり言うんだろう。不満に思うけれど、私はなにも言わずにうつむくことしかできない。

「なんなの、その顔は。あなたのことを思って言ってるのよ？」

　私のためなんて嘘だ。自分が周囲に自慢できるような娘になってほしいだけだ。

「本当に、親の心子知らずよね。お母さんがどれだけあなたのこと心配してるのか、まったくわかってないんだから、もう……」

　それでも、無理やり呑み下した思いが喉の奥から溢れそうになって、私はぐっと唇を噛んだ。もうこれ以上ここにはいたくなくて、永遠に続きそうなお説教の隙間に小さくつぶやく。

「……疲れてるから、もう部屋行くね」

　止められる前に、私は踵を返した。

「こら、遥！　最後まで聞きなさい!!」

　お母さんの鋭い声を背中で聞きながら、逃げるように自分の部屋に戻る。

ドアを閉めると同時に、ずるずると床に座り込んだ。ふうっとため息が洩れる。

しばらく膝を抱えて顔を埋《うず》めていたら、ポケットの中でスマホが震えた。見ると、天音くんからのメッセージが届いていた。

【今日はありがとう】

その言葉を見た瞬間、心に立ち込めていた靄が晴れたような気がした。彼の美しいピアノの旋律《せんりつ》が耳に甦ってきて、強張っていた身体が緩んでくる。

こちらこそありがとう、と返すと、すぐに返信が来た。

【今日話してて思ったけど、遥ちゃんは自分の気持ちを呑み込んで、なんでも抱え込んで、我慢しすぎて大変になっちゃうんだね。あんまり悩みすぎないようにね】

天音くんそのもののような温かい言葉だった。

胸がいっぱいになり、目頭が熱くなる。視界がにじんで、うまく文字が打てない。かろうじて【うん、ありがとう】とだけ返した。

【それでもため込んじゃったら、溢れる前に吐き出さなきゃだめだよ】

彼の優しい歌声とピアノの音が鼓膜を揺らすような気がした。

【僕でよければいつでも聞くから】

少し時間を置いてから届いたそのメッセージを打ったとき、きっと彼は少し照れたように、あの優しい微笑みを浮かべていたのだろうと思った。

憂鬱なことばかりだけれど、私には彼との約束がある。明日から私は、放課後になるたびに、誰も知らない特別な秘密の時間を過ごすことになるんだ。

そう思うだけで、気持ちを暗くしていたものが薄れていく。

私は彼にまた【ありがとう】と返信してから、スマホを抱きしめた。

平凡でつまらない毎日を、天音くんが変えてくれるかもしれない、という予感と期待に胸が震えていた。

君と過ごす秘密の時間

【もうすぐ着くよ】

窓際の席で外を眺めていると、スマホが小さく震えてメッセージが届いた。画面を見た瞬間、思わず笑みがこぼれる。

【急がなくていいから気をつけてきてね】

返信すると、またスマホが震えた。

【ありがとう。そっちもね】

【私はもう着いてるから気をつけることないよ】

【滑って転ばないように気をつけてねってこと】

この前、雨の日に私が店の中で足を滑らせて尻もちをついてしまったことを言っているのだ。少しむっとしつつも、おかしくてまた笑ってしまった。

【天音ってけっこう意地悪だよね】

天音、と呼ぶのはまだ少しくすぐったい感じがして、なかなか慣れない。

彼が筆談をするとき、毎回『遥ちゃん』と書くのは大変だろうなと思い、『呼び捨てでいいよ』と言ったところ、『じゃあ僕のことも呼び捨てでいいよ』と返されてしまったのだ。男の子を下の名前で呼び捨てにするのは初めてで、なんだか妙にどきどきしてしまう。

【遥もなかなかだと思う】

【歩きスマホしてると転ぶよ!】

【はーい。じゃあ、またあとで】

私はスマホをテーブルに置いて、笑いをこらえながら窓の外に視線を戻した。

家にいても学校にいても、少しも落ち着けず息をつけない私にとって、天音と過ごす穏やかな時間は、なくてはならないとても大切なものになっていった。

それに彼と会って話すようになってから、なんだか自分の世界を見る目が変わったような気がする。〝その日に感じたこと〟を話すために、なにか話題にできるような変わったものはないか、面白いことはないかと、いつでもアンテナを張って周囲に気をつけるようになったのだ。

そうやって世界を見てみると、今まではただの景色だと思っていたものが、ひどく特別に見えてきた。

通学路の道端に咲く花、毎日違う空の色と雲の形、学校に住み着いている猫の模様、校舎から見える中庭の木々、帰り道に家々から漂ってくる晩ごはんやお風呂のにおい。

今まではぼんやりと通り過ぎて見逃していたものたちが、不思議と気になって仕方がなくなった。

今日はこれを天音に話そう、あれも教えてあげよう。私の一日は、そんなことを考えているうちにあっという間に過ぎていった。居心地の悪い教室にいても、今までみたいに重苦しい思いに襲われることは少なくなった。

そして放課後になると、はやる気持ちを抑えながら『純喫茶あかり』に直行する。

お母さんから小言を言われても、遠子と彼方くんがふたりでいるところを見てしまっても、香奈たちとの関係を息苦しく感じたとしても、放課後には天音と会えると思うだけで、不思議なくらい耐えることができた。彼に会っている間は、嫌なことなんてすっかり忘れてしまえた。

天音はいつでも柔らかくて優しい微笑みを浮かべて、静かにうなずきながら私の話を聞いてくれる。そして彼も、その日見つけたものや感じたことについて、ノートにびっしりと書いてきたものを見せてくれる。それからお互いの話について感想を言い合ったり、窓の外を見てただぼんやりとしたりする。

飲み物は、甘いホットカフェオレが定番になった。最初の日に、値段を気にしていちばん安いホットコーヒーを頼んだら、あかりさんが『お手伝いしてくれたから』と言ってミルクをおまけで入れてくれたのだ。苦いのが得意ではない私には嬉しい気づかいだった。

冷たい風が吹く外から店内に入り、ふたり向かい合って座って、あかりさんが淹れてくれたカフェオレのカップを両手で握りしめると、身体の芯からほぐれていくような気がした。

そうして長いような短いような時間が過ぎたあとには、その日にあったつらいことなんてすっかり頭から抜け落ちて、心が軽くなっているのだ。


天音の到着を待っている間、一日の出来事が勝手に脳裏に甦ってくる。

今朝は学校に行く前にお母さんから小言を言われて気が滅入った。二時間目の休み時間、廊下の片隅でなにか話をしている遠子と彼方くんの姿を見てしまった。昼休み、また香奈が遠子に嫌みを言っていて、それを黙って聞いている自分に嫌気が差した。放課後、担任から進路を早く決めろと言われた。相変わらず嫌なことばかりの一日。

でも今の私は、心が沈んだり、胸が痛んだり、喉の奥から苦い味が込み上げてくるたびに、彼の笑顔や歌やピアノの音を思い出して、気持ちを浮上させることができる。今までのように、突然どうしようもなくなって涙が溢れてしまうこともなくなった。

天音の学校のほうが少し終わるのが遅くて、私が店で待つことが多い。『いつも待たせてごめんね』と彼は言うけれど、私は待つ時間も好きだった。いつ来るかな、とじりじりしながら待って、窓の向こうに現れた彼の姿を見つける瞬間、いつも春の陽射しが降ってきたように心がほころんでいくのだ。

「遥ちゃーん、ごめん、ちょっとこれお願いしていい？」

カウンターの内側にいるあかりさんから声をかけられて、我に返った私は慌てて「はい」と立ち上がった。

カウンターに向かいながら店内を見渡すと、さっきよりもお客さんが増えていた。注文を待っているテーブルもあるようだ。

「すみません、気づかなくて……」

頭を下げながらホットコーヒーののせられたトレイを受け取る。

「いいのいいの、まだそれほど混んでないからね。でも今はちょっとミルクを火にかけてるから、手が離せなくて。ごめんね」

「いえいえ。というか、毎日何時間も居座らせてもらってるんですから、どんどんこき使ってください」

あかりさんはおかしそうに声を上げて笑い、「じゃあ、お言葉に甘えて」ともうひとつのコーヒーをカウンターに置いた。私はうなずいてカップとソーサーをトレイにのせ、伝票に書いてある席番を見て運んでいく。

ふたつのコーヒーをお客さんに届け終えて、空になったトレイを持ってカウンターに戻ろうとしたとき、入り口のほうから、からんころんと音が聞こえてきた。振り向くとドアベルが揺れていて、天音が入ってくるところだった。

「あ、天音。早かったね」

声をかけると、彼は私に目を向けてにこっと笑った。

「いらっしゃい、天音くん」

カウンターの中から声をかけたあかりさんに天音はぺこりと頭を下げる。それから何人かの常連さんにもあいさつされて、そのたびに律儀に頭を下げていた。

毎日通いつめて三時間から四時間は居座っているので、私たちはお客さんたちにすっかり顔を覚えられて、笑顔で迎えてもらえるようになった。

いつもの席に荷物を置いた天音は、私がトレイを持っているのを見て、すぐにこちらへと向かってくる。手伝おうとしてくれているのがわかったので、私は「いいよ、大丈夫」と手を振った。

そのとき、また入り口のドアベルが鳴った。三人組の女性客が楽しそうに笑いながら入ってくる。近くの生け花教室に通っている人たちで、その帰りによく店にやってくる常連さんだ。

彼女たちはいつもコーヒーと軽食を頼むので、あかりさんは調理で忙しくなる。それがわかっている天音は、こちらへやってきた。

その後も何組かの来店や注文が続いたので、一緒にあかりさんの手伝いをした。私が注文をとり、あかりさんが飲み物や料理を作り、天音がそれをテーブルに運ぶ。天音が話さないことを知っている常連さんたちなら、笑顔だけで無言の接客にも不審な顔はしないとわかっているので、彼も手伝うことができるのだ。

来客が落ち着いたところで、あかりさんが私たちを手招きした。

「ありがとう、助かったわ。お手伝いはもう大丈夫だから、席に座っててちょうだい。あ、今日はたくさんお手伝いしてもらったから、飲み物はサービスね」

「いいんですか。いつもすみません、ありがとうございます」

ドリンク一杯で何時間でもいていい、と彼女は言ってくれたけれど、こうやって少しでも仕事をした日には、結局『これはご褒美《ほうび》だから』と言ってお金を受け取ってくれないのだ。

私と天音は彼女に頭を下げて、いつものテーブル席に座った。

「今日は寒かったね。でも、よく晴れてて空が綺麗だったよね」

『空気が澄んでるから、空の青が綺麗に見えるよね』

「それとね、帰りに空見てたら、ソフトクリームみたいな雲があったから、写真撮ったんだ」

そう言ってスマホの画面を見せると、天音は目を丸くしてから、ふふっと笑った。

『僕もこの前、象みたいな形の雲を見つけた。写真撮ればよかったな。遥に見せたかった』

「じゃあ、今度見つけたら撮ってきてね」

『うん。でも遥はもういいよ』

「え、なんで？」

『空見ながら歩いてて、転んじゃうといけないから』

「まーたそういうこと言う」

天音が『ごめん』とおかしそうに笑った。

「あ、そういえば、この前話した柴犬ね、今日も大の字になってお腹見せて寝転んで、しかもいびきかいてた」

彼はまた顔をくしゃくしゃにして笑う。その顔を見られるのが嬉しくて、面白い話題を探す癖《くせ》がついてしまった。

何気ないことを話せる相手が、話したい相手がいるというだけで、こんなにも世界が違って見えるのかと驚いてしまう。

天音と会うようになってから、毎日学校に行って授業を受けている私の身体と、空を見たり風を感じたりしている私の心はまったく別物のように思えてきた。学校のことも家のことも友達のことも忘れて、ただ心だけでふわふわ漂っているような。

しばらく今日の発見について話し合ったあと、ふいに会話が途切れて、私はなんとなく思いついた話題を口にした。

「もうすぐ期末テストだねえ。天音の学校はいつから？」

そう言ってしまってから、学校の話はしないことにしたんだった、と気がついて後悔したけれど、天音は気にするふうもなくこくりとうなずいた。

『あと二週間だよ。そろそろ勉強始めないとね』

さらさらと書いた天音の顔を見てみると、なんだか穏やかな表情を浮かべていた。少なくとも嫌そうな顔ではない。勉強が苦手な私からしたら、テストが始まるのは憂鬱でしかないけれど、彼はそうでもないらしい。

そういえば天音の着ている制服は、このあたりでは知らない人のいない県内トップクラスの進学校のものだ。入試の偏差値も倍率も高くて、難関大学にも毎年たくさんの合格者が出ているはずだ。そんな高校に通っている彼からしたら、期末テストくらいなんでもないのかもしれない。

「テスト、嫌じゃないの？」

そう訊ねてみると、天音は少し首を傾げてから、

『嫌ではないかな』

と書いた。私は目を丸くして彼を見つめる。

「勉強、好きなんだ。すごいねえ、さすが」

超有名進学校に合格するような人は、きっとみんな勉強が好きで、ちっとも苦にならないんだろうな、と感嘆した。

でも、天音の表情は、私の言葉でかすかに曇った。それから、ペンを持つ指先にぐっと力を込めて、もう一度なにかを書く。

『別に好きでも嫌いでもないよ』

硬い表情と言葉に、私は思わず動きを止める。そこにはいつもの彼の優しい眼差しと穏やかな文字はなかった。

『他にやることがないから、やってるだけ』

天音らしくない、どこか投げやりな表現だ。彼はいつも、なにについて話すときも肯定的で、受け入れるような言い方をするのに。

そういえば、以前ピアノの話をしたときも、彼はこんな顔をしていたな、と思い出した。

それきり手を止めた天音は、なんの温度もない無感情な目でテーブルの木目をじっと見つめている。

やっぱり学校の話はしないほうがよかったな、と強く後悔しながら言葉を探していると、彼はすぐに顔を上げて、唇で『ごめん』と謝ってきた。それからペンをとる。

『変な言い方だった。ごめん、気にしないで。僕は趣味とかないから勉強してるってこと』

「そっか、なるほど」

なんでもない顔をしてうなずいた私は、暗くなってしまった天音の表情をどうにかしたくて、話題を変えた。

会話の合間、ふいに視界の隅にピアノの姿が入ってきた。それをなんとも言えない気持ちで見つめる。

こうやってこの店で会うようになって以来、私も天音も、まだあれを弾くことはできていない。私たちにとって、触れてはいけないタブーのような存在。

垂れ込めかけた雲を振り払うようにして、私は天音に目を向けた。

私を癒してくれるこの貴重な時間には、心を暗くさせるものなんて見ないで、すべてを忘れて目の前の天音だけに意識を集中したかった。

＊

翌日の三時間目は、物理の授業だった。

ただでさえ理系科目は苦手な上に、昨日はなかなか寝つけなくて遅くまでSNSを見ていたせいで頭がぼーっとしていて、授業にまったく集中できない。

頬杖をついてぼんやりと窓の外に目を向けると、グラウンドでどこかのクラスが体育の授業をしているのに気がついた。種目はサッカーで、ジャージの色から一年生だとわかる。

この時間に体育をしているのはどこのクラスだっただろうか、と考えて、一組だと思い当たった瞬間に、胸が高鳴った。彼方くんのクラスだ。

授業そっちのけでグラウンドに目を走らせる。そして、求めていた姿を見つけた。

彼はちょうどゲームに参加しているところだった。コートの真ん中あたりでディフェンスをしている。

相手チームのひとりがパスを受け取りゴールに向かって走り出したのに合わせて、彼方くんも素早く踵を返して並走していく。そして、ドリブルの隙を突いてさっと右足を伸ばし、ボールを奪い取った。そのまますぐに相手ゴールに向かって走り出す。

速い、と息を呑んだ。誰もついてこられないくらいのスピードで、一気に駆け抜けていく彼方くん。陸上部ではいつも棒高跳びをしているけれど、走るのも速いんだ、とどきどきしながら思う。

彼はそのままの勢いでひとり走り続け、少しフェイントを入れてからシュートを打って、見事にゴールを決めた。わっと歓声が上がる。

「かっこいい……」

思わず声に出してしまった。慌てて前を見たけれど、ちょうど先生が黒板に数式を書きながらしゃべっているところだったので、ばれずに済んでほっとする。たぶん周りにも聞こえなかったはずだ。

結局、チャイムが鳴るまでずっとグラウンドのほうを気にしてしまったので、板書をノートに写すのが精いっぱいで、先生の話なんてひとつも耳に入らなかった。

こんなんじゃ期末テストやばいな、と内心でため息をつきつつ教材を片付けていたとき、ふいに気がついてしまった。遠子がグラウンドのほうへ目を向けていることに。

彼女は真面目だから、たぶん授業中には外を見ていなかったと思う。もし同じ方向を見ていたら、さすがの私でも気がついたはずだ。

反射的に遠子の視線を追う。その眼差しは真っ直ぐに彼方くんへと向けられていた。

そりゃそうだよね、彼氏だもんね、見たいよね、と嫌みったらしく思う自分がいる。

そして、大事な友達に対してそんなふうに思ってしまったことで自己嫌悪に陥る。

うつむいてペンをしまっているとき、向こうから「遥」と呼ばれた。香奈と菜々美が手招きをしている。

「トイレ行こー」

「あっ、うん」

私はうなずいて立ち上がり、ハンカチを持って彼女たちのもとに向かった。その途中で、思わずまた遠子のほうへ目を向ける。

今までは、いつも遠子も含めて四人で動いていたのに、ずっと一緒にいた私たちと別行動になって、彼女は今どんな気持ちなんだろう。

手のひらを返したように誘わなくなった自分がとても薄情に思えて、ときどき、やっぱり声かけたほうがいいよね、と考えたりもする。でも、遠子に対して冷たい態度をとる香奈や菜々美と一緒にいるのも彼女にとってはつらいだろうと思うと、なかなか積極的にはなれない。

それに、私自身も、今までのように遠子に接することができそうになくて、なんとなく一緒には行動しづらいというのもあった。いちばん大切な親友だと思っていたし、今でも思っているはずなのに、そんなことを考えてしまう自分の心の醜さに呆れる。

鬱々と考えながら遠子を見ていた私の視線に気づいたのか、香奈たちも彼女のほうへ目を向けた。遠子はまだ窓の外を見ていた。

「うーわ、なにあれ、うざっ」

香奈が顔を歪めて声を上げた。すると、聞こえない距離のはずなのに、遠子がぱっとこちらを振り向いた。なにかを察知したのかもしれない。

「遥の前で彼方くんのこと熱く見つめるとか、ほんっと嫌らしいよね」

香奈が菜々美に言うと、菜々美も「わざとじゃない？」と肩をすくめた。

遠子は顔を赤くして目を逸らし、唇をかすかに動かす。『ごめんなさい』と言っているように見えた。

「ね、遥もそう思うでしょ？」

同意を求められて、私は遠子から視線を外し、曖昧に返事を濁した。

「まあ……でも……付き合ってるなら当然かな、と思うけど……」

私の答えに、香奈がため息をついて「行こ」と私の腕を引いた。振り向くと、遠子が泣きそうな顔で私を見て、少し頭を下げた気がした。

教室から廊下へと出ながら、香奈が眉間にしわを寄せて言う。

「もう、遥ってば、ほんと人が好いんだから！　あんなの怒って当然じゃん」

「うーん……」

うまく答えられなくて、また曖昧にごまかした。

私は人が好いわけじゃなくて、そう見られたいだけだ。本当はむかついたり、苛立ったりしていても、それを顔に出したり言葉にしたりして、悪口を言っているとか性格が悪いとか思われたくないのだ。

今だって、確かに遠子に対して暗い感情を持っているけれど、それを口に出したら負けだと思って、ただこらえているだけ。

「まあ、遥はそういう子だもんね。あたしみたいに文句とか陰口ばっかり言ってる性《しょう》悪《わる》とは違うか」

香奈がどこか自嘲《じちょうてき》的な口調で言ったので、私は慌てて「そういうわけじゃなくて」と否定した。すると菜々美がおかしそうに噴き出して、

「いや、香奈のは陰口じゃないじゃん。思いっきり本人に言っちゃってるし」

「あはは、そっか。じゃあ、あたしはただ性格と口が悪いだけか」

からからと笑って香奈が言った。そこまであっさりと言われると逆におかしくて、私も思わず笑ってしまう。

「いいもーん、自覚あるしね、めっちゃ性格悪いこと言ってるって。でもさ、なんか黙ってらんないんだよね、むかつくことがあると。どっか頭がおかしいのかも」

香奈がいつになく卑屈な言い方をするので、私は「そんなことないよ」と首を横に振った。

「思ったこと全部言えるのって、すごいと思うよ。普通はほら、周りの目とか気にして、言いたくても言えなかったりするじゃん」

私の言葉に、彼女は目をぱちぱちさせてこちらを見た。

「そんなふうに言ってもらえたの初めてかも。あたし昔からクラスの子とかに『口が

悪い、怖い』ってよく言われてたし、家でも親から『口は災いのもと』って怒られてるのに。さすが遥は優しいなあ」

香奈は嬉しそうに笑って抱きついてきた。

彼女は確かに、嫌いだと思う人には冷たく当たるところもあるけれど、好きだと思う人にはすぐに懐いて打ち解ける素直な面もある。自分の気持ちに正直なんだと思う。外面ばかりよく見せている私とは正反対だ。

そんな物思いにふけってまともに前を見ずにふらふら歩いていたせいか、いつの間にか香奈たちとだいぶ離れていた。そして気がついたときには、向こうから歩いてきた女子とすれ違いざまに軽く肩がぶつかってしまった。

ごめんなさい、と頭を下げると、相手もごめんねと謝ってくれた。そして、また前に向き直って歩き始めたときだった。

「落としたよ」

後ろからそう聞こえてきた瞬間、誰の声だかすぐにわかって、どきっと心臓が跳ねた。

ぱっと振り向くと、予想通り、体育帰りの彼方くんが真後ろに立っていた。

「あ……っ、え……？」

驚いてなにも言えずにいると、彼が微笑んで「はい」となにかを差し出してきた。

「これ、さっき落としたよ」

ぼんやりしたまま受け取ると、手のひらにのせられたのはハンカチだった。さっきぶつかったときに落としてしまったらしい。

彼方くんが私の落とし物に気づいて、わざわざ拾って届けてくれた。そう思うだけで喜びが込み上げてきて、胸の音がどんどん激しくなる。

「あっ、ありがとう！」

思わず声が大きくなってしまった。好きな人に落とし物を拾ってもらっただけで、こんなに嬉しいなんて。

「これ、すごくお気に入りのハンカチなの。よかった、拾ってもらえて……」

「そうだったんだ、それはよかった」

「本当にありがとう」

「いいえ、どういたしまして」

彼方くんはにっこり笑ってくれた。その笑顔に勇気づけられて、私は気づくと自分でも思いもよらないことを口走っていた。

「お礼っ！」

彼方くんが目を丸くして私を見下ろす。私は焦りながら口早に続けた。

「お礼、なにかしたいな……あの、本当に助かったから……」

彼方くんはぱちぱちと瞬きをしてから、おかしそうにぷっと噴き出した。

「いやいや、お礼って。ただ拾っただけなのに、そんなことしてもらうわけにいかないよ。気にしないで」

自分の言ったことが、下心丸出しだと知られてしまったような気がして、一気に顔が熱くなった。それを知ってか知らずか、彼は笑顔のまま続ける。

「それでも気になるなら、ほら、前に俺が落とした消しゴム拾ってくれたことあっただろ？　確か、英語の授業のとき」

えっ、と声を上げてしまった。まさか彼方くんが覚えてくれていたなんて、と驚きに包まれる。

あれは一学期のころの話だ。英語の能力別クラスで、彼方くんと同じ教室で授業を受けることになった私は、これを機になんとか彼方くんと近づこう、と必死になっていた。そして彼が机の下に落とした消しゴムを拾って、声をかけるきっかけにしたのだ。

私にとっては忘れられない出来事だったけれど、彼にとってはただの日常のひとこまにすぎないだろう、と思っていたのに。まさか覚えていてくれたなんて。

「だから、今日のはあのときの恩返しってことで。お互い様だから、気にしなくていいよ」

彼方くんはさっぱりと笑って、「じゃあ」と立ち去っていった。

やっぱり好きだな、と染みるように思う。

スポーツをしている姿はかっこいいし、気さくで優しいし、そんなの、好きにならないわけがない。しかも、ずっと前のちょっとしたやりとりを覚えていてくれるなんて、もしかして少しは私のことを気にしてくれてるんじゃないか、と思ってしまう。

熱に浮かされたような気持ちで彼の後ろ姿を見送っていたそのとき、ふと思った。

もしも遠子と別れたら、私と付き合ってくれる可能性も、少しはあるんじゃないか。

でも、次の瞬間には、そんなことを考えていた自分に激しく嫌気が差す。友達の不幸を願うなんて、最低だ。

私はこんなに嫌な人間だったんだろうか。

この恋をするまで、まったく知らなかった。

＊

昼休み、教科係の仕事としてクラス全員分のプリントを回収して、職員室へと提出しに行った帰りのことだった。

階段を上ろうとしたとき、かすかに人の気配がして、私は何気なく視線を向けた。

階段の下に隠れるようにして立つ背中を見た瞬間、どきっとする。遠子の後ろ姿だった。

彼女は小さな身体をさらに縮めるようにして、スマホを耳に当てている。思わず耳を澄ますと、話す声が聞こえてきた。

「……うん、今日は部活休みだから、図書室で時間つぶしとく。……え？　いいよ、待つのは苦手じゃないし、テスト勉強しとくから。……うん、大丈夫、気にしないで。……ありがと。彼方くんも部活がんばってね」

電話の相手が彼だとわかった瞬間、かっと胸の奥が熱くなった。

遠子が彼氏と電話をするためにこんなふうに身を隠さないといけないのは、私のせいだ。それはわかっているし、申し訳ないとは思うけれど、その一方で、苛立ちを覚えずにはいられなかった。

なにも校内で電話しなくてもいいのに。ラインでいいじゃん。わざわざこんなところで、まるで私への当てつけみたい。

そんな身勝手な被害妄想にとらわれる。黒いどろどろとしたものが心の中で渦巻いて、うまく息ができない。

遠子から目を背けて、唇を噛みながら階段を足早に上る。自分の中の醜い感情を必死に押し殺そうとしていたとき、そういえば彼方くんの消しゴムを見つけたのは遠子だったな、と唐突に思い出した。

あのころは、まだ遠子と彼方くんは付き合っていなくて、私は彼方くんのことが好きだと仲間内で公言していた。彼女は私に気をつかって、彼に対する気持ちを隠し、私の恋を応援すると言ってくれた。そして、彼方くんが落とした消しゴムを見つけた彼女は、あれをきっかけにして話しかければいいと言って、私に譲ってくれたのだ。

自分の恋心を隠してまで私に協力してくれた遠子。

彼女の優しさに対して、私の腹黒さはどうだろう。本当に醜い。

そして結局は、彼方くんに選ばれたのは私ではなくて遠子のほうだった。

怒り、悲しみ、自己嫌悪。

いろんな感情が胸の中でぐちゃぐちゃに混ざり合って、濁流のように一気に押し寄せてくる。真っ暗闇の中にいるような息苦しさ。

そのとき、ポケットの中でスマホが震えた。

無意識に取り出して画面を見ると、【天音】という名前が表示されている。彼からのメッセージが届いたことを知らせていた。

その瞬間、暗闇に一筋の光が射したように、ふっと彼の笑顔が思い浮かんだ。

とたんに空気が軽くなったような気がして、呼吸が楽になる。

そうだ、どんなに嫌なことがあっても、天音に会えば、彼と何気ない話をしていれば、忘れることができる。天音に会って、あの笑顔を向けてもらえれば。

そんな期待に震えた心は、次の瞬間、崖から突き落とされたような衝撃を受けた。

【遥、ごめん。今日はあかりには行けないと思う】

スマホを持つ手が力を失い、落としそうになって慌てて両手で支えた。

続くメッセージを読む。

【委員会が入っちゃったんだ。昼休みの予定だったんだけど、時間がかかる内容だから放課後に変更になったって】

そんな、今日に限って。

そう思ったけれど、仕方がない。

私はなんとか気を取り直して、返事を送った。

【ならしょうがないね。今日はなしにしよう】

【ごめんね】

【ううん、気にしないで。また明日ね、委員会がんばって!】

やりとりを終えてスマホをポケットにしまってから、ぎゅっと目をつぶった。

何事もなかったように、いつもの私を装って明るく返事をしたけれど、自分でも驚くくらいに落ち込んでいるのがわかる。

身体が重くて、周りに人がいないのをいいことに、ずるずると壁にもたれてうつむいた。

そのまま、昼休みが終わるぎりぎりまで、ぼんやりと床を見つめていた。

＊

「はい、じゃあ、番号の確認したら移動してー」

六時間目のホームルームは、二学期最後の席替えだった。

番号くじを引いたあと、先生がランダムに数字を書き入れた黒板の座席表と照らし合わせて、新しい席を確認する。先生の号令と同時に、みんながざわざわと移動を始めた。

私も机を空にして、荷物を持って席を立つ。次の席は、廊下側の列の、前から五番目。なかなかいい場所だ。

席に向かう途中で、香奈と鉢合わせた。

「遥、何番だった？」

「十二番だよ。香奈は？」

「えっ、マジで？　あたし二十六番。となりじゃん！」

前の黒板を振り向いて見ると、彼女の番号は、廊下から二列目の五番目の席だった。

「あ、ほんとだね。となりだ」

いつも一緒に行動している友達ととなりの席。当然そう言うべきだと考えて、

「やったね」と口にした。

でも、本心では、少し憂鬱になってしまっている自分がいた。香奈はいつも私を気にかけてくれる大事な友達なのに、そんなふうに思う自分は最低だ。

ため息が出そうになるのをこらえて、私は笑みを浮かべながら香奈と並んで席に向かった。

席について鞄を机の横にかけているとき、となりから「うわ」という香奈の声が聞こえてきた。目を向けると、彼女は眉根を寄せて後ろを見ている。

「マジ最悪なんですけど」

冷ややかな声を向けられているのは、遠子だった。肩を縮めてうつむき、立ちすくんでいる。

よりにもよって遠子と香奈が前後の席になるなんて。嫌な予感に胸が騒ぎだした。

「ねえ遥、聞いてよ。あたしの後ろ遠子なんだけど！　ほんと最悪。マジ気分下がるって。ないわー」

香奈が遠子に聞こえそうな音量で私に話しかけてくる。いや、わざと彼女に聞かせているのか。

自分に嘘をつけない香奈は、一度嫌いだと認定するとどうしても受け入れられなくなるようで、相手に対して拒否感をあらわにしてしまうのだ。

私は、遠子のことが気になってうなずくことも首を振ることもできずに、愛想笑いを浮かべたまま意味もなくペンケースを開いたり閉じたりした。

「……ごめん。なるべく気に障らないようにするから」

ぽつりと言う声が聞こえて、私は顔を上げた。横目で確認すると、遠子がうつむいたまま香奈に「ごめんね」と繰り返している。髪に隠れて表情は見えなかった。

香奈はいらいらしたように顔を歪めている。

「無理無理。裏切り者のあんたがそこに存在してるだけで気に障る」

「……ごめん」

「ハミられてたあんたのこと、可哀想に思って遥が助けてあげたんじゃん。遥はあんたの恩人でしょ？　なのに遥の好きな人を横取りするとか、最低すぎない？　大人しそうな顔しといて、マジでいい根性してるよね。そんなやつが後ろにいるだけで空気悪い」

「……ごめんなさい。なるべく離れるから……」

香奈の声がけっこう大きかったので、ふたりの殺伐《さつばつ》としたやりとりが周りに聞かれてしまっているんじゃないか、とはらはらする。でも、みんな新しい席に興奮して、大声でしゃべったり笑い合ったりしているので、教室の端っこの席にいる私たち以外には、遠子と香奈の声は聞こえていなさそうだった。

「ちょっと離れたくらいじゃ変わらないから。ねえ、あんた誰かと席交代しなよ」

香奈の言葉に、遠子が「えっ」と顔を上げた。

「あたしと遥はせっかくとなり同士になれたから動きたくないし、あんたがどっか遠くの席に行ってくれない？　誰かに代わってもらってよ」

香奈の言葉に、遠子は戸惑ったように口をつぐんだ。ちらりとクラスを見回して、それから香奈に向き直る。

「……ごめんなさい、それはできない」

もちろん遠子は素直に言うことを聞くだろうと思っていたのか、香奈がびっくりしたように目を丸くした。

「……は？　なに、あんたに拒否権あると思ってんの？」

苛立ちを隠さない香奈に、遠子はびくりと肩を震わせたけれど、冷たい視線を真っ直ぐに受け止めながら口を開いた。

「あの、拒否権なんてないってことはわかってるよ。でも、他のことなら聞くけど、席替えは……くじで公平に決めてるから、私だけ交代するなんてできないよ」

「はあ？　いいじゃん、いちばん後ろの席に来たいやつ、いくらでもいるでしょ」

「でも、だから……、あの、ひとりだけ私と交代して後ろになったら、他の子に申し訳ないから……」

遠子は遠慮がちにぽつぽつと話しているけれど、その声は決意に満ちていた。たとえ香奈にもっと強く言われたとしても、決して自分の考えを曲げるつもりはなさそうだった。

遠子はそういう子だ。大人しいし、控え目で物静かだけれど、ちゃんと自分の考えを持っていて、誰かに合わせて意見を変えたりしない。そして、言うべきときには言うべきことをちゃんと口にする。

外見のか弱さとは反対に、芯はとても強いのだ。周りの顔色を窺って、すぐに意見を合わせてしまう私とは、全然違う。

だから彼方くんは遠子のことを選んだんだ、と思う。ちゃんと〝自分〟を持っている彼女は、周りに合わせてばかりの私よりも、ずっと魅力的な女の子だから。

「……香奈、しょうがないよ」

気づいたら口を開いていた。香奈が「えっ？」とこちらを振り向く。

「やっぱり席は勝手に代えられないから、諦めよう」

と告げると、彼女は渋々というように前に向き直った。

「まあ、遥がそう言うんなら、今回は我慢するか」

香奈が考えを改めてくれたことにほっとしていると、視線を感じた。目を向けると、遠子が申し訳なさそうな顔でこちらを見ている。にこりと笑いかけると、彼女は唇だけで『ごめん、ありがと』と伝えてきた。私はこくりとうなずいて、もう一度笑った。

でも、心の中では言葉にならない思いが渦巻いていて、貼りつけた作り笑いが不自然なものになっていないか、不安だった。

＊

天音との約束はなくなったけれど、帰りの電車を降りたあとも家には向かわず、駅前で時間をつぶした。

今日は県外の大学に通っているお兄ちゃんが帰ってくる日だ。朝から嬉しそうにしていたお母さんが、お兄ちゃんのがんばりを褒めつつ『それに比べて遥は』とついでに説教をしてくるのが容易に想像できる。お兄ちゃんが帰省するときはいつもそうだ。ただでさえ人間関係のことで落ち込んでいるときに、勉強や進路のことであれこれ言われるのは耐えられそうにない。

だから少しでも家にいる時間を短くしたくて、お母さんには【友達とテスト勉強するから遅くなる。晩ごはんも食べて帰ると思う】と嘘の連絡を入れた。

勉強と言っておけば機嫌が悪くなることもないだろう、と考えた結果だったけれど、自分がどんどん嘘つきになっていくようで、さらに気が滅入った。

そのあと、商店街をあてもなくぶらぶら歩いたり、冬物の服を見たり、本屋で雑誌を立ち読みしたりしていたけれど、なにをしても気が晴れることはなかった。

なにを見ても気を引かれないし、なにも欲しいと思えない。

こんなんで生きてる意味あるのかな、と唐突に思う。得意なことも趣味もなくて、将来の夢もなくて、ただぼんやり毎日を過ごしているだけ。こんな私は、生きている意味なんてないんじゃないか。

だからといって死にたいなどと思うわけではないけれど、今死んだところで別になんにも後悔はないし、誰かが困ることもないな、とは思う。

誰にも必要とされない、自分でさえ自分の必要性がわからない、無意味な存在。それが私だ。

だんだん身体から力が抜けていって、歩く気力もなくなった。

ちょうど近くにあったバスターミナルのベンチに腰かけて、前を行き交う人々をぼんやりと眺める。

そのうちあたりはすっかり暗くなった。

はあ、と吐き出した息が、瞬時に白く染まる。とても寒い。

そろそろ帰らなきゃ、また怒られる。そう思って、立ち上がろうとしたときだった。

駅から出てきた同じ制服の男女の姿に、私の目が吸い寄せられた。

遠子と彼方くんが、肩を寄せ合うようにして歩いていくところだった。

遠子は同じ学区に住んでいるので駅で会ったことは何度もあったけれど、彼方くんがこの町にいるのは初めて見た。

部活帰りに彼女を家の近くまで送るのだろうか。もしかしたら、私が知らなかっただけで、毎日そうしているのかもしれない。

そう考えて、かっと胸の奥底が熱くなった。

私がいる場所とは反対側へ彼らが向かっていくのをいいことに、思わずじっと目で追ってしまう。そして、気がついてしまった。

――手をつないでいる。

当たり前だ、ふたりが付き合い始めてもう三ヶ月近く経っているのだから、手くらいつなぐだろう。

そんなことはわかりきっていたはずなのに、自分でもびっくりするほどにショックを受けていた。

学校で一緒にいるのを何度も目にしたことがあったけれど、手をつないでいるのりなんて見たことがなかった。

普段は周りの目を、というより私や香奈たちの視線を気にして、必要以上に触れ合わないようにしているのだろう。でも、学校から離れたこのあたりでは、毎日あんなふうなのかもしれない。

誰かに容赦なく握りつぶされたみたいに心臓が痛い。

それなら見なければいいのに、痛いとわかっているのに、見てしまう。どうしても視線を逸らすことができなかった。

ふたりの姿が見えなくなるまで目で追って、私はのろのろと立ち上がった。

頭が真っ白で、胸が苦しくて、どうすればいいかわからない。ただ無闇《むやみ》やたらに足を動かす。

スマホが鳴って、震える手でポケットから取り出してみると、お母さんからのメッセージが表示されていた。迷わず〝あとで見る〟を選択する。

そして、なにも考えられないまま、なにかに操られるように天音の名前を呼び出し、通話ボタンを押した。

いちおう番号は聞いてあったけれど、彼に電話をかけるのは初めてだった。彼は話せないから、電話をかけても一方通行の迷惑にしかならない。

わかっていたけれど、でも、こんなに震える指では文字は打てそうにない。それに、悠長にメッセージを書く余裕はなかった。もう限界だった。

二回コールして、通話がつながった。スマホに耳を押し当てる。

当たり前だけれど、なにも声は聞こえない。

「……天音？」

かすれた声で呼びかけた。

応答はない。でも、彼は聞いてくれていると、私にはわかっていた。

「天音……会いたい」

吐息だけがかすかに聞こえてくる電話の向こうへ、必死に語りかける。

「忙しいのにごめん。何時になってもいいから……待ってるから、会いたい」

絞り出すように言うと、ぷつりと通話が切れた。

絶望感に襲われる。目の前が真っ暗になった。

きっと、迷惑がられたんだ。天音の都合も考えずに、身勝手なお願いをしたから、呆れられた。

いつもなら、もっと相手の気持ちや都合を考える。でも、今日は頭がまったく働かなくて、自分のことしか考えられなかった。

どうしよう、彼にまで見捨てられたら、私はこれから誰に助けを求めればいいんだろう。

うつむいて頭を抱えたとき、ぶるっとスマホが震えた。

ぱっと取りつくように画面を見ると、天音からのメッセージが届いていた。

【桜の広場で待ってて。今すぐ行くから】

＊

夜闇の中、冬枯れの桜の木の根もとに腰かけた私は、両手で顔を覆って、指の隙間から立ちのぼる白い息を見つめながら彼を待っていた。

かすかな足音が聞こえてきて、ぱっと顔を上げる。

薄茶色の髪を揺らしながら駆け寄ってくるその姿を見た瞬間に、涙腺が崩壊した。

ぶわっと溢れ出した涙が次々に頬を流れていく。

にじんだ視界の真ん中で、天音は私の前に身を屈《かが》めた。

真っ直ぐに見つめてくる、静かで優しい瞳。

「天音……」

唇から洩れた言葉は、声にならなかった。でも、きっと聞こえなかったはずなのに、彼は微笑んでうなずいてくれる。

「来てくれて、ありがとう……」

天音はなにも言わずにすっと手を伸ばして、ゆっくりと私の頭を撫でた。

家族以外の誰かから頭を撫でられたのは初めてで、しかも家族に撫でられたのだっていつだか覚えていないほど昔のことで、驚きのあまり私は息を呑んだ。

涙をぽろぽろこぼしながら見上げると、天音はふっと目を細めて、柔らかい微笑みで私を包んでくれる。その優しさに、私は顔をくしゃくしゃにして「うう」と嗚咽を洩らした。

天音がふふっと笑い、そっと身を屈めてくる。なんだろう、と思っていると、ふいに彼の腕が私の肩に回された。そのままそっと抱き寄せられ、また頭を撫でられる。

身体が触れるか触れないかくらいの、微妙な距離。

私たちは恋人同士じゃないから、ぎゅっと抱きしめるわけにはいかない。でも、そんな中でも彼が、精いっぱいの親愛の情を伝えようとしてくれているのがわかった。声にならない声で、『泣かないで、大丈夫だよ、僕がいるよ、僕は味方だよ』と言ってくれているのが、私の心の耳には聞こえるのだ。

私もそれに応えるように、ぎこちなく彼の背に手を回す。細くて華奢《きゃしゃ》に見えるけれど、思いのほか広い背中だった。

天音の優しい体温に包まれて、さっきまでは真冬のように冷えきって凍えていた心が、温かい春の陽射しを浴びたようにどんどん溶けていく。

よかった、と思った。天音がいてくれてよかった。

彼がいなかったら、きっと今日の私は、底なしの沼にどんどん沈んでいくように、もう二度と立ち直れないくらい落ち込んでいたと思う。

天音がいてくれたおかげで、彼が私の友達になってくれたおかげで、私はなんとかまだ息をすることができている。

ひと言もしゃべらなくても、ただそこにいるだけで、そっと笑ってくれるだけで、彼は私を慰めてくれる。

「ありがとう……天音がいてくれてよかった」

天音の肩に額を当てて涙声で伝えると、彼がぴくりと肩を震わせた。

少し身を離して見上げると、なぜか彼は泣きそうな顔で微笑んでいた。

今にも涙が溢れ出しそうな表情に、今度は私が目を見開く。

「どうしたの……？　なんで泣くの？」

訊ねると、彼は唇だけで『ありがとう』と言った。それから、わけがわからずぽかんとしている私のとなりに、とん、と腰を下ろす。

そして鞄からノートを取り出して、文字を書き込んだ。

『遅くなってごめんね。なにかあった？』

てっきり彼の涙の理由を書いたのかと思ったのに、そこにあったのは私への気づかいの言葉だった。

私の沈黙の意味を困惑だと思ったのか、彼は私の表情を窺ってから続けてこう書いた。

『言いたくないことなら、話さなくていい。もし話したいなら、いくらでも聞くよ』

その眼差しも、言葉も、ただただ優しく私を包み込んでくれる。

「……優しいね、天音は」

ぽつりと言うと、彼は目を丸くして首を傾げた。意外だ、と言っているようだった。

「優しいよ、天音は。ほんとに優しい。よく言われるでしょ？」

うまく言葉にできなくて、馬鹿のひとつ覚えみたいに繰り返すと、彼はゆっくりと瞬きをしながらうつむいた。ノートに文字を書きつける指が、少し震えているように見えるのは、気のせいだろうか。

『全然そんなことないよ』

「嘘。だっていつもすごく優しいじゃない」

すると天音は、迷うようにペンを何度か握り直してから、なにかを書きつけた。

『全然優しくないから、優しいと思われたいだけかも』

いつもと違う、硬い文字だった。私は息を呑んで、じっと天音を見つめる。

「……私も、そうかも」

ぽつりとつぶやくと、彼はゆっくりと瞬きをして私を見つめ返した。

「私ね……よく友達から、いい人とか優しいとかって言ってもらえることあるんだけど、それって、本当は自分がすごく性格悪いってわかってて、それがばれないように、必死になってみんなにいい顔してるんだよね……八方美人ってやつ」

本当の私は、嫉妬深くて意地悪で、ひどく汚い。でもそれを知られたくなくて、できるだけ周りに親切にして、優しいと思ってもらえそうな行動をしている卑怯《ひきょう》者だ。

醜い本性の上にさらに嘘を重ねて、嘘で塗り固められた私。

自己嫌悪で黙り込んでいると、天音がペンを走らせる音がした。目を上げると、ノートを見せてくれる。

『みんなそうなのかもね』

さっきとは違う、柔らかい文字だった。天音の表情からも硬さがなくなっている。

唐突に、話したくなった。

今まで隠し続けていた、自分の弱いところ、汚いところ、醜いところ。絶対に人には見せたくなかった本当の自分を、天音に聞いてほしくなった。

誰にも言えなかったピアノの話も、彼には話せた。そして彼は決して笑ったりばかにしたりせずに聞いてくれた。私を苦しめ続けているこの悩みも、きっと彼なら。

「……話、聞いてくれる？」

そうつぶやくと、彼はにこりと笑ってうなずいてくれる。

私はひとつ深いため息をついて、ゆっくりと口を開いた。

「私ね、いちばん大事な友達に、すごくひどいことしてるんだ」

口に出した瞬間、ぱんぱんに膨れた風船から勢いよく空気が噴き出すように、話したいことが一気に心の奥底から溢れてきた。誰にも言えなかったし言わなかったけれど、本当は自分の思いを吐き出したくてたまらなかったのだと、やっと気がついた。

「その友達、遠子っていう子なんだけどね、大人しくて優しくて、可愛い女の子なんだ。小学一年生のときに同じクラスになって、すぐに仲良くなって、中学も高校も同じ。こんなに長く続いてる友達、他にいないんだ。それに遠子って本当にいい子でね、嘘つかないし適当なことは絶対に言わないし、控えめなんだけどちゃんと自分を持ってて、言うべきことはちゃんと言えるのがすごいなって思ってて、だから、すごく信頼できるっていうか、本当に大事な友達なの」

まとまりのない話を、天音はときどき相槌を打つようにうなずきながら、淡い茶色の綺麗な瞳を私に向けて真剣に聞いてくれている。

彼の眼差しに励まされて、私は膿《うみ》を出すように話し続けた。

「中学のときにね、遠子が、なんていうか……いじめって言うのかな、それほどひどくはなかったのかも知れないけど、嫌がらせみたいなのされてたって知って……」

いじめ、という言葉を口にした瞬間、ノートの上に置かれた天音の指が、ぴくりと反応したのがわかった。目を上げると、彼は唇を噛んでいる。

優しい天音は、きっと誰かがいじめられているのを見るだけで心を痛めるのだろう。もしかしたら、こんな話は聞きたくないだろうか。

思わず口をつぐんだけれど、彼は先を促すようにうなずきかけてくれた。

「そのときは、遠子とは違うクラスだったし、小五ぐらいから別のグループに入ってたから、全然話さなくなっちゃってたんだけど、たまに見かけるたびにすごく暗い顔してて、ずっと気になってて」

当時の遠子の様子を思い出すと、今でも胸が痛くなる。いつも控えめで優しい笑みを浮かべていた彼女が、ひとりきりで青ざめた顔をして、小さな身体をさらに縮こめるように、教室の片隅に座っていた姿。

「なんとかしてあげたいって思ったんだけど、うまくできなくて……。情けないけど、自分がいじめの標的になっちゃうかもって思って怖かったんだよね、やっぱり……。だから、なるべく声かけたりメールしたりするくらいしかできなくて。しばらくしたら嫌がらせもなくなったみたいで、遠子も普通に過ごせるようになってきたから安心したんだけど、結局なにもできなかったこと、すごく後悔してたんだ」

天音が小さくうなずく。ペンは下ろしている。私の話に集中してくれているのだ。

確かに今はなにか言葉をかけてもらうより、ただ聞いてもらっているほうがとても話しやすかった。

「だからね、同じ高校でクラスも同じってわかったとき、もしまた遠子が苦しんだりすることがあったら、今度こそ力になろうって思ってた。今思えばすごい思い上がりだし、上から目線で嫌な感じだなって思うけど……でも、遠子のことが大事だから、そうしたいなって」

そう決めたはずだったのに、あんなことになってしまった。

ふうっと深呼吸をすると、白い息が夜空へと昇っていった。

「……クラスではね、遠子の他に、香奈と菜々美っていう子と一緒に行動してたの。でも、そのふたりがね、遠子のこと無視したり、悪口言ったりするようになって……」

天音が苦しそうに顔を歪める。やっぱりいじめの話を聞くのは嫌いなんだろうなと思ったけれど、この話を避けるわけにはいかなくて、私は「嫌な話してごめんね」と謝ってから続けた。

「SNSでも悪口とか言ってて、遠子はすごく傷ついてた。見ててわかった。中学のときよりももっと暗い顔して、見てられないくらい落ち込んでた。いつも怯《おび》えた顔で小さくなってて、なんとかしなきゃ、なんとかしてあげたいって、私は思ってて……」

くっと唇を噛んで、言葉を止めた。

天音が私の顔を覗き込んでくる。透明な泉みたいに透き通った美しい瞳。私の醜くて汚い部分を、綺麗な綺麗な天音に見せる。それがとても怖かったけれど、私は口を開いた。

「でも、なにもできなかった……なにもしなかった。ずっと見て見ぬふりしたまま」

言葉にして初めて、自分がどれほどひどいことをしているのか、胸に突き刺さるように実感した。大事な友達の苦しみを、見て見ぬふりをしてきた。自分さえよければいい、と思っていたのだ。

「だって、全部私のせいだったから……」

呻くような声が唇から洩れた。

「……私ね、好きな人がいるの」

ぽつりと言うと、となりで天音が小さく身じろぎした。いきなり恋愛の話を始めたから困らせてしまったかな、と目を向けると、彼は私をじっと見つめながら深呼吸をするように大きく息を吸い込んだ。

「急にごめんね。困るよね、恋バナなんか」

そう謝ると、彼はふるふると首を振ってから、先を促すように小さくうなずいた。

「その人……彼方くんっていうんだけど、今、遠子と付き合ってるんだ」

天音が息を呑み、目を見開いた。私は、ふっと笑って続ける。

「びっくりするよね。どこの漫画の話？って感じだもんね。親友と同じ人好きになるなんて」

彼の顔が苦しそうに歪む。

「四月からずっと好きだったの。それで、文化祭の日にがんばって告白したんだけど、だめだった。実は彼方くんは遠子のことが好きで、本当は遠子も前から彼方くんのことが好きで。それでふたりは付き合い始めたの」

言葉にするとこんなに簡潔なことなんだ、と驚いた。あんなに苦しかったことが、こんなひと言で終わってしまうなんて。

友達と同じ人を好きになったけれど、自分は振られた。友達は両想いだったから、付き合い始めてハッピーエンド。それだけの話。

そう考えると、こんなに泣いて大げさに語ることじゃなかったな、と恥ずかしくなってきた。

「なんかごめんね、こんなことで呼び出されても困るよね……」

あはは、と笑ってとなりを見ようとした瞬間、ふっと視界が翳った。と同時に、切羽詰まったような表情を浮かべた天音の顔が近づいてくる。

外灯の明かりが、屈んだ彼の身体に遮られて暗くなったのだと悟ったときには、苦しげに細められた綺麗な蜂蜜色の瞳が、すぐ目の前に迫っていた。

「え……っ」

思わず声を上げると、天音がはっとしたように動きを止めた。

「天音……？」

突然の接近に動揺しながら、上ずった声で呼ぶ。彼はふうっと深い呼吸をして身を起こすと、どこか困ったような顔で私を見た。唇が『ごめん』と動く。

一瞬、黙ったまま見つめ合った。天音は眉根を寄せて唇を引き結んでいたけれど、おもむろにペンを握って動かし始める。

『そんなにつらい思いをするくらいなら、』

いつになく細く、かすかに震えているように見える字で書かれた言葉を目で追う。続けて『僕』と書いたところで彼は急にペンを止め、そのページをびりっと破いた。

私は「えっ」と驚いて顔を上げた。天音は唇を噛みしめたままノートの切れ端をぐしゃぐしゃと丸め、ごめん、とまた唇で言った。

彼は何度か息を吸って吐いてから、気を取り直すようにふっと笑みを浮かべた。

『――こんなこと、なんて思わない』

息を呑んだ私に、彼は続けて書いてみせた。

『だから、平気なふりなんてしなくていいんだよ』

平気なふり。その言葉が、胸の奥深くまで届いてじわりと心に染み込むのを感じた。

『つらかったね。苦しかったね。たくさんたくさん悩んだんだね』

柔らかくつづられた文字を見た瞬間、目の奥が熱くなった。

確かにつらかった。でも、もっとつらかったのは遠子だと思う。

だから、そんな優しい言葉をかけてもらう資格は、私にはない。

「……本当はね、薄々わかってたんだ。遠子は彼方くんのこと好きなんじゃないかなって。でも、あとから好きになったくせに、とか思ってる私がいて……遠子が諦めてくれるように、汚い計算ばっかりしてた。わざと彼方くんのことが好きって口に出して、遠子に協力してもらったりして……。それで遠子は、私の好きな人だからって自分の思いを押し殺して我慢してくれてたの。……本当に最低でしょ、私」

　涙が溢れそうになるのを必死にこらえた。私には本当に泣く資格さえない。

「遠子が彼方くんと付き合いだしてから、香奈たちが遠子につらく当たるようになったの。私のこと可哀想って心配してくれて、私のために言ってくれてるのわかったから、なにも言えなくて……だから、香奈たちが遠子にしてることは、全部私のせいなんだ」

天音が否定するように首を横に振った。外灯の光を受けて金色に透き通る髪が、さらさらと音を立てる。

「でも本当はそれだけじゃなくて、私自身にも、遠子に対して嫌な気持ちがあったから、香奈たちのこと止めなかったのかもしれない」

自分ではそんなつもりはなかったけれど、遠子が悪く言われることを、もしかしたら気持ちよく思っていたのかもしれない。そこまで自分の性格が悪いとは思いたくないけれど、そうじゃないと説明がつかない気もする。

「遠子のこと大事な友達って今でも思ってるのに、遠子が彼方くんといるの見ると、自分でもどうしようもないくらい……嫉妬する」

嫉妬というのは、ドラマや映画ではいくらでも聞く言葉だったけれど、こんなにも暗くてどす黒くて汚い感情だとは思いもしなかった。自分でもコントロールできないくらい、どろどろとした気持ちが湧き出してくる。

こんな醜い感情が自分の中にあったなんて、信じたくなかった。でも、確かにそれは私の中にあって、次々に溢れてくるのだ。

「──遠子は今、教室でひとりぼっちなんだ。香奈たちから逃げて、私にも気をつかって避けて、ずっと我慢してる。私は、なにもしないでただ見てるだけ」

いつもひとりで小さくなっている遠子の背中。それを視界の端でとらえながらも、見ていないふりで香奈たちとおしゃべりしている私。

「そんな自分が大嫌い」

初めて口に出した言葉だった。

「……本当に、嫌い。こんな自分、大嫌い」

ずっと胸の内に抱えていた苦い思い。親にも友達にも、誰にも言えなかった。

でも、なんでだろう、天音には言えた。まだ出会って間もないのに、不思議だった。

彼はなにかを考えているような深い眼差しでじっと私を見つめて、それからペンを動かした。

『遥がなんて言おうと、遥はいい子だよ。素直で、優しくて、いい子だよ』

いい子。優しい。親戚や友達から、今まで何度も言ってもらったことがある。でもそれは、一生懸命取りつくろって作り上げた外側の〝私〟なのだ。中身はまったくいい子なんかじゃないと、私がいちばん知っている。

そんな複雑な思いで彼の書く言葉を見ていたけれど、続く文字を見た瞬間、私は度肝を抜かれた。

『遥が遥のことを嫌いでも、僕は遥のことが好きだよ』

「えっ？　好き⁉」

思わず素っ頓狂な声を上げてしまった。でも、驚いて天音の顔を見たとたん、勘違いだと気づく。

彼はいつものように穏やかな微笑みを浮かべているだけで、そこには照れくささや恥ずかしさなど微塵《みじん》も感じられなかった。愛の告白をした人の顔には見えない。

それで、彼の言う『好き』は、ただの友達に対する好意のことだとわかった。勝手な思い違いをしてしまった恥ずかしさで気まずく黙り込んでいると、天音は私の動揺など知るよしもなく、さらに続けた。

『遥は優しいから、誰も傷つけたくなくて周りに気をつかいすぎて、人の気持ちを考えすぎちゃうんだと思う。そのせいで自分が疲れきっちゃうくらいに優しい。全部自分のせいにして自分のことが嫌になっちゃうくらいに、卑怯なことを許せない正しい心を持ってて、だから自分だけを責めちゃうんだよ』

でも、と反論しようとしたとき、天音がふいに顔を上げて、ぴっと立てた人差し指を私の前に差し出した。それからその指を自分の唇に当て、『しーっ』という仕草をする。私は反射的に口をつぐんだ。

『今までがんばったね』

柔らかくて、優しい字だった。そして、私が今まで誰からも向けられたことのない言葉だった。

それを目にした瞬間、一度引いたはずの涙が、さっきよりもずっと勢いよく溢れ出した。

天音がくすりと笑って、『やっぱり泣き虫だ』と書く。震える声で「うるさい」と笑ったら、さらに涙が流れた。

でもそれは、さっきまでの悲しみや苦しみの涙ではない。

心にこびりついていた暗い感情を洗い流してくれる、湧き水のような涙だった。

心が軽くなっていくのを感じる。彼に『がんばったね』と言ってもらえたことで、今まで自分が苦悩してきたことが、無駄ではなかったのかもしれないと思える。ほんの少しだけ、自分をねぎらってあげてもいいかなと思える。

天音の言葉で、澱《よど》みきっていた心が浄化されたみたいだった。

不思議なことに、思いきり涙を流してさっぱりすると、自分がなにをすればいいのかわかるようになった。

暗闇の中ではただ当てもなくもがいて足掻《あが》くしかなくても、一筋の光が射したとたんに、どこに向かって歩けばトンネルから脱け出せるのか、見えてくるのだ。

「変わりたいな……」

私は独り言のようにつぶやく。

今の状況を変えるためには、私が変わるしかないのだとわかった。ただ悩んだり泣いたりしていたって、なにも変わらない。凍りついてしまった私たちの関係を溶かすためには、私が行動を起こすしかないのだ。

『遥なら変われるよ』

涙のにじむ目で、彼が私のために書いてくれた言葉をなんとか読み取る。

「変われるかな……？」

嗚咽をこらえながら言うと、天音が微笑んでこくりとうなずいた。そしてさらになにかを書きつける。

でも、次々に溢れる涙で、もう読むことができない。

すると彼は悲しそうに顔を歪めて、『ごめん』と唇で言った。話せなくてごめん、文字じゃないと伝えられなくてごめん、と言っているような気がした。

だから、すぐに首を振る。

「涙が引いたら読ませて」

そう言うと、天音は意表を突かれたように目を丸くした。それから、目を細めてふっと笑う。

『ありがとう』

と彼の唇が動いた。

胸がじんわりと温かくなる。話せなくたってかまわない。だって、天音の優しさも温かさも、書かれた文字から、その表情や仕草から、十分に伝わる。

だから、そんなことで謝らないで、という思いを込めて、私はここ最近でいちばんの笑みを浮かべた。

ずっと、学校がつらかった。

いつも私に申し訳なさそうにしている遠子を見ることも、彼方くんが彼女と仲睦まじい様子でいるのを見ることも、香奈たちが遠子につらく当たるのを見ることも、全部が嫌で、悲しくて悔しくて苦しかった。

そんなときに、天音に出会った。

私は毎日放課後に彼と会うことで、学校や家でのつらさを忘れようとしていた。

でも、『あかり』を一歩出たとたん、忘れていた嫌なものたちは全部現実になって戻ってきて、一気に私に押し寄せてきた。

それでも私は、天音に会うことで少しでも楽になろうとしていた。天音を逃げ道にしていたのだ。

彼と会う放課後の秘密の時間は、ただの現実逃避だった。見なくてはいけないものから目を逸らした不自然な時間だった。

私を悩ませる問題には、いつかは向き合わなくてはいけないのだ。ちゃんと前を向いて、自分の力で解決しないといけない。

それはすごく勇気のいることで、今までに築き上げてきた自分のすべてを失わなくてはいけないかもしれない。

でも、やらなきゃ。やれる。そう思えた。

天音に力をもらったことで、私はほんの少しだけ、自分自身を信じられるようになったのだ。

＊

翌日。私は、決意を胸に登校した。

四時間目が終わったあと、三組の教室へ戻る途中に、行動を起こすきっかけが訪れた。香奈たちと三人で階段を下りきったとき、ちょうど遠子が前を歩いていたのだ。

私たちに気づいていないらしい彼女は、教材を胸に抱いて廊下を歩いていく。

そして、一組の教室の前でちらりと中を覗き込んだ。彼方くんのクラスだ。

「なにー、望月《もちづき》さん、彼氏に会いに来たの？」

窓の近くにいた女子に話しかけられて、遠子は頬を赤く染めた。

「あははっ、りんごみたい！　いつまで経っても慣れないね。羽鳥くん呼んできてあげる」

「あ……ありがとう」

彼女は真っ赤な顔でぺこりと頭を下げる。

私のとなりで一緒に見ていた香奈が顔を歪めた。

「なにあれー、マジうざい」

私は唇を噛んで、「ねえ」と口を開く。でも、すぐに彼方くんが出てきたので、私の目線はそちらへ向いてしまった。

遠子が微笑みながら「はい」と彼方くんに教科書を差し出すと、彼方くんは手を合わせて「ありがとう！」と言って受け取った。彼が忘れ物をしたので貸してあげるのだろうか。

遠子が再び三組に向かって歩き出したとき、香奈が足を早めて彼女に近づいた。菜々美がそれに続く。私も慌ててあとを追った。

「ちょっと、学校でいちゃいちゃしないでよね」

背中から厳しい声をかけられて、遠子がびくりと振り向いた。

「いつも言ってるけどさ、ちょっとは遥に気いつかえないの？　何回言ったらわかるわけ？」

「ごめん……」

遠子にだって事情や理由があったはずだ。でも、彼女は言い訳ひとつせずに、ただ批判を受け入れて謝る。なにも悪くないのに。

私は大きく深呼吸をして、声を上げた。

「もう、いいよ」

思ったよりも大きな声が出て、香奈と菜々美、そして遠子が驚いたような表情で同時に振り向いた。

「もういいから。もう、やめよう」

「え？　遥……？」

香奈が目を見開いて私を凝視する。菜々美も少し眉をひそめてこちらを見ている。

胸がばくばくと音を立て始めた。心臓が口から飛び出そう、というのはこういう気持ちのことなんだと思う。

これから私がやろうとしていることは、きっと彼女たちを深く傷つけるだろう。ずっと仲良くしてくれたふたりから嫌われてしまうかもしれない。

今までずっと、周りの顔色を窺っていい顔ばかりしてきた私は、敵意を向けられることがなによりも怖かった。

もしかしたら友達をいっぺんに失うかもしれない。もしも彼女たちが私から離れていったら、私はクラスでひとりきりになって居場所を失うかもしれない。

でも、もう決めたのだ。変わりたいと思ったから。きっと変われると、天音が思わせてくれたから。

私たちの不穏な空気を察したのか、周りの生徒たちが怪訝《けげん》な顔で様子を窺ってくるのを感じた。ここで話すのはよくないだろうと思い、私は香奈の手をつかんで言った。

「ちょっと……話したいから、ついてきてほしい」

それから、遠子のほうへ目を向ける。

「遠子も」

彼女は「えっ」と声を上げ、香奈と菜々美に視線を走らせる。彼女たちに遠慮しているのがわかったから、私は「いいから」と強く告げて、もう一方の手で遠子の手をつかんだ。

両手で香奈と遠子の手を引き、人気《ひとけ》のない校舎の端へと連れていく。菜々美は黙ってついてきてくれた。

誰もいない空き教室を見つけて、四人で中に入る。ドアを閉めると思いのほか静かで、昼休みの喧騒《けんそう》がひどく遠くに聞こえた。

三人を座らせて、自分も手近な椅子に腰かける。正面には香奈がいた。両側に遠子と菜々美。

ぱっと顔を上げて香奈を見ると、彼女はどこか不安げに表情を歪めた。

「え、なに？ なにこれ。なんか遥の顔怖いんだけど……いつもにこにこしてるのに、なんでそんな顔するの？」

香奈が怯えているのを感じ取って、私は慌てて笑みを浮かべた。でも、それでは今までの自分と変わらないと気づいて、表情を引き締める。

「ごめん、緊張してるから」

心臓はいまだに激しく動悸していた。

膝に置いた手も震えているし、喉はからからだ。

少しうつむいて、ふうっと息を吐いてから、香奈を見つめる。それから菜々美を、次に遠子を見て、また香奈に視線を向けた。

「あのね……もう、こういうの、やめたいなって思って。やめよう」

うまく言葉が見つからなくて、そんな曖昧な言い方をしたけれど、彼女たちは私の意図をちゃんと汲み取ってくれたようだった。香奈がふっと目を落として唇を噛む。

彼女はもともと明るくて素直な子だから、自分のしていることが褒められたことではないと、きっと自覚していたのだと思う。それなのに、あんなふうに振る舞っていたのは——。

「……私のためだったんだよね。それはわかってるの、ありがとう」

香奈がくっと口元を歪めた。その目にじわりと涙がにじむ。それに気づいて、菜々美が彼女の肩に手を置いた。とたんに香奈はぽろりと涙をこぼした。

「だって……嫌だったんだもん」

ううう、と嗚咽を洩らしながら、彼女が言った。

「遥はさあ、あたしが会った中でいちばん優しくて可愛くて、遥みたいな子と友達になれたの、あたしはめっちゃ嬉しかったの。自慢だったの」

まさか彼女がそんなふうに思ってくれていたなんて知らなくて、びっくりして言葉が出てこない。

「それなのにさあ、遥は昔から仲良しの遠子のこと特別扱いだし。そんなに大事にされてるくせに、遠子は遥の好きな人取っちゃうしさ。なんなのそれって思うじゃん、許せないじゃん！」

叫ぶように言いながら、香奈は突然わあっと声を上げて泣きだした。

まるで小さな子どもみたいな思い切りのいい泣き方だった。初めは慌てて彼女の背中をさすっていた私も、途中からなんだかおかしくなってきて笑いをこらえるのに必死だった。でも菜々美が遠慮なく「幼稚園児か！」とつっこんで笑い始めたので、とうとう噴き出してしまう。すると、遠子も遠慮がちに笑いを洩らし始めた。

「笑うな、ばかあっ!!」

香奈が泣きながら怒った顔を向けると、遠子は「ごめん」と焦ったように口元を押さえた。でも彼女たちの様子からは、さっきまでの冷たくてぎすぎすした空気はもう失われていた。

「ごめんね、香奈」

もう一度、今度ははっきりと遠子が謝った。香奈がむくれた顔をして遠子をじとりと睨みつける。

「昨日ドラマ見て泣いたから！　涙腺緩んじゃってるの！　しょうがないでしょ、泣いたって」

「うん、ごめん。でも、あの、いいと思うよ、私もよく泣いちゃうし」

「一緒にすんな、遠子の泣き虫とは違うから！　あたしは泣いても年に一回か二回なんだから!!」

「あっ、ごめん、そうだよね」

感情のままに泣きわめく香奈と、おろおろしたように彼女を見つめる遠子。それをおかしそうに笑って見ている菜々美。

私は拍子抜けしてしまった。

もうどうしようもないくらいぐちゃぐちゃに関係が壊れてしまったと思っていたのに、ほんの少しのことで、空気が一変してしまった。

たったひと言、勇気を出して口にしただけで、こんなにも変わった。

今までのはなんだったんだろう。そう思いながら、呆然と三人を見つめていると、遠子がふいに背筋を伸ばして口を開いた。

「ごめんなさい。彼方くんと、あの……付き合って……」

最後のほうは少しずつ声が小さくなっていく。香奈がぴくりと眉を上げた。

「そんなこと言ったら、彼方くんに失礼じゃん」

遠子が眉を下げて「ええー……」と情けない声を上げる。

「そこ怒ってたんじゃないの……」

「そりゃあ気に食わないけど、仕方ないじゃん。両想いで付き合ってるんだから、もうしょうがないじゃん。それはわかってるんだけど、でも、あんたたちが仲良くしてるとこ見せられたら、遥が嫌な気持ちになるでしょってこと！」

「ごめん、気をつけてはいたんだけど……」

「詰めが甘いんだよ！」

唸《うな》るように言った香奈に、菜々美が「怖いって、ヤンキーか」とまた大笑いした。

香奈はぐっと唇を噛んでから、肩を落として遠子を見る。

「……でもまあ、無理でしょ、まったく見られないようにするとか。付き合いたてだし、いちゃいちゃしたいのもわかるしね。わかってるよ、でも、見つけちゃうとなんか言ってやりたくなるの！」

うん、うん、とうなずきながら遠子が聞いている。

「我慢できなかったの。遥は優しいし、いい子だから絶対言えないでしょ、文句とか。だからあたしが代わりに言ってやらなきゃとか勝手に思って」

私は「ありがと」と香奈の膝に手を置いた。彼女は少し照れくさそうな顔をしてから続ける。

「なんか、応援してたサッカーチームが負けちゃって、悔しくって文句のひとつもぶつけてやりたいみたいな感じもある。正々堂々勝負して負けたんだから仕方ないってわかってるんだけど、でも素直に認められなくて吠えたい！みたいな」

少しずつ香奈の声のトーンが落ちていく。

「でもほんとは、ただうらやましかったのかも。だってさ、めっちゃ奥手そうなのにさっさとあんなかっこいい彼氏ゲットしちゃうとか、悔しいじゃん。あたし失恋してばっかだし。そりゃ性格悪いから自業自得とは思うけどさ、うらやましいもんはうらやましいんだよ。それにさ──」

そこでふいに言葉を呑み込んで動きを止めた香奈が、唐突に、

「……っていうか、ごめん！」

と叫んだ。あっけにとられる私たちをよそに、彼女はさらに続ける。

「嫌がらせとか悪口とか無視とか、正直いじめだよね、全部ごめん！　やりすぎた。完全にやりすぎた。全部あたしが悪い。ほんとごめん。ごめんなさい‼」

ぽかんとしている遠子に、香奈はがばっと頭を下げた。数秒間そのままの姿勢で、それからふーっと長い息を吐いて頭を抱え、

「やっと謝れたあ……」

と泣きそうな声でつぶやいた。菜々美が「がんばったね」と香奈の肩に手を置く。

それから彼女も遠子のほうを真っ直ぐに見て、

「ごめん、私も一緒になって嫌なこといっぱい言った。本当にごめん、最低だった」

と謝った。遠子は微笑みながら「ううん」と首を振る。それを見ながら香奈は涙声で続けた。

「……本当はさ、ずっと思ってたんだよね。こんなんめっちゃ空気悪いしさ、悪口ばっか言ってるとどんどん自分の中身が汚くなってく感じしたし、自分がやってるの最悪なことだってわかってるし、そろそろ終わりにしなきゃって。今までごめんって、許してくださいって言わなきゃって……」

彼女がそんなふうに思っていたなんてまったく気づかなかった。

言葉にされない思いは、外からはまったく見えないものなんだ。だから、伝えたいことはちゃんと言わなきゃいけないんだ。

「でも、なんか、素直に謝れなくて。あたし昔から親にいつも叱られてたんだよね、あんたは本当にごめんなさいが言えない子だね、そのままじゃ友達いなくなるよって」

それは、わかる。自分の非を認めて謝るのは、すごく勇気がいることだ。格好悪いところをさらけ出すのは恥ずかしいし、プライドが粉々にされるほどつらい。

だからこそ、香奈が今どれほど居たたまれない気持ちでいるのか考えてしまって、なんだか泣きそうになっていると、彼女がゆっくりと顔を上げて私を見た。

「……ありがとね、遥。やめるきっかけくれて、謝る機会くれて、ありがと」

私は涙をこらえながら、うん、とうなずいた。

へへっ、と笑った香奈は、今度はとなりに目を向けた。菜々美もそれにならう。

「いっぱい意地悪しちゃったよね」

「私も、本当にごめん」

「遠子、許してくれる？」

ふたりから小さな声で問われて、遠子はにっこりとうなずいた。

「もちろん！」

その答えに、ふたりは涙を浮かべながら「ありがと」と頭を下げる。すると遠子も同じような表情で言った。

「私のほうこそ、ごめんね。ありがとう」

ひと言では説明できないくらいにたくさんの思いが詰まった、とても重い『ごめん』と『ありがとう』だった。

「遠子」

香奈と菜々美が教室を出たあと、私は遠子を呼び止めた。彼女は振り向いて、私の意図を察して戻ってきてくれる。

香奈たちに「ごめん、先に戻ってて」と告げてから、私は遠子と向き合って座った。

「あのね……ごめんね、今まで」

いろいろな気持ちを込めて謝ると、彼女はぶんぶんと首を横に振った。

「遥は謝ることないよ」

そうきっぱりと答えてくれた顔を、じっと見つめる。そうしていると、遠子ってこんな顔だったっけ、と不思議な気持ちが込み上げてきた。毎日見ていたはずなのに、なぜかものすごく久しぶりに見たような気がした。それだけ、彼女とちゃんと向き合っていなかったということなのかもしれない。

表面上では普通に話しかけていたつもりだったけれど、自分の中で拭いきれない複雑な思いがあって、心の中は全然今まで通りなんかじゃなかった。だからきっと、ちゃんと真正面から彼女の顔を見ることができていなかったのだ。

「ありがとう」

確かめるようにゆっくりと口にすると、遠子はにこっと笑った。

「……彼方くんのこと」

気がついたら、そんな言葉が口に出ていた。

遠子との間で、まるで腫《は》れ物のように避け続けてきた話題。触れないようにして、そのまま水に流してしまおうと、全部なかったことにして忘れてしまおうとしていた。

でもきっと、この話をしないと、本当の意味で遠子と前みたいに接することはできない。

「正直ね、まだ好きだよ、彼方くんのこと。思わず目で追っちゃうし、ちょっと話せるだけで嬉しいとか思っちゃう。……ごめん」

遠子がまた首を横に振った。

「それは謝ることじゃないし、私に断らなきゃいけないことでもないよ」

そう言ってから、彼女はうつむいた。

「……私がこんなこと言うのもおかしいし、失礼だって思うけど……。遥がいちばんつらいよね」

つらいね、と遠子は繰り返した。

彼方くんと付き合う前、私と同じ人を好きになってしまったと思った遠子は、諦めようとして彼への恋心を必死に我慢してくれていた。だから彼女は、自分から恋を諦めなくてはならない気持ちを、とてもよく知っている。

心優しい遠子は、きっと今、私の気持ちを思いやってくれて、苦しんでいる。

私は彼女に勢いよく抱きついた。彼女が驚いたように声を上げる。

「遥？」

「遠子までそんな顔しないで。せっかく大好きな彼方くんと付き合ってるんだから、私に遠慮なんかしないで、堂々といちゃいちゃしてよ。隠れてこそこそされるほうが、なんか申し訳なくなっちゃって、逆につらくなるから！」

ずっと秘めていた思いをぶつけた。

「遠子と彼方くんが仲良くしゃべってたり、手つないで歩いてるのとか見たら、それはもちろん嫉妬しちゃうけど、それはこっちの問題だし、カレカノ持ちの人好きになっちゃった子はみんな一緒でしょ。片想いしてる限り、私だってそれに耐えなきゃいけないのは当たり前だよ。だから、『きっと今ごろ遥は嫉妬心に燃えてるんだなー』とか思いながら、思う存分いちゃいちゃしてよ」

遠子は、びっくりしすぎて声も出せない、という顔をしていた。

「彼方くんのこと好きだけど、遠子のことだって大好きだから、遠子が申し訳ない思いしながら付き合ってるの、私も悲しくなる。だから、これはもう仕方ないことって受け入れるしかないよね。同じ人好きになっちゃったんだもん、しょうがない」

勢いに任せて、ひと息に言い切った。

「……遥、かっこいい」

遠子が感嘆したようにぱちぱちと手を叩きながら言ったので、おかしくなって私は噴き出した。

「ありがと。これからは、かっこいい女目指すことにする」

「可愛くて優しくてかっこいいとか、最強だね」

彼女は昔から、やけに私のことを美化してくれている。私より可愛い子も優しい子もいくらでもいるのに、なんだかくすぐったい。

「じゃあ私、遠子の期待に恥じない人になれるようにがんばる」

照れくささをこらえながら言うと、遠子は「もう十分だけど、応援する」と笑ってくれた。

＊

教室を出たあと、私は購買《こうばい》に行くため遠子と別れた。

パンを買って、早くしないと昼休みがもうすぐ終わってしまう、と小走りに渡り廊下を戻っていると、後ろから「広瀬さん！」と呼び止められた。足を止めて振り向く。

「わっ、彼方くん」

こちらへと駆け寄ってくる、すらりとした体型とさわやかに整った顔立ち。やっぱりかっこいいな、と懲《こ》りずに眺めていると、彼が目の前で立ち止まった。

「急にごめんな。今、時間大丈夫？」

さすが陸上部。けっこうな速さで走ってきたのに、まったく息が切れていない。

「うん、全然大丈夫」

本当は大丈夫じゃなくても、彼方くんに呼ばれて断るわけがない。

「さっき、もしかして、みんなで話した？」

私はこくりとうなずいた。彼は、私たちの間にいざこざがあったことを前から知っている。

「……どうなった？」

彼方くんが緊張した面持ちで、首を傾げて覗き込んでくる。私は笑ってうなずいた。

「うん。たぶん、もう大丈夫！」

そう答えた瞬間、彼方くんがほっとしたように頬を緩めて、満面の笑みを浮かべた。

「そっか……！　そっか、よかった。本当によかった」

心から安堵しているのが伝わってきた。きっと、ずっと、本当に本当に遠子のことを心配していたんだろう。

「なんか、よくない雰囲気になってるなっていうのはわかってたんだけど、なんか俺にできることないかって訊いたら、遠子が『女子同士の問題に男子は口出さないほうがいいと思う、もっとおおごとになっちゃうから』って頑《かたく》なに拒否してさ。ただ見てるだけ、気を揉《も》んでるしかなくて、俺もすげーきつかったんだ……」

彼方くんがふうっと息を吐き出した。ずっと心に刺さっていた棘がやっと抜けた、という感じだった。

「さっきクラスのやつから、遠子と広瀬さんたちが『ただならぬ雰囲気で空き教室のほう行ったぞ』って聞いて、もう気が気じゃなくて。で、すぐ三組に行ってみたら、遠子が岩下《いわした》さんたちと飯食っててさ、え⁉ってなって、でもその輪に入るのもどうかなって気が引けて訊けなくて、そのまま戻ってきたんだ。そしたら今たまたま広瀬さん見つけたから、慌てて呼び止めちゃった。ごめんな、突然」

「ううん、こっちこそ遠子に嫌な思いさせててごめん。私がちゃんと言うべきこと言わずに黙ってたのが悪いんだ。今日、勇気出してみんなに話してみたら、すぐわかってもらえて、よかった」

そっか、と彼方くんがうなずく。それからにっこりと笑って言った。

「ありがとな、遠子のこと助けてくれて」

ちくりと痛んだ胸には、気づかないふりをする。

「そんないいもんじゃないよ……。それに、正直、遠子のためっていうよりは、自分の気が軽くなるように、罪悪感が減るようにしたかっただけ」

目を丸くした彼方くんは、次にはふっと微笑んだ。

「広瀬さん、やっぱりいい子だな。遠子が言ってた通りだ」

その言葉に、思わず噴き出してしまった。彼方くんが「えっ？」と首を傾げる。

「なんでそこで笑うんだよ……今、笑えるところあった？」

「いや、なんかもう、おかしくて」

私は笑いをこらえきれずに、お腹を抱えながら答える。

「おかしいって、なにが……？」

「だって彼方くん、口を開けば遠子遠子って！　どんだけ好きなの、遠子のこと」

彼方くんの頬が、ぱあっと赤く染まった。

「えっ、嘘、そんなに言ってた……？」

「言ってた、言ってた。十秒に一回は『遠子』って言ってるよ、たぶん。ほんっと大好きなんだね」

「ええ～……マジか、恥ず……」

彼はうつむきながら呻いて、両手で顔を覆った。でも耳まで真っ赤だから、まったく隠しきれていない。

いつもさわやかで大人っぽくて余裕があって、というのが彼方くんのイメージだった。でも、彼女のことで照れる姿を見て、こんな一面もあったのかとびっくりする。

遠子は幸せだな、こんなに大事にしてもらえて。

そう思うと同時に、なんだか身体から力が抜けていくような感覚に包まれる。ずっと心のどこかにかかっていた霧が晴れていくような、不思議な感じがする。

「あっ、ごめん、飯まだだった？」

私が持っているパンを見て、彼方くんが慌てたように言う。

最初からずっと持っていたのに、今さら気づくなんて。それだけ遠子のことで頭がいっぱいだったんだろうな、と思う。

「ごめんな、食べる時間奪っちゃって。俺もう行くわ！　あと、遠子のこと、本当ありがと!!」

彼方くんは両手を合わせて頭を下げてから、「じゃあ」と走り去っていった。

渡り廊下の真ん中にひとり残された私は、ゆっくりと窓の外の空を見上げた。

明るい水色の空。降り注いでくる白い光。

生まれたてのような光を全身に浴びていたら、ふいに、もういいかな、という思いが込み上げてきた。

ずっと彼方くんのことが好きだった。ひと目惚れだった。最初に出会ったときに助けてもらって、それからずっと、遠くから見つめていた。憧れだった。

でも今思えば、ちゃんと話したこともなかったし、本当の意味ではどんな人なのか知らなかった。遠子と彼方くんの距離が近づき始めてから、余計に好きになっていったような気がする。見ているだけでいいと思っていたはずなのに、欲が出てきた。たぶん、未練とか執着というやつだ。

ずっと片想いしていて、それが普通の状態だったから、急に諦めないといけなくなって、頭ではわかっていても心が納得できていなかった。それが今日一日で、とうとう腑に落ちた。

やっと、彼方くんのことを諦められるような気がする。

生まれて初めての本気の恋を、私はもう十分に味わったな、と素直に思えた。

恋をする喜び、片想いの甘酸っぱさ、失恋の痛み、諦められない未練の苦しさ、どうしようもない嫉妬、そして恋が終わる瞬間。恋の全部を味わい尽くした。

私の初恋は、これで終わり。

初恋は実らない、とよく聞くけれど、本当だ。そう考えたら、私だけではないんだな、と思えた。世界中の人が、きっと今日も恋に落ちたり、失恋したりしている。

すごくすごく苦しかったけれど、ちゃんと恋をしたと、胸を張って言えた。必死に目で追って、告白して、ちゃんと玉砕《ぎょくさい》して、全力で恋をした。

大きく深呼吸をして、降り注ぐ光を全身で受け止める。

透き通った、優しい光。

まるで天音みたいだ、とふいに思った。

その瞬間に、天から降り注いでくるようなあの歌声と、空から舞い降りた天使のような笑顔が甦ってきて、すると急に会いたくなった。彼に会って今日のことを話したい。そして、お礼を言いたい。

天音のおかげで私は変われたよ、遠子と本当の仲直りができたよ、と報告するのだ。

悲しいことや苦しいことばかりで、泥沼の底に沈んだような日々を送っていた私の心。それが、凍てつく冬の世界を包み込むような春の光に溶かされ、温かくほぐれていくのを感じた。

すべては彼との出会いがきっかけだ。彼と出会っていなければ、私はきっと今もまだ、暗く冷たい冬の夜の中でひとり泣いていただろう。

天音に会いたいな、ともう一度強く思った。

彼の歌声、ピアノの音、そしてその穏やかな笑顔と優しい眼差し、深い思いやりに満ちた言葉たち。

彼のすべてが、今の私にとってかけがえのないものだった。

君のためにできること

「天音！　こっちこっち」

駅の改札から出てきてきょろきょろとあたりを見回している天音に、声をかけながら手を振る。すぐに気づいた彼は、微笑みを浮かべながらこちらへやってきた。

「おはよ。寒いね」

天音が白い息を吐きながらうなずく。

「なんか変な感じ。いつも『あかり』でしか会わないから、外で会うって新鮮だね」

ふふっと笑いながら私が言うと、彼はまたうなずいた。

外ではノートに字を書くのが難しいので、天音は自分の言葉を伝えられなくなってしまうのだということに、今さら気がつく。優しい彼はなにも言わなかったけれど、街に呼び出したりして悪かったかな、と反省した。

今日は土曜日。普段は土日は会わないけれど、特別に駅で待ち合わせをして買い物に行く約束をしていた。

どうしてそんな経緯になったのかというと、きっかけは一週間前に遡《さかのぼ》る。

いつものように放課後、『あかり』で待ち合わせて、他愛ない話をしていたときのこと。私は常連のおじさんから娘さんへの誕生日プレゼントについて相談された。何気なく天音に訊ねてみて、その流れでもうすぐ彼の誕生日だということを知ったのだ。

そこでふいに思いついて、天音のおかげで遠子たちとの関係が修復できたから、そのお礼もかねて誕生日プレゼントを贈りたい、欲しいものを教えて、と訊ねた。

でも彼は『お礼をもらうほどのことはしてない』と困ったような顔で聞き入れてくれず、それでもしつこく食い下がっていたら、『遥の誕生日はいつ？』と問い返された。私の誕生日は三月なのでまだまだ先だと答えると、『僕もなにか贈る。プレゼント交換しよう』と言い出した。

それじゃお礼の意味がないとさんざんごねたけれど天音は聞いてくれず、結局お互いに誕生日プレゼントを贈るということで決着した。

ただ、どちらも同年代の異性にプレゼントをあげた経験がなくて、なにをあげたらいいかわからないという話になり、最終的に、『期末テストが終わったら、一緒に買い物に行って、お互い欲しいものを選ぶ』ことになったのだ。

そして、私の学校のテストが金曜日に終わったので、ついに今日、約束を果たすことになった。

「やっとテスト終わったねえ。天音どうだった？」

近くのショッピングモールに向かって歩きながら訊ねると、天音は微笑みながら小さくうなずいた。

「えー、その顔は、手応えある感じ？」

彼は少し眉を上げておどけたような表情をして笑い、またうなずいた。

「そっかあ、いいなあ。私なんか、相変わらず数学が全っ然解けなかったよ。他の教科はそれほど悪くもなさそうなんだけど、やっぱ数学はだめだな。あーあ、破滅的な点数が目に見える……テスト返却が恐怖だよ……」

がっくりと肩を落としたとき、ちょうど目の前の歩行者信号が赤に変わった。

すると、信号待ちの間に天音がコートのポケットからメモ帳とペンを取り出した。筆談がしやすいように、外ではノートではなくメモ帳を使うのだろう。

なにか慰めの言葉を書いてくれるのかと思って、期待に胸を膨らませながら覗き込んだら、そこにあったのは、

『自業自得ってやつだね』

という文字。数学のテスト前日の夜に、息抜きのつもりでスマホをいじっていたら寝落ちしてしまった、というのを彼には話していた。それにしたって冷たい答えだ。

「それ、わざわざ書くほどのこと⁉」

いじけた顔で見上げると、天音はおかしそうに肩を揺らして笑った。それから、またなにかを書く。

『テストお疲れ様』

意地悪なことを言ったあとにこうやって優しいことを言うんだから、睨もうにも睨めなくなってしまう。絶対わざとだ、悪いやつ。飴《あめ》とムチってこれか、と感心してしまった。

私が「ありがと。天音もお疲れ様」と答えると、天音がまたなにかを書き始めた。歩行者信号が青に変わったことに気づいたけれど、私は黙って彼のペン先を見つめる。

『もし追試になったら、今度こそ教えてあげるから』

実はテスト前に、天音から『勉強教えようか？』と言われていた。試験期間の一週間前から、私たちは『あかり』でテスト勉強をさせてもらっていて、私が数学の問題集を前にうんうん唸っているのを見て、彼が見かねたように申し出てくれたのだ。

そのときに、なかなか解けなかった問題を教えてもらって、とてもわかりやすかった。でも、声を出せない天音が、解き方や考え方を私に説明するためには、ノートのページをぎっしり埋め尽くすほどの文字を書かなくてはいけなくて、あまりにも大変そうだったので、さすがに申し訳なくなって教えてもらうのは断ったのだ。

ただ、家でひとりで勉強するのに比べて、目の前で天音も同じように教科書を広げているというだけで、いつもよりずいぶん集中できた。おかげで今回のテストは、寝落ちしてしまった数学以外は、いつもよりは手応えがあった。

『どうやったら筆談でわりやすく教えられるか、考えとくね』

天音が続けてそう書いた。やっぱり、私がどうして彼の申し出を断ったのか、ちゃんと気づいていたらしい。

彼は私のことを『周りに気をつかいすぎて、人の気持ちを考えすぎちゃう』と言っていたけれど、私から見れば彼のほうがずっと周りをよく見ていて、他人の気持ちがよくわかる人だと思う。

「ありがと。でもまだ追試って決まったわけじゃないし！　もしかしたら奇跡が起こるかもしれないし」

私の答えに、彼はおかしそうに笑った。

そこで信号がまた青に変わったので、私たちは目的地に向かって歩き出す。

となりの天音は、当たり前だけれど私服を着ている。普段は制服で会っているので、なんだか新鮮だ。白シャツに黒のコート、そしてグレーのジーンズというシンプルな格好だけれど、ほっそりとして色白な彼にはよく似合う。無彩色の服のおかげで、昼の光に金色に透ける髪と、緑がかった薄茶の瞳の鮮やかさが際立っていた。

私は白のブラウスと赤いチェックのスカートに、ベージュのダッフルコートと焦げ茶色のブーツを組み合わせている。雑誌で見て可愛いなと思った格好を真似してみた。天音の飾らない服装に比べて、なんだか気合いが入りすぎているようで恥ずかしい。

失恋以来ずっとふさぎこんでいたせいで街に出るのは久しぶりだったので、妙に張り切ってしまった。

大通り沿いの並木道を歩いていると、前のほうに一眼レフのカメラを持った男の人と、書類のようなものの束を持った女の人がいるのを見つけた。行き交う人々を真剣な目つきで見ている。

なにしてるんだろう、と思いつつ横を通り過ぎようとしたとき、ぱっとこちらを見た女の人が、急に駆け寄ってきた。

「あのっ、君、ちょっと待って！」

私と天音は反射的に立ち止まった。

彼女に続くように、カメラを持った男の人もとなりにやってくる。

「急に呼び止めちゃってごめんなさいね。私たち、こういう者なんだけど」

彼女は私たちに名刺を差し出した。天音が戸惑ったような顔をしているので、とりあえず私が受け取ってみる。十代女子に人気のファッション誌の名前が書かれていた。

「この雑誌、知ってる？」

彼女がにこにこ笑いながら私に話しかけてきた。

「あ、名前だけは。すみません、読んだことはないんですけど」

「ううん、いいのよ気にしないで。ねえ、あなた、この子の彼女さん？」

女の人は、天音を指差して首を傾げながら訊ねてきた。

「いえ、友達です」

「あら、そうなの？　美男美女でとってもお似合いだったから、てっきりカップルかと思ったわ。もしかして友達以上恋人未満ってやつかしら？　ふふ」

「あ、いえ……」

土足で踏み込んでくるような言葉に戸惑い、どう返せばいいかわからなくて、もごもごと答えた。ちらりと見上げると、天音も困ったような顔をしている。

「あのね、私たち今、雑誌に載せる写真を撮ってるところなの」

天音に向かって話しているけれど、彼はもちろん答えられないので、私が「そうなんですか」と適当に相槌を打つ。

「街で見つけた素敵な男の子の写真を撮らせてもらって、簡単に紹介するっていうコーナーなんだけど」

「へえ、そうなんですか……」

なんだか嫌な予感がしてきた。

「ねえ、彼、本当に綺麗な顔してるわね」

やっぱりそういうことか、と思う。

「かっこいいからすごく目を引いて、すぐに声かけさせてもらったのよ」

彼女は天音をじっと見つめながら言った。彼はさらに困惑したような顔になる。

確かに彼は目立つ容姿をしている。こうやって立ち話をしている間にも、通り過ぎる人たちが何人も振り向いて彼のことを見ているのがわかった。

でも、天音はそういう視線を受けて明らかに居心地が悪そうにしているし、声をかけられたことにも見るからに戸惑っていた。

どこかで断ってあげなきゃ、と思って口を開きかけたけれど、彼女がどんどん言葉を続けるので、なかなかきっかけがつかめなくてまごついてしまう。

「色白だし、目も髪も色素が薄いのね。目鼻立ちもはっきりして整ってるし、ハーフさんよね」

彼女がその言葉を口にした瞬間、天音の顔色が変わった。

あ、これはよくない、と本能的に思った。

天音のこんな表情を見るのは初めてだった。きっと彼にとっては決して触れられたくない部分なのだと、事情はよくわからないけれど直感した。

「あのっ！」

気がついたときには鋭く声を上げていた。三人が驚いたようにこちらを見る。

「あの……すみません、彼は、写真とか得意ではないので。申し訳ないですけど、お断りさせてください」

勇気を出して、きっぱりと断った。

でも、彼女たちは慣れた様子で笑い、「大丈夫、大丈夫」と受け流した。

「そんなに構えなくても、本当にちょっとパシャッと撮るだけだから。時間はとらせないし、別にプロのモデルさんみたいにポーズ決めてってお願いするわけでもないし。ただそこに立ってカメラのほう見てくれるだけでいいのよ。あ、恥ずかしいんだったら彼女も一緒に撮りましょうか。彼女も可愛いから読者モデルになれちゃうかもよ。いい話でしょう？　だから、ね、ちょっと撮らせて」

彼女は、承諾してもらえないとは微塵も思っていないようだった。天音の気持ちも考えないで、と怒りが湧いてくる。

ちらりと見ると、彼はひどく傷ついたような顔でうつむいていた。その姿を見て、やっぱりだめだ、と確信する。

私は天音の手をがっしりと握った。そして、彼女たちを真正面から見つめて、はっきりと声に出す。

「無理です」

止められる前に、天音の手を引いて駆け出した。

「えっ、ちょっと!?」

唖然としてこちらを見ている彼らに頭を下げつつも足は止めず、ショッピングモールの方向へと全力疾走した。

しばらくして、だんだん息切れして足が重くなってきたので、スピードを緩める。振り返って見ると、天音がまだ驚いたような顔をしていた。

「ごめんね、急に走っちゃって」

彼はふるふると首を横に振ってから微笑み、唇を『ありがとう』と動かした。

「私、早とちりとかお節介じゃなかった？」

天音がおかしそうに笑いながら、また首を振る。

「そっか、よかった」

ひと安心して息をついたところで、突然、握りしめた天音の手の存在を意識し始めてしまった。

さっきは頭に血がのぼっていたし、走っている間も逃げることに気持ちが集中していたから、気にする余裕がなかったけれど、私は今、天音と手をつないでいる。

男の子と手をつないだのは、小学校の運動会のフォークダンスを除けば、生まれて初めてだった。以前、天音と軽く握手をしたことはあったけれど、それとは比べものにならない密着度だ。

それなのにためらいもなく自分から彼の手をとってしまったことに、今さらながらに恥ずかしさが込み上げてくる。一気に体温が上がって、顔が赤くなるのを自覚した。

天音の手は、女の子みたいにほっそりしているけれど、指が長くて節がしっかりしている。それに当たり前かもしれないけれど私の手より大きくて、こちらが握っているはずなのに、逆に包み込まれている感じがした。それで改めてこれは男の子の手だと実感させられて、恥ずかしさがさらに増す。

彼の手のひらはなめらかでさらりとしていた。それに対して私は、さっきの怒りのせいか、今の緊張のせいか、じんわり汗ばんでいる。

やばい、手汗恥ずかしい。手を離したい。でも急に離したら変な感じになるかな。かといってこのまま手をつないで歩くのもどうなの？　頭の中で考えがぐるぐる巡る。

天音の手を握りしめたまま、硬直して彼を見上げていると、彼もどこか困ったような顔になっていった。その耳のふちが赤く染まっているように見えるのは、寒い中を走ったからなのか、それとも。そんなことを考えているうちに、ますます手を離すタイミングがわからなくなってしまう。

そのうち、道の真ん中で手をつないだまま黙って向き合っている私たちが邪魔だったらしく、自転車に乗ったおじいさんがベルを鳴らしながら横を通り抜けていったので、その拍子にどちらからともなくぱっと手を離した。

「……えと。じゃあ、行こうか」

微妙な空気を変えるように声を明るくして私が言うと、天音も少し眉を下げて笑いながらうなずいた。

急にすうすう風を感じるようになった右手が、少し寂しいような、でもやっぱりほっとしたような、不思議な気分だった。

私は無駄に右手をぶらぶらさせながら、天音と肩を並べて再び歩き出した。


ショッピングモールに着いたら、予想外の出来事があったせいか、なんだかどっと疲れがきて、私たちはとりあえずカフェに入ることにした。

店内はまだ空いていて、お好きな席にどうぞと言われたので、大きな窓のそばで外がよく見えるテーブルを選んで腰かけた。

注文を終えて、いつものようにとりとめのない話をする。なんとなく話したくなって、私は学校の話をした。

「昨日ね、香奈が宿題やってなくて『写させて』って遠子に頼んだんだけど、遠子ったら『ずるはだめだよ』って真面目に注意したの。それで香奈が『意地悪！』って言い返したら、遠子、『意地悪されてたから仕返し』って笑って、絶対ノート見せなくてね、もうおかしくって笑い止まらなかった。ネタにできるなんて、遠子も強くなったなーって。こないだまでぎすぎすしてたのに、もうすっかり元通りっていうか、前より仲よくなったの。ほんとよかった」

思い出して笑いながら言ったときだった。天音がふいに鞄からいつものノートとペンを出して、なにかを書いて見せてきた。

『遥、明るくなったね』

意表を突かれて、私は口をつぐんで彼を見る。彼はふっと笑って、それからずいぶん長い文章を書いた。

『前までは、そんなふうに声上げて笑ったりしなかったよね。いつもにこにこしてたけど、どこか寂しそうな感じがしてた。本当はそんなに明るいのに、悩んでて笑えなくなってたんだね』

「……そっか、私そんなふうだったんだ。なんか、恥ずかしいな」

『そんなことないよ。誰だってそういうときはあるよ』

静かな微笑みをたたえたまま書かれたその言葉に、さっき雑誌の人たちから声をかけられたときの彼のおかしな様子を思い出す。思わず『天音も？』と訊きたくなったけれど、呑み込んだ。

「うん……ありがとう」

『仲直りできてよかったね』

天音はほとんど自分のことを話さない。それは筆談でたくさん話をするのが大変だからなのか、それとも話したくないと思っているからなのか、私にはよくわからない。

せっかく仲良くなったのだから、彼のことがもっと知りたい、彼の話をもっと聞きたいとは思う。でも、どこまで踏み込んでいいのかわからなかった。彼自身があまり話したくないと思っていることを聞き出そうとして、嫌な気持ちにさせてしまうのだけは避けたかった。だから、話題を変えることにする。

「でもね、遠子たちのことが解決したのはよかったんだけど、今度は進路のことで悩んでて」

天音が目を瞬いて、先を促すようにうなずいた。

「私ね、夢とかなくて……やりたいこともなりたいものもなくて、進路が全然決まらないの。それを言い訳にするわけじゃないけど、目標がないから勉強にも集中できなくて、すぐ自分を甘やかしちゃうし」

テスト前に寝落ちしたりとかね、と軽く笑いながら言うと、天音もふふっとおかしそうに笑った。

それから彼はすっと表情を戻して、聞く姿勢をとってくれる。おかげでとても話しやすかった。

私は自分の話をするのがあまり得意ではなくて、長々と話すと相手が退屈するんじゃないか、つまらないと思われているんじゃないか、というのが気になって、途中でやめてしまうことが多い。だから、天音のように真っ直ぐにこちらを見てくれると、ちゃんと聞こうとしてくれているのがわかって、話し続ける勇気が出た。

「お母さんからは、なんの目標もなくだらだら過ごしてるだけの無意味な毎日を送ってるって、いつも怒られてる。先生にも、早く夢を見つけて進路を決めなさいって、何回も呼び出されて説教されてるの」

するとＴ音がなぜか首を横に振った。それからペンを握ってなにかを書こうとする。でも、考え直したようにペンを置き、手振りで私に先を促した。

きっと、私の中に、まだまだ話したいことが、吐き出したいことが溜まっているのを、気づいてくれたのだ。

「夢も希望もない、自分のそういうところが、すごいコンプレックス。将来の夢とか、熱中できる部活とか、夢中になれる趣味とか、堂々と自慢できる特技とか、そういうのがある人が、本当にうらやましい。夢に向かって努力してる人は、本当に偉いと思う。でも、だからってそれを真似できるわけじゃないし、いいなあってうらやましがって眺めてるだけの自分が、また情けなくて嫌になるんだよね」

今までずっと抱えてきた思いを吐き出すと、天音が少し考え込むような仕草をしてから、ペンをとった。

『僕もないよ』

静かな筆致《ひっち》だった。そう書いた彼は、どこか遠くを見るような瞳をしている。

『夢も、好きなことも、趣味も特技も、なんにもない』

彼の美しいピアノ演奏のことが気になったけれど、弾いたあとの彼の様子を思い出すと、やっぱり触れてはいけないような気がして、私は黙ってうなずいた。

『夢は、あったほうがいいかもしれないけど、別になくても構わないと思う』

思いもよらない言葉が続いたので、私は瞬きをしながら天音の顔を見た。

『夢は人を幸せにもするけど、苦しめることもあるから。夢があるせいでつらい思いをすることもある』

それは、夢が叶わない苦しみのことだろうか。

一生懸命努力していても、叶わないこともある。むしろ、叶うほうが少数派かもしれない。夢を見たせいで苦しくつらい思いをすることもある、ということを彼は言いたいんだろうか。

『なりたいものや、したいことがあるからって、別に偉いわけじゃない。夢なんかなくたって、人は生きていけるし、ちゃんと生きてる人はみんな偉い』

最後の一文は、とても丁寧でしっかりとした文字で書かれていた。まるで、私を励まそうとしてくれているかのような。

「そっか……そういう考え方もあるか」

そういえば、と遠子がこの前言っていたことを思い出す。

彼女は絵が好きで、できれば大学でも美術の勉強をしたいと思っているけれど、親に反対されていると。『ちゃんとその世界でやっていける、その仕事で生計を立てられるほどの才能があるのか』と言われて、ショックだったけれど一理あると思った、と苦笑していた。

どうしても叶えたい夢があっても、それを周りに認めてもらえるかはわからないし、叶うかもわからない。好きなこと、やりたいことをちゃんと持っている遠子も、実はそのことでつらい思いをしているのだ。

「……悩んでるのは私だけじゃない、ってことか」

すとんと胸に落ちて、私はそうつぶやいた。

私は、自分だけが不幸だという被害妄想にとらわれているのかもしれない。そう考えて、私の悩みは甘えだったのかな、と自分に呆れた矢先だった。

『でも、遥の悩みは遥だけのものだから、自分の苦しみを軽く扱う必要もないよ。親や先生から怒られてばっかりで、ずっと悩んでたなら、すごくつらいよね』

天音が柔らかく微笑みながら、そんな優しい言葉をかけてくれた。

『僕は、夢がないことはコンプレックスでもなんでもないと思う。慌てて見つけるものじゃないと思うし、無理して選んだ道だと将来大変な思いをするかもしれない。だから、そんなに思い詰めなくていいし、焦らずに遥は遥のペースでやればいいと思うよ。まだ一年生なんだし、いざとなったら嫌でも選ぶしかなくなるんだから、なんとかなるよ』

うん、とうなずきながら、じわっと目頭が熱くなった。

天音はいつも、私の凝り固まった心を溶かす温かい言葉をくれる。

「ありがと、天音」

『どういたしまして』

小さく笑ってから、天音はさらに続けた。

『それに、遥の毎日は無意味なんかじゃないよ』

え、と私は声を上げる。彼はにこりと笑って、私を励ますようにうなずいてから、続きを書いた。

『少なくとも僕にとっては、遥に会える時間はすごく大切だから、遥がいないと困る』

その言葉に、胸がじんわりと温かくなる。

ふたりで過ごす時間を大事に思っていたのは私だけじゃなかったんだ、と嬉しくなった。

照れくささをこらえながら「私も」と答えると、彼もどこか照れたように笑った。

天音は私にとって、柔らかくてぽかぽかと優しい春の光みたいな存在だ。暗くて冷たい場所に沈んでいる私を、いつもその温かい光で包んでくれる。

彼がいなかったら、きっと私は今、こんなふうに笑えていない。たぶんどこかで糸が切れて、耐えきれなくておかしくなっていた。

天音のおかげで、私は救われた。

なにか恩返しがしたいな。どうしたら彼は喜んでくれるだろう。

そんなことを考えながら、天音を見つめる。

どうしたの、というように微笑む彼の手元にあるノート。いつも持ち歩いているせいか、端がすりきれて丸くなっている。たくさんの文字を書き込むせいで、ページが膨れてごわついている。

もうすぐ白紙のページが終わってしまうから、また次のノートを買うのだろう。彼は、ノートとペンがないと、思うように人と会話することさえできないのだ。

そう考えて、ふいに思いついたことがあった。

私が天音のためにできること。

そうだ、これをしてあげれば、きっと彼は喜んでくれる。少しでも彼の力になることができて、恩返しができる。

プレゼントを買って、家に帰ったら、さっそく調べよう。

自分の思いつきに胸が踊って、居ても立ってもいられなくなった私は、「そろそろ行こうか」と天音に声をかけて立ち上がった。

ところが、プレゼント探しは難航した。

なにか欲しいものある？と訊ねても天音は首を傾げるだけで、逆に訊ね返された私もなにも思いつかない。

仕方がないので、ショッピングモールの中をぶらぶらしながら、なにかいいものがあったらそれにしよう、ということになったものの、一周してもふたりともなにも見つからなかった。

私はいちおう、雑貨店などでなにかよさそうな小物はないかと見ていたけれど、あまり惹かれるものがなかったのだ。でも天音のほうは、にこにこしながら私に付き合っているだけで、自分の欲しいものを熱心に探すつもりはなさそうだった。

その様子を見ていて私は、たぶん天音は物欲がないんだろうな、と悟った。彼が着ている服も、身につけている鞄やベルトも、どれもとてもシンプルで、何年も着ている使いこまれたものに見えた。流行りの新しいものが欲しい、という考えはちっとも持っていなさそうだ。

どうしようかな、と考えを巡らせながら歩いていたとき、インフォメーションの前に映画のポスターが貼られているのを見つけた。同じ施設内にシネマコンプレックスがあるのだ。

少し前にテレビでCMを見て、面白そうなので観に行きたいなと思っていた映画だった。

なんとなく眺めていると、となりの天音が首を傾げて私を覗き込んできた。それからポスターを指差して、

『これ、観たいの？』

と唇の動きと身振りで訊ねてくる。

「あー、前からちょっと気になってて。そのうち観に行こうかなって思ってるんだ」

すると彼がポスターの一点を指差した。そこには上映期間が書かれていて、見ると今日が最終日だった。

「あっ、嘘、今日までなんだ！　知らなかった。まあ、しょうがないか……レンタル出るまで待とうかな」

そう言って歩き出したとたん、天音に引き止められる。なんだろうと振り向くと、彼はメモ帳を取り出して、

『じゃあ、僕からのプレゼントは映画にしよう。今から観ようよ』

と書いた。私は目を丸くして首を振る。

「えっ、いいよ！　付き合わせるの悪いし」

人気の少女漫画が映画になったもので、男の子が観て楽しめるとは思えなかった。

でも、天音は微笑んだまま首を横に振って続けた。

『そんなの気にしないで。無理して欲しいものを探すよりも、遥がいちばん嬉しいものをプレゼントしたいから』

「えー、でも……たぶん、こういうの興味ないでしょ？」

映画の代金は安くないし、なんとなく気が引けた。でも、天音はやっぱり笑顔のまま首を振る。

『自分では選ばないようなものを観るのも、遥と一緒に来てるからこそって感じで、ちょっとわくわくする』

「そう言ってくれると気が楽だけど、ふたり分になるとけっこう高いし……申し訳ないよ」

プレゼントは千円以内にしようと話し合って決めていたから、天音がふたり分払うとなると完全に予算オーバーだ。私から言い出したプレゼント交換だったので、申し訳なくて乗り気になれずにいると、彼はペンのおしりを顎に当てて少し考え込むような顔をしてから書き始めた。

『せっかくならおごってあげたかったんだけど、遥がそんなに気にするなら』

私は彼の顔をちらりと見上げ、また視線を落として続きを待つ。

『僕は遥の分の、遥は僕の分のチケットを買って、一緒に観る。それがお互いへのプレゼントってことにしよう』

「本当にいいの？　……でもやっぱ悪いなあ、私だけ欲しいものもらうみたいで」

するると天音はじっと私の顔を見てから、にこっと笑って続けた。

『周りに気をつかいすぎずに、正直な気持ちを言う練習です』

その言い方がおかしくて私はふっと噴き出した。それで思わず正直に答えてしまう。

「……すごく観たかったから、嬉しいです」

天音は『よくできました』というようににっこり笑って、大きくうなずいた。


カウンターでそれぞれお金を払い、チケットを受け取る。

そのままシアターに向かおうとすると、天音がとんとんと私の肩を叩いた。見上げると、なぜか右手で自分のチケットを私に差し出し、左手はなにかを受け取ろうとするように手のひらを上に向けている。

私はしばらく考えてから、彼の意図に気づいた。

「あっ、交換するってこと？」

天音は唇で『プレゼント』と言って笑った。

彼が自分の持っていたチケットを私の手にのせる。私も彼に「お誕生日おめでとう」と言いながらチケットを渡した。

受け取った彼は、お祝いの言葉の代わりなのか、私の頭をぽんぽんと撫でた。意表を突かれて目を丸くする私を、目を細めて見つめてから、彼はにこりとうなずいてシアターのほうへと歩き出した。

この前もそうだったけれど、天音はごく自然に私の頭を撫でる。もしかしたら弟か妹がいるのだろうか。私にもお兄ちゃんがいるけれど、お兄ちゃんから撫でられたのは覚えていないくらい小さいころのことで、家族でもない男の子に頭を触られるのはなんだかすごく照れくさかった。

映画は評判通り面白くて、天音も楽しそうに観ていたのでほっとした。映画館を出て、近くのベンチに座って感想を話し合う。

「面白かったね」

『うん。面白かったし泣けるところもあったし、観てよかった』

「そうそう、最後のほう感動したねぇ。私特に、兄弟の仲直りのところうるうるきちゃったな。兄弟っていいなーって」

私の言葉に、天音はなぜか一瞬動きを止めた。

今の間はなんだろう、と少し引っかかったものの、次の瞬間にはいつもの彼に戻っていたので、気にせず話を続ける。

「私もお兄ちゃんいるんだよね。だからなんか感情移入しちゃって」

『そういえば、あかりさんとたまにお兄さんの話してるね』

「そうそう。医学部に通ってる超優秀なお兄ちゃん。よく兄妹で比べられるから、勝手にコンプレックスもってるんだけどね」

私の言葉に、天音は少し考えるような顔をしてから、短く書いた。

『仲はいい？』

私はうなずいて答える。

「うん、まあ悪くはないと思うよ。今はお兄ちゃんひとり暮らしだけど、ときどき連絡とったりしてるし。しっかり者で優しくて、子どものころはよく遊んでくれた」

『そっか、よかった。いいお兄さんだね』

「まあ、そう言うとなんか恥ずかしいけど」

照れ隠しに、逆に天音に訊ねる。

「そういえば、天音は？　聞いたことないけど、兄弟とかいるの？」

すると彼は、ふっと軽く目を伏せた。長い睫毛が頬に影を落とす。

「……天音？」

どうしたのかと声をかけると、彼ははっとしたように顔を上げて、笑った。それからペンを動かす。

『いるよ。弟がひとり』

「へえ、そうなんだ。いくつ？」

『ふたつ離れてるから、今、中二』

「そっかあ、仲はいい？　天音に似てる？」

私の言葉に、また天音が目を伏せた。少し止まってから、ゆっくりと答えを書く。

『あんまり似てないかな。仲も、あんまりよくない、っていうか、あんまり話さない』

力のない文字だった。

天音のように穏やかな優しい性格で、弟と仲があまりよくないというのは、なんだか意外な気がした。面倒見のいいお兄さんという感じがするのに。もしかして、なにか理由があるのだろうか。

悪いこと訊いちゃったかな、と思いつつ、私は意識して明るい声を出す。

「そっか、私とお兄ちゃんも全然似てないよ。まあ、そっくりだと一緒に歩くの恥ずかしいから、似てないほうがいいけど。それに、仲は悪くないけど、家に帰ってきてもあんまり話さないなー。小っちゃいころならまだしも、高校生にもなると兄妹でしゃべる話題なんてないもん」

そう言うと、天音はおかしそうにふふっと笑った。笑顔が戻ったことにほっとする。

そのとき、ふいに「あれっ？」と後ろから声が聞こえた。振り向くと、同じくらいの年の男の子がこちらを見て目を丸くしている。

「なあ、もしかしてお前、芹澤？」

彼の目は真っ直ぐに天音を見ていた。見上げると、天音は大きく目を見開いて硬直している。

「やっぱ芹澤だろ、芹澤天音！」

男の子は大声で言いながら駆け寄ってくる。天音は固まったまま彼を見つめ返した。

「俺、わかる？ 小学二年のとき一緒のクラスだった山口《やまぐち》。覚えてるだろ？」

山口くんの言葉に、天音はやっと小さくうなずいた。

「懐かしいなー。ていうかお前、なにイケメンになっちゃってんだよ。しかも彼女も可愛いし！」

山口くんが私を見て笑いながら言った。

「いーなー、デートかよ。ハーフずるいよなー、絶対モテるもんな」

天音はやっぱりどこかぎこちない様子で、曖昧な笑みを浮かべた。そんな彼を見ながら、山口くんが眉をひそめる。

「てか、なんでなんもしゃべんないの？ 俺のこと忘れてるわけじゃないんだよな。なんか感じ悪いんだけど。お前そんなだったっけ？」

天音がぴくりと肩を揺らした。そして山口くんに向かって軽く頭を下げてから、私の手をぐいっと引いて立ち上がり、そのまま早足で歩き出す。

「えっ、なに、マジで無視!?　えーなんで!?」

取り残されて唖然としている彼をちらりとも振り返ることなく、天音はずんずんと逆方向へ歩いていく。その背中にはあまりにも強い緊張感が漂っていて、私は声をかけることすらできなかった。

ショッピングモールの端まで歩き、ほとんど人がいない場所にたどり着いたときにやっと、彼は足を止めた。なにか話しかけようかと思ったけれど、こちらに背を向けたままじっと下を見ている姿を見ると、気軽に声をかけることなんてできなかった。

あたりを見渡して、少し離れたところに休憩用のベンチがあるのを見つけた。私はそっと天音の背中に手を添えて、ベンチまで導いて座らせる。

うつむいた髪の隙間から見える横顔は、ひどく暗かった。彼のこんな顔は見たことがなかったので、どう声をかければいいのかわからない。

「天音……大丈夫？」

彼は黙ったまま、微かに首を動かして弱々しくうなずく。

大丈夫かと訊かれたとき、全然大丈夫ではないとしても、大丈夫じゃないと答えるのは、とても難しい。私もなかなかそんな正直には答えられない。

天音もうなずきはしたけれど、本当はまったく大丈夫ではないことは、その表情を見れば一目瞭然だった。

手にはノートとペンを持ったままだったけれど、とても字が書けるような状態とは思えない。

もどかしかった。声に出してコミュニケーションがとれないというのは、本当に大変なことだ。弱っているときほど、天音は自分の中の苦しみや痛みを吐き出すことができないのだ。

それでもその様子を見ていると黙っていられなくて、私は彼の背中に手を当てながら、首を振るだけで答えられる質問を考えて口に出した。少しでも気持ちを外に出すことで、少しは楽になるんじゃないかと思ったのだ。

「答えにくかったら答えなくていいんだけど……、声が出せないことと、さっきの人は、なにか関係があるの？」

天音は少し顔を上げて私を見た。前髪の奥から覗く怯えたような暗い瞳に、私は息を呑む。

彼はゆっくりと右手を上げ、喉元を押さえるようなしぐさをした。眉根を寄せて、唇を震わせる。なにか話そうとしているように見えた。

でも、次の瞬間、突然天音が「はあっ」と大きく息を吸い込み、目を見開いた。

みるみるうちに呼吸が速く、浅くなっていく。唇が空気を求めるようにわなわなと震えだす。

「どうしたの？　息できないの⁉」

天音が肩で大きく呼吸をしながらうなずいた。こめかみに冷や汗が浮いている。ひどく苦しそうだった。

「天音、天音、大丈夫⁉　大丈夫⁉」

私は馬鹿のひとつ覚えみたいに、そう繰り返すことしかできない。

彼の身体がぐらりと傾いて、倒れ込むように私に寄りかかってきた。反射的にその身体を抱きとめる。私は混乱した頭で必死に考えを巡らせた。

「どうしよう、救急車……？」

すると天音は、ぜえぜえと息をしながらも私の目を見て首を横に振った。

「え、救急車、呼ばなくていいってこと？」

今度は首を縦に振る。

「そんなに苦しいのに、大丈夫なの？　やっぱり電話したほうが……」

そう言ってスマホを取り出すと、天音が私にすがりつくようにしながら、弱々しい力で、でもしっかりと私の手をつかんで止めた。

本人がこんなに嫌がるなら呼ばないほうがいいのかと、私はスマホを鞄にしまった。

でも、本当にこれでいいのか不安が拭いきれない。

天音は今にも倒れそうなほど前屈みになり、全身を大きく揺らしながらホールに反響するほどの喘《あえ》ぎ声を上げて、必死に空気を求めている。その姿はあまりにも苦しそうで、見ている私まで息ができなくなりそうだった。

このままじゃ死んでしまうんじゃないかと、激しい恐怖に襲われた。助けを求めようと見回しても、周りには誰もいない。

おろおろしながら天音を見ていて、あることを思い出す。中学生のころ、体育の時間にクラスの女子が同じような症状で苦しんでいるのを見たことがあった。あとになってそれは過呼吸の発作だと知った。

あのときは確か、先生が彼女に寄り添って何度も『ゆっくり呼吸しなさい』と声をかけていた。次の授業のときに過呼吸のことを習って、以前までは紙袋を口に当てる方法が主流だったけれど、今はすすめられていないと教えられた。

私は先生の真似をして天音の背中をゆっくりとさすりながら、「天音、ゆっくり息して」と声をかける。過呼吸になると、息苦しいのでたくさん吸おうとして、それでさらに苦しくなるのだと言っていた気がする。

「ゆっくり息を吸って、ゆっくり息を吐いて……ゆっくり、できるだけゆっくり……」

なるべく彼を落ち着かせるように、その顔を覗き込みながら、低い声でゆっくりと告げる。

唇も肩も、睫毛までも震えていて、目尻には涙までにじんでいて、あんまり苦しそうで、見ている私が泣きたくなってきた。でも、こらえて声をかけ続ける。

天音は口を大きく開き、激しく喘ぎながら、助けを求めるように身を寄せてきた。たまらなくなって、私はその震える身体を抱きしめる。あの日私を包み込んでくれた彼の腕の温もりを思い出しながら。

苦しげな声と、大きく波打っていた背中の動きは徐々に小さくなり、五分ほどで天音の呼吸は落ち着いた。

しばらく息を整えるように肩を揺らしてから、気だるげに身体を起こした彼が、濡れた瞳で私を見た。放心したような表情で呼吸を繰り返したあと、ノートを開いてゆっくりとペンを動かす。

見ると、『もう大丈夫』と書かれていた。

『びっくりさせてごめんね』

天音がどこかぎこちない動きで顔を上げ、弱々しく微笑んだ。こめかみを流れる汗と、血の気の引いた青白い頬が、ひどく痛々しい。

私は「本当に大丈夫なの？」と訊き返す。

「病院とか、行かなくていい？」

天音がゆっくりと首を振り、また下を向く。

『大丈夫。何回もなったことあるし、慣れてるから。一度治まっちゃえば、嘘みたいに楽になるんだ』

確かに、さっきまでの発作が夢だったかのように、今は落ち着いた呼吸をしている。でも、あの苦しがり方が目に焼きついている私は、やっぱり不安で仕方がなかった。

「またなっちゃったら大変だし、ちゃんとお医者さんに診てもらって治したほうがいいんじゃない？」

天音は微笑んだまま、また首を横に振る。

『体質とか癖みたいなものだから、本当に大丈夫だよ』

そこまで言われるとしつこく食い下がるわけにもいかなくて、私は「そう」とうなずいた。それから、謝らなくてはと口を開く。

「ごめんね、天音……私が変なこと訊いたから……」

すると彼は浮かべていた笑みを消して、真顔で否定した。

『そうじゃない。僕の問題だから、遥はなにも気にしなくていいよ』

私が黙っていると、天音はさらに続けて書いた。

『遥はただ、となりにいてくれるだけでいい』

その言葉に、こんなときなのに喜びが込み上げてきた。となりにいて、と求められることが、こんなに嬉しいことだなんて知らなかった。

天音が顔を上げてこちらを見る。私も見つめ返すと、彼が眉を下げて力なく笑って、唇で『疲れた』と言った。

『ちょっとだけ、肩、貸して』

そう言うと彼は、ノートを膝の上に広げたまま、力尽きたようにぐらりと身体を傾けて、私の肩に寄りかかってきた。そして寒さに震える子猫がすり寄ってくるように、こめかみのあたりを私の肩先に軽くこすりつける。

私は思わず、力なく垂れた天音の手を包み込むように両手でしっかりと握りしめた。

彼は疲れたように力なく瞼を閉じて、私に身を預けている。

涙に濡れた睫毛。弱々しい、今にも崩れ落ちてしまいそうな姿。

その肩を抱きながら、天音にはこんな部分もあったのか、と私は痛々しく思った。

私から見る彼は、いつも明るくて優しくて、春の陽射しの温もりそのもののようだった。でも彼の中には、厳しい真冬の夜のような深い暗さが秘められていたのだ。

それを私は今、初めて思い知らされた。

天音の中に、彼を苦しめるものがある。そう思うだけでつらくなった。なんとかしてあげたくなった。

伏せられた睫毛に薄く連なる涙の跡を見つめながら、私は心の中で静かに決意を深める。

やっぱり、天音への恩返しとして、〝さっき思いついたこと〟はいちばん意味のある重要なことに違いない、と思った。

＊

「ねえ、お母さん」

その日、家に帰ってから私は、ダイニングテーブルで仕事をしているお母さんの背中に声をかけた。

「なに？」

お母さんはちらりと振り向いてから、「今忙しいんだけど」とまた下を向いて書類をめくり始める。

「あ、ごめん、ちょっと教えてほしいことがあるんだけど」

「そう。なに？」

「あの、お兄ちゃんが次いつ帰ってくるかわかる？」

「え、悠が？」

お母さんが怪訝そうに私を見た。

「それは聞いてないけど……。珍しいわね、遥が悠の帰省を気にするなんて」

「ちょっとお兄ちゃんに訊きたいことがあって」

「そう。でも、お兄ちゃんは遥と違って勉強で忙しいんだから、あんまり邪魔しちゃだめよ。あなたもちゃんと勉強しなさいよ」

「……うん、わかった」

ただお兄ちゃんの帰省の予定を知りたかっただけなのに、小言を言われてしまった。

お母さんはいつも私を怒るきっかけを探しているんじゃないかと疑ってしまう。

医者を目指している優秀なお兄ちゃんに比べて、勉強もできず特技もなく毎日ぼんやりしているだけの私は、お母さんからみたらすごく情けなくて恥ずかしい娘なんだろう。親戚や知り合いと会ったときも、いつも『上の息子は真面目でがんばり屋だから安心なんだけど、この子はのんびりしてるから困っちゃう』と紹介される。それは本当のことだし、もう言われ慣れたけれど。

私はため息をついてリビングを出て、二階の自分の部屋に入った。スマホを取り出して、お兄ちゃんにメッセージを送る。

【お兄ちゃん、突然ごめんね。ちょっと訊きたいことがあるんだけど、いい？】

本当は直接話を聞いたほうが正確な情報を得られるかと思っていたけれど、帰ってくる予定がわからないのなら仕方がない。それに、少しでも早く知りたかったから、お兄ちゃんの帰省まで待てないという思いもあった。

宿題をしながら返事を待っていると、二十分ほどして通知音が鳴った。

【遥が質問なんて珍しいな。どうした？　勉強のこと？】

はあっとため息をつく。みんなして勉強勉強って。

私には今、そんなことよりもずっと大事なことがあるのだ。

【勉強じゃなくて、病気のことで教えてほしいことがあって】

そう返信した直後、お兄ちゃんから電話がかかってきた。急にどうしたんだろう、と思いながら通話ボタンを押す。

「はい、もしもし？」

『どういうことだ!?　病気なのか？　父さんか？　母さんか？　まさか遥じゃないよな？』

慌てふためいた声で早口に言われて、私も慌てて「違う違う」と否定した。

「紛らわしい言い方してごめん……。最近友達になった人がね、もしかしたら病気じゃないのかなって思って。お兄ちゃんに訊いてみようと思ったの」

『そうか、友達か……。病気って……大丈夫なのか？』

お兄ちゃんが心配そうに訊ねてきた。

「うん、あの、命に関わるような病気ではないと思うんだけどね……」

私はスマホを握り直して、一度唇を噛んでから告げる。

「声が、出せないみたいなの」

お兄ちゃんは一瞬黙ってから口を開いた。

『耳は普通に聞こえてるのか？』

「うん。こっちが言ったことは完全にわかってて、でも返事は筆談か口の動きだけで、って感じ」

『そうか……それなら発話に問題があるんだろうな』

「……どうして話せないのか、なにかの病気なのか、だとしたら治す方法はないのか、それが知りたいの」

『……ちょっと待て、医学書とってくるから』

電話の向こうでがさがさと音がして、『持ってきた』と声がする。それからぱらぱらとページをめくる音。

『うーん、声が出せない……考えられる原因はいくつかあるな。風邪で炎症を起こしていて一時的に声が出ないか、声帯《せいたい》にポリープがあるか、もしくは喉頭《こうとう》のがんか……』

私は首を振りながら「ううん」と答える。

「そういうのじゃないと思う。一回だけ、小さい声だったけど歌ってるのを聞いたことがあるから。それに、笑ったときとか、かすかに声が出ることもあるの。だから、喉の病気ってわけじゃないのかなって思ってる」

『じゃあ……場面緘黙症《ばめんかんもくしょう》、かもしれない』

耳慣れない病名だった。それはどんな病気なの、と訊ねると、お兄ちゃんが医学書の内容を私にもわかるように噛み砕いて話してくれた。

言語能力があって、家族や親しい友人とは話せるのに、学校や知らない人相手のような特定の場所や場面では話すことができずに沈黙してしまう、という障害。幼児期に発症することが多いらしい。

症状だけを聞いたら、天音に当てはまるように思えるけど、たぶん違う、と思った。

「一緒に遊んでるときに、その友達の小学校の同級生っていう人に会ったんだけど、当時は普通に話せてたみたいなんだよね」

『そうか……それなら、あとは、俺の知る範囲では失声症《しっせいしょう》しかないと思う』

「失声症……」

たぶんそれだ、と思った。どういう病気で、なにが原因で、治療法はあるのか。いろいろ訊こうと思ったそのとき、お兄ちゃんが『あっ』と焦ったような声を上げた。

『ごめん遥、今から家庭教師のバイトに行かなきゃいけないんだ。帰り遅くなるから、続きはまた明日でいいか？』

「あ、そうなんだ。ごめんね、忙しいときに。あとは自分で調べてみるから大丈夫」

『そうか？　もしわかんないことがあったら、いつでも連絡していいからな』

「うん、ありがとう」

電話を切ろうと思ったとき、お兄ちゃんがまた『あっ』と言った。

『そういえば、こないだちょっと帰省したとき、遥は帰りが遅かったから会えなかったけど、そのときに母さんが遥のこと相談してきてさ』

胸が嫌な感じで軋む。

「……どんな？」

だいたい予想はつくけど、と思いながら問い返すと、案の定、『進路のことで』という答えが返ってきた。

『お前、なかなか進路決まらなくて困ってるんだって？　母さんが、なんかアドバイスしてやってくれって俺に言ってきてさ。今度その話も──』

「それは大丈夫だから、お兄ちゃんは気にしないで」

思わず、お兄ちゃんの言葉を遮ってしまった。電話の向こうで、言葉を呑み込むような気配がする。

「……今日は声の病気のこと訊きたかっただけだから。ありがとね、すごく参考になった。じゃあ、また」

なにかを言われてしまう前に、一方的に通話を切った。

せっかくいろいろ教えてくれたのに、険悪な雰囲気で終わらせてしまって申し訳ない気持ちになる。でも、お兄ちゃんと進路の話なんかしたら、自分のだめさ加減を思い知らされてさらに情けなくなるだけだとわかりきっていた。

私は深くため息をついてから、とにかく失声症のことを調べようとスマホを再び手に取った。

香奈からメッセージが届いていたのでとりあえず返信していると、データ使用量の警告通知が入った。香奈たちからすすめられた動画を見たり、テスト勉強のときにも授業動画を見たりしていたので、ネットを使いすぎてしまったのだ。月末に制限がかかると嫌だし、データ量の上限を超えたことをお母さんに知られるとまた叱られるのが目に見えていたので、リビングにある家族共用のパソコンを使おうと一階に降りた。

お母さんはまだ仕事をしているようだった。邪魔をしないように足音を忍ばせてリビングを横切り、パソコンの前に座る。

検索画面を開いたところで、お母さんが声をかけてきた。

「なにしてるの？　勉強？」

「ううん、ちょっと調べ物。友達のことで気になることがあって」

そう答えると、お母さんが「はーっ」と大げさにため息をついて、再び書類に目を落としながら言った。

「お母さんは仕事で忙しいっていうのに、本当にお気楽ね。勉強もしないでパソコンで遊んで」
　思わず唇を噛んだ。少しパソコンを触っただけでそんなに嫌みを言うことないのに。
それにテストは終わったんだから、少しくらい勉強以外のことしてもいいじゃない。
そうは思うものの、お母さんに逆らうのは怖いので、「少しだけだから」と答えた。
　お母さんは呆れたように肩をすくめたあと、仕事に集中し始めた。私はほっとして
キーボードに手を置く。
『失声症』と打ち込んで検索して、いちばん上に出てきたサイトを開いた。
――心因性失声症は、ストレスや心的外傷などによる精神的・心理的な原因から、
話したいのに話せなくなる病気。これまで不自由なく話していて発声器官に問題はな
いのに、急に声を発することができなくなった状態。
「心因性……」
　思わず小さくつぶやいた。
――声が出せなくなるだけではなく、無理に話そうとすると過剰に空気を吸い込ん
で呼吸が困難になり、過換気症候群（過呼吸）状態になってしまうこともある。
「過呼吸……」
　苦しそうな天音の姿が甦ってきた。やっぱり彼の症状にしっかり当てはまっている。
　検索結果に戻って次のサイトを見てみると、いろいろな治療例や体験談が出てきた。

——ストレスの原因となる問題が解決すると失声症も治ることが多い。自然に治るケースも少なくないが、治らない場合には精神科や心療内科を受診し、カウンセリングを受けるなどして心の病気を治療する。

カウンセリングを受けたあと、言語聴覚士の指導のもとで発声訓練をして声が出るようになった、というブログもあった。

天音の声が出なくなった原因は、なんなんだろう。治療法を調べながら考えて、ふと歌とピアノのことを思い出した。

最初に出会ったとき、天音はひどく小さい声だったけれど、確かに歌を歌っていた。優しくて綺麗な歌だった。でも、その直後に言葉を交わしたときには声が出なくなっていたのか、筆談で会話をした。

後日『あかり』で再会したとき、彼は私の代わりにピアノを弾いてくれた。忘れられないほど美しい演奏だった。でも、そのあと彼は『もうピアノは弾かない』と断言した。

歌とピアノが関係するとき、天音は確かに様子がおかしくなる。

もしかして彼の失声症には、音楽が関係しているんじゃないだろうか。あくまでも推測だけれど、この直感は当たっているような気がした。

天音の声は、たぶんもうずっと出ていないのだろうと思う。筆談するときや、唇の動きだけで言葉を伝えるときの慣れた様子、それに分厚いノートの使い込まれ方を見ると、ここ最近のことではないように思えるからだ。

初めて出会ったときに歌っていたのは、もしかしたら奇跡的なことだったのかもしれない。それか、しゃべれなくても歌うことだけはできるのか。

失われてしまった彼の声をもとに戻すためには、やっぱり病院に行かないといけないのだと思う。そのことはきっと彼だってわかっているはずだ。

でも、心療内科や精神科となると、なんとなく敷居が高くて足を踏み入れづらい感じがする。だからきっとこれまで、声が出せないままで耐えてきたんじゃないかと思った。

でも、筆談はいつでもどこでもできるわけではないからコミュニケーションをとるのも大変だし、きっと学校でも苦労しているだろう。

私がなんとかしてあげなきゃ。それがきっと彼への恩返しになる。

改めて決意を固めた私は、失声症の症状や治療法をメモ帳にまとめ、このあたりで評判のいい精神科や心療内科を調べてリストを作った。

これを渡せば、きっと天音は喜んでくれるはずだ。早く会いたい。

私は期待に胸を踊らせながら、いつになく熱中していた。

＊

「天音、これ見て」

二日後の月曜日、いつものように『あかり』に姿を現した彼に、私はさっそく調べた内容をまとめたものを差し出した。

天音は不思議そうに首を傾げたあと、受け取ったメモ帳に目を落とす。

その瞬間、彼は硬直した。

てっきり嬉しそうな顔をしてくれると思っていたので、その反応は予想外だった。

いきなりだったからびっくりしてるのかな、と考え、説明のために口を開く。

「あのね、これ、ちょっと調べてみたんだけど……。喉とか声帯には問題がなくて、今までは普通にしゃべれてたのに急に声が出なくなっちゃうこと、失声症って言うんだって」

天音はやっぱり固まったまま下を向いている。

「原因はいろいろらしいんだけど、心の問題のことが多いから、まずは心療内科とかに行ってカウンセリング受けて、リハビリとかちゃんとすれば声が出るように――」

あまりにも反応がないので怪訝に思って、確かめるように天音の顔を覗き込んだ私は息を呑んだ。

うつむいた彼の顔は、見たこともないほど真っ青だった。見ると、握りしめた手も唇もぶるぶる震えていた。

「え……っ、どうしたの？　天音？」

驚いて訊ねたものの、彼は微動だにしない。

急に不安に襲われて、私は彼の肩を揺さぶった。

「天音、天音、大丈夫？」

すると、彼はゆっくりと顔を上げた。少しは落ち着いたのか、震えは治まっている。でも、顔は青ざめたままだ。

「天音……どうしたの？」

彼はくっと唇を噛んで、眉根を寄せた。ひどく苦しそうな、悲しそうな顔。

「あの、もし自分では行きにくいなら、私も一緒に病院に行くよ。あと、調べたら親の同意がいるみたいなんだけど、言いにくいなら私が代わりに話すし……」

そのとき、私の言葉を遮るように、天音がペンをとった。そして、失声症の治療法についてまとめたページの下に、勢いよく書き殴る。

『いらない』

今まで見たことがない、鋭くて激しく尖った筆致。私は絶句した。

思いもよらない反応を受けて、心臓が暴れ始めた。でも、それをごまかすように、私は必死で天音に語りかける。

「でも、ちゃんと治療すれば治るんだよ？　しゃべれないと不便なこともたくさんあるでしょ？」

彼は唇を噛みしめたままうつむいている。まるで私の言葉なんか耳に入れたくないというように。

「……あの、別に絶対に病院に行けって言ってるわけじゃないから……。でもほら、せっかく調べてきたから、家の近くにないか、参考までに見てみて……」

私はページをめくり、病院のリストを見せる。

するとまた天音がペンを動かし、今度は震える文字で書いた。

『そんなこと、頼んでない』

ずきっと胸に棘が刺さる。痛みに言葉を失っているうちに、天音はがたんと立ち上がり、荷物を持って外へ飛び出していった。

私は反射的に立ち上がったものの、追いかける勇気などなくて、よろよろと腰を落とす。背もたれに身体を預けると、腕が力なくだらりと垂れた。

どうしよう。よかれと思ってやったことなのに、天音を怒らせてしまった。たぶん、傷つけてしまった。

失声症の原因は、きっと誰にも触れられたくない部分だったのだ。それなのに私はなにも考えずに、心の問題だとか無神経な言葉を並べてしまった。しかも病院に行ったほうがいいなんて言われて、いくら心配しているからこそ出た言葉だったとはいえ、彼はすごく嫌な気持ちになっただろう。

どうして、天音がどう思うかも考えずに、偉そうに押しつけがましいことを言ってしまったんだろう。

激しい後悔の嵐に襲われていたとき、ぽん、と肩に手が置かれた。

振り向くと、あかりさんが少し眉を下げて微笑んでいる。話を聞かれていたんだろうか、と情けなくなる。

「難しいわね」

なにか言われるかと身構えていたけれど、彼女がかけてくれた言葉は優しかった。

「誰かのためにしてあげたいことと、その誰かがしてほしいことは、同じとは限らないからね」

はい、とつぶやいてうつむく。膝の上で握りしめた指が白くなっていた。

天音のためになると思い込んでいたけれど、それはあくまでも私がしてあげたかったことで、彼がしてほしいことではなかったのだ。

もしも相手が求めていることではないなら、いくら相手のためを思ってやったことでも、ただの厚意の押しつけになってしまう。余計なお世話、という言葉の意味が身に染みてわかった。

「難しいです……」

人の顔色ばかりを窺って生きてきた。周りの機嫌を損ねないように、嫌われないように、嫌な思いをさせないようにと考えてばかりいた。

それなのに、こんな肝心なときに、私にとって大切な恩人である天音の気持ちを読み取れなかったなんて、皮肉なことだった。

背中をさすってくれるあかりさんの手のひらが温かくて、泣きそうになった。

＊

その日の夜遅くに、【今日はごめん】と天音からメッセージが来た。

【遥が僕のために調べてくれたのはわかってる。それなのに、ごめん】

すぐに【私こそごめん】と送り返した。

【もうあの話はしないから。また明日あかりで待ってる】

誰かとの関係がこじれたときは、早く仲直りをしないと取り返しのつかないことになる、と遠子や香奈たちとの一件で痛いほどに思い知っていたので、すぐに関係を修復したくてそう送った。

でも、彼からの返信はなかった。既読マークさえつかなかった。

もしかしたら寝てしまったのかもしれない、あとで返事が来るかもしれないと思って、翌日の学校でも一日中スマホを握りしめていたけれど、天音からのメッセージが入ることはなかった。

放課後に『あかり』に行って、閉店時間まで待ち続けたけれど、彼は現れなかった。気づかわしげなあかりさんの視線がつらくて、最後に「しばらく来れません」と謝って店を出た。

その次の日も、さらに次の日も、天音から連絡はなかった。

これまでほとんど毎日会っていたから、気が遠くなりそうなほど長い間、彼の顔を見ていないように思えた。

毎日どうしようもなく気持ちが塞《ふさ》いで、食事もほとんど喉を通らない。

どうやったら許してもらえるか、なにをしたら前みたいに笑いかけてもらえるか、それればかり考えていた。

学校ではみんなに気づかれないように気を張っていつも通りに振る舞っていたけれど、家に帰って自分の部屋に入ると、緊張の糸が切れて力尽きたように動けなくなる。

夢に何度も彼が出てきて、あの優しい微笑みを向けられて、許してくれたんだとほっとしたところで目が覚めて、絶望する。そんなことを繰り返していた。

いつの間にか、私にとって天音はそれほど大きな存在になっていたのだ。

彼に会えないことが、彼の穏やかな顔を見てその繊細な字で語りかけてもらえないことが、こんなにつらいなんて思ってもみなかった。

私が苦しくてたまらなかったときに助けてくれた彼に、なにか恩返しがしたいと思ってとった行動だったのに、そのせいで大切な彼を失ってしまうなんて思いもしなかった。

それでもどうしても諦めきれなくて、学校が終わったあと、天音と出会った桜の広場に行くのが日課になった。彼は私に会いたくないだろうから、私と出会ったこの場所に来るはずはないとわかっていたけれど、それでもここは私と彼をつなぐ数少ない接点なのだ。

私はなにかにすがるように、花も葉もひとつもついていない寂しい桜の木の下に座り込んで、何時間も待ち続ける。もしかしたら、あのときみたいに天音が空の上から舞い降りてきてくれるかもしれない。そんな幻想を抱きながら。

でも、もちろん彼が現れることはなかった。

そうしているうちに、あっという間に十日以上が過ぎ去って、冬休みも目前になっていた。

＊

「やっと二学期終わるね。長かったー」

昼休み、自販機に向かいながら四人で歩いているときに、香奈が嬉しそうに言った。

「ほんとそれ。明日は終業式だけだし、あとは午後の授業二時間受けたら、もう冬休みみたいなもんだよね」

菜々美が同意すると、香奈が「だよねー」とうなずいてから、「あ、いいこと思いついた」と顔を輝かせた。

「ねえねえ、今日さ、放課後マックでも行かない？　冬休み前祝い！」

「冬休みのお祝いって」とおかしそうに笑いながらも菜々美が「いいね」と答える。

「遥と遠子は予定どう？」

香奈に訊ねられて、遠子はこくりとうなずいた。

「うん、行く」

すると菜々美が意外そうに目を丸くする。

「いいの？　彼方くんは？　いつも帰り一緒じゃん」

遠子はかすかに顔を赤らめて「別にいつもじゃないよ」と恥ずかしそうに答えた。

「今日は美術部休みなんだけど、陸上部はやるみたいだから、どっちにしろ時間合わないし」

その答えに、香奈がにやにやと笑いながら、

「ふーん、彼氏がだめなら友達ですか。いいねーラブラブカップルは」

と嫌みを言ってみせる。遠子は「からかわないでよ」と情けない顔をした。

「それに私、別にみんなより彼方くんを優先してるつもりとかないよ……。もしそう見えるなら、ごめん」

素直に謝られて、香奈は困ったように顔をしかめた。

「あたしだってそんなつもりで言ったわけじゃないよ。ほんと真面目だなー遠子は。まあでもラブラブなのはうらやましいけどね。あーいいな、あたしも彼氏欲しー！青春っぽいキラキラな恋がしたーい！」

突然の叫びに、遠子と菜々美が笑った。それを見て、私も笑わなきゃ、と思ったけれど、うまく頬が動かない。

そんな私をちらりと見て、香奈が「遥は行けそう？」と首を傾げた。

「行きたいけど、今日放課後に進路面談で呼び出されてて」

「あっ、そうなの？　また？」

「うん……まだ志望が決まってないから」

「そっかあ。小林先生しつこいらしいもんね、がんば」

「うん、がんばる」

「てか、志望なんて適当に書いちゃえばいいのに」

「そうなんだけどね。でも、そろそろ本気で考えなきゃいけないし」

「遥も真面目だねー」

香奈が感心したように言ったけれど、そんな偉いもんじゃないよ、と心の中で返す。みんなが当たり前のように決めていることを決められずにいるから、せめて真面目に考えようと思っているだけだ。

「じゃあ、まあ仕方ないね」

香奈はあっさりと笑って、菜々美と話しながら廊下を歩いていく。

その後ろを追ってゆっくりと歩き出したとき、横にいた遠子が「遥」と小さな声で私を呼んだ。

「ん？」

「あのね……なんか、大丈夫？」

唐突に問われて、私は目を丸くした。遠子はどこか心配そうな顔で私を見ている。

「もし違ってたらごめんね。遥、最近なんか悩んでたりしない？」

なんで？と訊ね返そうとしたけれど、うまく声にならなかった。

「うん……なんか、ちょっと、いつもと違うような気がして。いつも通り笑顔だし明るいけど、ちょっと、なんか空元気みたいな感じ……」

うまく振る舞っているつもりだったのに、遠子に見抜かれていたことに気まずさを覚える。

「香奈たちも心配してたよ。元気ないねって。だから今日、遊びに誘ったんじゃないかな」

まさか香奈と菜々美にまでばれていたなんて。私の空元気はそんなに下手だったのか、と恥ずかしくなってきた。

「力になれるかどうかわからないけど……もし悩んでることがあるなら、いつでも言ってね」

遠子が控えめな口調で囁いてくる。私は笑みを浮かべて「ありがと」と返した。

「でも、大丈夫。ちょっといろいろ……進路のこととか、考えてたせいで、夜あんまり寝れなくて。それで昼間眠かったりしていつもと違うように見えるのかも。全然大丈夫だよ」

嘘の言葉がするすると流れ出してくる。

誰かに弱音を吐くのも、心配されるのも苦手だ。だからなんとかごまかしたかった。

遠子はそれに気づいているのかいないのか、にっこり笑って「そっか」とうなずく。

「それならいいんだけど。私いつも遥に助けてもらってるから、たまには遥の力になりたいなって思ってるの」

遠子の温かい言葉に、喉の奥がきゅっと絞られたようになった。

私はかすれた声で、また「ありがと」と囁き返した。

＊

その日の放課後、進路面談ではやっぱり厳しいことをたくさん言われた。天音のことで落ち込んでいる上に、三十分以上もお説教されて、さらに気落ちしてしまった。

でも、教室に戻ると、驚いたことに遠子たちが揃って私を待ってくれていた。おかげで少し気持ちが浮上して、みんなでおしゃべりをしているうちに、嫌な気分が薄れていった。

そうして久しぶりに軽い足取りで電車を降りて家路についたとき、『あかり』に続く道が目に入ってしまった。今度はとたんに、またずぶずぶと心が沈んでいく。

ふうっとため息をついて、いつものように広場へ行って桜の木の下に腰を下ろす。

地面の冷たさが腰からぞわぞわと上がってきて、一気に寒くなった。肩を抱きながら、どうすれば天音に許してもらえるか、なにをすればいいかを考え始める。

でも、本当は答えなんてわかりきっていた。とにかく謝るしかないのだ。

それはわかっているけれど、どうすればいいかわからない。

連絡しても返事をくれないということは、私と会いたくないということだ。謝りたいから会ってほしいと言っても、きっと返事をもらえないだろう。

そんなふうに思われている相手にぶつかっていく勇気は、私にはなかった。

これ以上無神経なことをして天音に嫌われてしまったら、きっと私は徹底的に打ちのめされて、もう二度と立ち直れない。

門限の時間が近づいてきたので意気消沈しながら家に帰ると、追い討ちをかけるようにお母さんからの小言が始まった。

「ちょっと遥、遅かったわね。また寄り道してたの？」

ごめんなさい、と私が謝るのも聞かずに、お母さんが「さっき先生から電話があったわよ」と切り出した。ああまたか、と胸が軋む。

「進路のこと、まだぐずぐずしてるんですって？　ひとりでは決められないようだから冬休みの間にご家族で話し合ってくださいって言われちゃったわよ。もうお母さん情けなくって！　悠は親がなんにも言わなくても、ちゃんと自分で考えて自分の目標を決められたのに、どうして遥はだめなのかしら。同じように育てたはずなのに」

まだ玄関で靴を脱いでもいない私に、お母さんは怒濤《どとう》のようにたたみかけてくる。

早口すぎる言葉は、きんきんうるさいのに耳に入ってこずに、どんどん通り抜けていくようだった。

「お母さんは仕事があって忙しいってわかってるでしょうに、あなたはどうしてそう面倒をかけてくれるのかしらね。少しはこっちの身にもなってよ」

「……ごめんなさい。ちゃんと自分で考えて決めるから……」

「そんなこと言って、またどうせ決められないんでしょ？　そしたらお母さんまで先生に呆れられちゃうじゃないの。しょうがないから一緒に考えてあげるわよ」

お母さんは心底呆れた顔つきで言った。苛立ちを隠しきれない眼差しに、身体が固くなる。私はうつむいて、次々と飛んでくる矢の雨のような言葉に耐えた。

「まったく、どうして自分のことも自分で決められないんだか……そんなふうに育てたつもりはないんだけど、どこで間違っちゃったのかしら。困ったわね、はあ……」

これみよがしに大きなため息が聞こえてきて、ぐさりと胸に突き刺さった。

私だって自分で決めたい。でも、どうやったら決められるかわからないのだ。

そんな簡単なはずのことをいつまでもできない私は、とんでもない欠陥品なんだろう。お母さんだってそう思っている、そういう顔をしている。

お母さんがぶつぶつ言いながらリビングに入ったので、私も黙ってあとを追った。

自分の部屋に逃げたかったけれど、そんなことをしたらあとでどうなるか、考えただけで恐ろしい。

「あのね、お母さんは別に、怒りたくて怒ってるわけじゃないのよ？　遥のためを思って言ってるの。夢っていいものよ、夢があるだけで人生に張り合いが出るの。夢がないと生き甲斐もなくて、ただ毎日をやり過ごすだけのつまらない人間になっちゃうのよ。目標がある人はきらきら輝いてるわ、目を見ればわかる。夢がない人の目は曇ってるのよ」

それなら、私の目はどんよりと重苦しく濁った灰色をしているだろう。だから、こんなに世界が暗く見えるのだろうか。

「お母さん、夢がない人は嫌いだわ。やりたいことがないって、つまり人生における怠慢《たいまん》でしょ。自分探しを怠《おこた》って、ただぼーっと生きてきたくだらない人間よ。目標のない人生なんて、なにが楽しくて生きてるかわからないじゃない。私の子どもにはそんな貧困な精神の持ち主にはなってほしくないわね」

お母さんは私みたいな人間は大嫌いってことでしょ。それはわかってる。わかってるから、もう言わないでほしい。

「お兄ちゃんを見てみなさい。小さいころからしっかりした夢を持って、ちゃんと目標を立てて自分で努力して、どんどん夢に近づいてるのよ。どこに出したって恥ずかしくない子だわ。遥にもあんなふうになってほしいのよ、お兄ちゃんを見習いなさい」

お兄ちゃんの話は聞き飽きた。どうせ私はだめ人間だ。

でも、どうして家に帰ってきてまで、毎日こんなに居心地の悪い思いをしないといけないの。ああもう、嫌だ……。

「――いい加減にしないか」

突然、後ろから声がした。私とお母さんはびっくりして同時に振り向く。

廊下に立ってこちらを見ているのは、いつの間に帰ってきたのか、お父さんだった。そしてなぜかとなりにはお兄ちゃんまでいる。

「えっ、悠、どうして？」

お母さんが戸惑ったように口にした。それを聞いて、予定していた帰省ではないのだとわかった。

「うん、ちょっと気になることがあって。すぐ戻らなきゃいけないんだけどね」

「気になることって、なんなの？」

「ちょっとね」

お兄ちゃんがちらりと私を見て、小さく笑った。なんだろう、と私は瞬きをする。

「たまたま同じ電車だったから、一緒に帰ってきたんだ」

お父さんがお兄ちゃんの肩を軽く叩いて、それからお母さんに目を向けた。

「母さん、玄関まで話が聞こえてきたけど……言いすぎだよ」

お父さんは通勤鞄を床に置き、ネクタイを緩めながら低く言った。

「つまらないとかくだらないとか貧困とか……そんなことを言われて遥がどう思うか、少し考えればわかるだろう」

お父さんがお母さんに反論するのを初めて見た。口数の多くないお父さんは、いつもお母さんの話を黙って聞いているのだ。驚きのあまり、私は瞬きすら忘れてお父さんを凝視する。

お母さんは眉根を寄せて、くっと唇を噛んでから大きく息を吐いた。

「私は別に、なにも遥のこと言ってたわけじゃないわよ。一般論よ、一般論」

「それでも、遠回しに遥に対する批判になってるのは同じだろう」

「批判なんて！　そんなこと自分の子どもにするわけないじゃない。ただちょっと叱ってただけよ」

「頭ごなしに自分の意見を押しつけて相手の非をあげつらうことは、叱るとは言えないよ」

苛立ちをぶつけるようなお母さんの声に対して、お父さんの声はとても落ち着いていて、冷静だった。お父さんはこういうとき、こんなふうに話す人なのか、と驚く。静かな口調だけれど、淡々としているからこそ相手に反論をさせないような、独特の強さがあった。

お父さんは無口でいつも穏やかに笑みを浮かべている人、というイメージだった。

人をいさめたりする姿を見た記憶がない。

でも、もしかしたら会社で仕事をしているときは、部下の人をこういうふうに諭したりしているのかな、となんとなく思う。生まれたときから一緒に暮らしているのに、お父さんのことを本当の意味では見ていなかったのかもしれない。

「それに、悠と比べるのは遥に失礼だよ。悠は真面目でしっかり目標を持ってがんばっていて偉いやつだ。遥は周りをよく見ていて気づかいができて、自分よりも他人を大事にできる本当に優しい子だよ。いくら兄妹っていったって、ふたりとも別々の人間なんだ。性格も得意なことも違って当然だよ。だから、一面だけ見て比較して、どうこう言うのはよくない」

お父さんの言葉を聞いているうちに、目頭が熱くなってきた。

あまり会話をしないお父さんが、それでも私を見てくれていて、そんな優しいことを言ってくれたのが嬉しかった。

お母さんは、お父さんが話している間ずっと唇を噛みながら聞いていて、しばらくするといきなり踵を返してリビングを飛び出していった。

その後ろ姿をしばらく見ていたお父さんが、今度は私に向き直る。

「ごめんな、遥。今までなにも言ってやれなくて。ずっと我慢していて苦しかっただろう」

お父さんの大きな手が、私の頭をゆっくりと撫でた。小さいころを思い出して懐かしくなる。

「父さんは仕事でいつも帰りが遅くて、家のことは母さんに任せっぱなしにしてしまっているから、母さんのやり方に父さんが文句をつけるのはいけないと思って、ずっと黙っていたんだ」

お父さんが申し訳なさそうに言った。

「でも、さっきのはさすがに聞いていて耐えられなくなってな、思わず止めに入ってしまった。遥は、母さんからいつもあんなことを言われていたのか？　つらかっただろう、ごめんな」

お父さんの静かな声を聞いていると、ぽろりと涙がこぼれた。制服のシャツの袖でそれを拭う。

「母さんも悪気があるわけじゃないんだ……。遥のためを思っているっていうのは本当だよ。ただ、言い方がよくないよな。父さんからも言っておくから」

その言葉に、私は思わず首を振った。

「いい、大丈夫。それに、お母さんもお父さんからそんなこと言われたら傷つくだろうし……いいよ、私は平気だから」

私のことでお父さんとお母さんの空気が悪くなったりしたら嫌だ。そう思って答えたけれど、お父さんは「よくないものはよくないから」と微笑んだ。

「ただな、母さんの言い方がきついのは申し訳なかったし、父さんからも言っておくけど、母さんの気持ちも少しだけわかってやってほしいんだ。母さんはね、学生のころ家の事情で家事の手伝いばかりしていて、思うように勉強する時間がとれなかったんだ。それで受験に失敗してしまって、行きたい学校に行けなかったんだよ」

お母さんは母子家庭で育って家計が大変だったというのは知っていたけれど、勉強や受験のことは初めて聞いた話だったので、私は目を丸くして続きを待った。

「母さんは勉強が好きだったから、本当は上の学校に行きたかったけど、だめだったって。そのせいで就きたい職業にも就けなくて、今でもそのことを後悔してるから、自分の子どもには絶対に同じ思いはさせたくないって、お前たちがまだ小さかったころに言ってたよ」

「……そうだったんだ……」

私にとってお母さんは、悩みなんてひとつもなくて、いつも自信満々で完璧な人間だった。だから出来の悪い私が許せないんだろうと思っていた。

でも、違ったんだ。私が見ていたのは、お母さんの一面に過ぎなかった。

お母さんは〝お母さん〟という存在だと思っていたけれど、本当はいろんな過去があっていろんなことを考えている、ひとりの人間なんだ。

それは、お父さんも同じ。お父さんも〝お父さん〟じゃなくて、ひとりの人間。

そんな当たり前のことに、今初めて気がついた。

「だからお母さんは、遥たちには夢を持ってほしい、努力してその夢を叶えてほしい、努力するための環境は自分が整えてあげたいって思ってるんだ。でもな、遥。父さんは思うんだけど、将来の夢なんてそんなに大事なものじゃないよ」

えっ、と思わず声を上げた。予想もしなかった言葉だった。

「夢なんて見つからなくてもいいんだよ。みんながみんな夢を持って大人になるわけじゃないし、夢を叶えてその仕事をしてるわけじゃない」

私は唖然としてお父さんを見た。

「社会にはいろんな大人がいるけど、ほとんどの人が夢も希望もなく、なんとなく働いてるよ。昔からやりたかった仕事をしてる人とか、この仕事が自分の生き甲斐だと思ってる人は、少数派だ。ほとんどの人は、ただ生きていくために、生活費を稼ぐために働いてるだけだ。まあ、父さんも正直そうだしな」

お父さんがいたずらっぽく笑って言う。

「今の仕事じゃないとだめ、なんてことは全然ない。家族四人が安心して暮らしていけるお金がもらえるなら、どんな仕事でもいいと思ってるよ。仕事にやり甲斐なんか全然、これっぽっちも感じてない」

そこまで言い切られると、そういうものなのかという気がしてくる。

確かに、いくら夢を持っていたって、その夢を叶えられる人はほんのひと握りだろう。それはわかっていた。だから、みんな仕方なく、夢に破れて自分の希望とは違う仕事をしているのだと思っていた。

でも、違うのか。もともと夢なんてなくて、なんの仕事でもいいと思っていて、生活のために働いている人がほとんど、ということか。

「どうして今の仕事をしてるかって訊かれたら、その会社の採用試験を受けたら合格通知をもらえたから、ってだけだよ。そして、耐えられないほど自分に向いてない仕事ってわけでもないし、今のところクビにもなってないから、幸いにも続けられてるってだけだ」

お父さんはおどけた調子で言って、おかしそうに笑った。こんな顔を見るのは初めてだった。

それからお父さんはゆっくりと瞬きをして、穏やかな声で語った。

「夢なんかなくたって、自分を必要としてくれる場所があったら、そこでできる限り精いっぱいやればいい。求められた場所で、与えられた仕事をがんばる。それだけでも十分に大変なことだし、それをしっかりできるなら、素晴らしいと思う」

お父さんの言葉を聞いて、いつか天音が私に言ってくれた言葉を思い出した。

『夢なんかなくたって、人は生きていけるし、ちゃんと生きてる人はみんな偉い』

『僕としては、夢がないことはコンプレックスでもなんでもないと思う。だから、そんなに思い詰めなくていいし、焦らずに遥は遥のペースでやればいいと思うよ』

言い方は違うけれど、お父さんが私に伝えようとしてくれていることは、天音と同じなのだと思う。どちらも私の気持ちを軽くしようとして選ばれた言葉だ。

早く将来の夢を見つけなきゃ、行きたい大学を決めなきゃ、やりたい仕事を探さなくちゃ。そんな焦りで頭がいっぱいになっていた。

でも、そんなに思い詰めなくてもいいのだと、お父さんも天音も言ってくれている気がした。

あれほど重たかった気持ちが、あっという間に楽になっていく。

「人間はみんな違う。性格も、考え方も、生き方も。親子でも兄弟でも違って当然だ。だから、言いたいことがあれば言ってもいいんだぞ。自分の気持ちを主張すればいい。親だからって遠慮することはない」

私はお父さんにうなずいて、ふふっと笑った。

「……お母さんと、話してくる」

お父さんは少し目を丸くしてから「そうか」と微笑んだ。

「偉いね。遥はいい子だ。父さんの自慢の娘だよ」

それまで黙って聞いていたお兄ちゃんも、「遥、がんばれ」と笑いかけてくれた。

私は涙をまたひと粒こぼして、「ありがとう」と笑い返した。

「お母さん……」

薄暗い洗面所に、お母さんはいた。こちらに背中を向けてうつむき、冷たい床にぺたりと座り込んでいる。よく見ると、肩がかすかに震えていた。

「お母さん、大丈夫?」

となりに腰を落として覗き込むと、お母さんの頬が涙に濡れていた。お母さんが泣いているのを見たのは初めてだった。

「……遥」

口紅のとれかけた震える唇から、かすれた声が洩れる。それきりなにも言わない。

「お父さんから話聞いた。昔の自分みたいな思いを私たちにさせたくなかったって」

「……そう。お父さんたら……子どもには言わないでって頼んでたのに、勝手に……」

お母さんがふう、と息を吐いてから、ゆっくりと口を開いた。

「そうよ。お母さんはね、人生に失敗したの。こういうふうに生きたいっていう理想があって、それを叶えたくて努力してたけど、だめだった。失敗した。自分ではちゃんと勉強してたつもりだったけど、全然足りなかったのよね。ものすごく悔しかった」

当時のことを思い出しているのか、お母さんはぼんやりと天井を見ながら話す。

「結局、やりたかったことはなにひとつできなかった。就職も全然希望通りにいかなかったしね。人生こんなはずじゃなかった、って何回も思ったわよ」

お母さんは自分の仕事が大好きで、自信に満ちた順風満帆《じゅんぷうまんぱん》な人生を歩んできた人だと思っていた。

でも、それは、そう見えるようにお母さんが気を張ってきたからなのかもしれない。

そう考えると、私と似ているような気がした。心の中で思うことがあっても、『なにも問題ない』という顔をしてしまう性格。

「今の美容部員の仕事は、やりたかったことじゃないけど、せめてがんばろうって決心して入社した。やっていくうちにだんだん面白くなってきて、上司にも認められて嬉しくて、これからはこの仕事を生き甲斐にしようって決めたの。この仕事を好きになれれば、私の人生の失敗はなかったことになると思ったのね。それでずっとがむしゃらにやってきたわ……」

でも、と続けたお母さんが、どこか自嘲的な笑みを浮かべた。

「最近ね、仕事がうまくいかなくて……。こんなにやってるのに、どうして成果が出ないんだろうって、毎日毎日いらいらして……。だから遥に八つ当たりしちゃってたのよね……」

お母さんは涙目で私を見ると、「ごめんね」とつぶやいた。私は「ううん」と首を横に振る。

「叱られるのは、私が毎日ふらふらして、だらしないからだって、ちゃんとわかってたから……」

一方的に小言を言ってくるお母さんに腹を立てながらも、本当は私が不甲斐ないのがいけないのだと、自分がいちばんわかっていた。

「お母さんは失敗しちゃったから、自分の子どもには失敗してほしくなかったの。将来役立ちそうな習い事は全部やらせたし、思いきり勉強できる環境も作れるよう努力した。興味があることはなんでもやらせてあげたかったから、あなたがピアノを習いたいって言い出したときは嬉しかったわよ、子どもの願いを叶えてあげられるって」

ピアノ教室に通わせてくれたことの裏に、お母さんのそんな思いが隠されていたなんて、まったく知らなかった。

それなのに、下手だから誰にも聴かれたくないと、周りの目を気にして勝手にやめてしまったことを、今さらながらに悔やんだ。きっとお母さんは悲しかっただろう。

「自分が思うように勉強できなかったから、子どもには将来絶対に後悔しないようにちゃんと勉強してほしいって思ってたの。悠は無事に大学まで入ったから、まだ国家試験が残ってるけど、もう卒業するだけでしょう。だから、あとは遥を、ちゃんと自分がやり甲斐を感じられるような、自分に合った道を歩めるようにしてあげられたら、私の子育てもひと段落かなって思ったの。でも、あなたがなかなか進路を決められなくて、勉強も中途半端になってるのがわかるから気になって……私の二の舞にさせちゃだめだって焦ってたのよ。今思えば、あなたのペースもあなたの気持ちも考えずに、全部自分の理想を押しつけちゃってたのよね」

お母さんがそんなふうに考えていたなんて、思ってもみなかった。私がいつもお母さんの話を表面的に聞き流して、ちゃんと向き合おうとしなかったから、こういう話をする機会がなかったのだ。

「お母さんが私にいらいらするのは、よくわかるよ。私、本当にぼんやり生きてるなって自覚あるから……」

私は今まで、夢や目標がないのをいいことに、自分の進む道を他人任せにしてきた。高校受験のときも自分では学校を選べなくて、結局はお母さんと先生が面談で話し合って決めたところを受けた。自分のことなのに、まるで他人事のように言われるがままになっていた。

志望校が決まったおかげで、それまでよりは勉強に集中できて、私にとっては少しレベルが高い高校だったけれど、なんとか合格することができた。でもそのあとは、また目標を決められずにぼんやりとやり過ごす毎日。勉強にも身が入らず、成績もどんどん悪くなっていった。

「自分の人生なのに、誰かに決めてもらうのが楽で、甘えてばっかりだったから、自分で決められなくなっちゃったんだよね。本当に自分に甘すぎるって思う」

そんなふうに自分を持たずにふわふわ、だらだらと生きてきたから、お母さんは私のことに口を出さずにはいられなかったのだと、今考えてみればよくわかる。

「だから、これからは覚悟決めて、自分のこととして自分で考える。ちゃんと考える。変わらなきゃって決めたから」

天音がくれた、『遥なら変われるよ』という言葉が、ふいに甦ってきた。離れていても、彼が私にくれたものは確かに私の中に刻み込まれていて、いつでも私を勇気づけてくれるのだ。

「それは頼もしいわね。期待してるわよ」

お母さんがおどけるように言った。こんな表情は久しぶりに見た気がした。

そして、私がお母さんの顔を真正面から見たのも、本当に久しぶりだと気づく。怒られるのを恐れて、ちゃんとお母さんの目を見て話せていなかったのだ。

これから、もう一度お母さんとの関係を作り直していこう。もっとたくさん話して、自分の気持ちもちゃんと伝えて、変わっていく私を見ていてもらおう。そう思った。

ただ、ひとつだけ言っておきたいことがある。

「……ねえ、お母さん」

お母さんが「なあに」と私を見る。

「お母さんの人生は失敗だった、なんて言われると、悲しい」

私の言葉に、お母さんがはっとしたように目を見開いた。

「今の生活を全部否定してるみたいに聞こえる」

私たちが生まれたことまで間違いだったと言われているようで、やるせなくなる。

私の言いたいことが伝わったのか、お母さんがゆっくりと身を起こして、「ごめん」

と私を抱きしめた。懐かしいにおいと温もり。

「ごめんね……。そんなつもりじゃなかったのよ。お母さん、こういうのばっかりね。

いつも言葉の選び方を間違っちゃう。きついことばっかり言っちゃう。反省するわ」

うなだれたお母さんの背中をぽんぽんと叩くと、お母さんは「どっちが子どもかわ
からないわね」と笑った。そして顔を上げて、晴れやかな笑顔で言う。

「お父さんと結婚できたことと、遥と悠に会えたことは、私の人生の大成功だわ」

その言葉が嬉しくて、私は何度もうなずいた。

「進路のことは……まあやっぱりいろいろ言いたいことはあるんだけど、もう高校生
だもんね。自分で決められるようにならなきゃね。遥ががんばって決めた道を、お母
さんは応援するから。ただ、どうしようもなくなったら、お父さんでもお母さんでも

お兄ちゃんでもいいから、いつでも相談しなさい」

「うん、わかった。ありがと」

私はお母さんにぎゅっと抱きついた。

それからお母さんは、「お父さんに謝ってくる」とリビングに入っていった。

洗面所を出ると、にこやかな顔のお兄ちゃんが立っていた。

「ものすごい感動映画の仲直りシーン見てるみたいだった」

おかしそうに笑いをこらえながら言われて、私は思わず唇を尖らせる。

「もう、からかわないでよ」

「よかったな、和解できて。この前、母さんがすごい剣幕《けんまく》で遥のこと話してたから、あーうちの女性陣どうなっちゃってるんだろうって心配してたんだよ」

「……もしかして、それで今日わざわざ帰ってきてくれたの？」

ぴんときて訊ねると、お兄ちゃんは少し照れくさそうに笑った。

「こないだの電話で、なんか遥がいろいろ抱え込んで大変なことになってそうだなって思って、心配でさ。母さんから進路のこと言われてストレス溜め込んでるだろうし、声が出なくなった友達のことまで気にしてただろ。調べてみたら、失声症はそんなに簡単な病気じゃないみたいだから、その子にうまく話ができたのかも気になって……。すぐ帰りたかったけど大学もバイトも忙しい時期でな。やっと落ち着いたから、遅くなったけど、今日帰ってきたんだ」

「……ありがと。お兄ちゃん、優しいね」

こちらから頼みごとをしておいて、あんな失礼な電話の切り方をしてしまったのに、気にかけてくれていたのが素直に嬉しかった。

お兄ちゃんは「やっと気づいたか」と笑ってから、ふいに真剣な顔つきになった。

「進路のことはさ、あんまり思い詰めるなよ。俺はたまたま早いうちにこれっていうもの見つけられたけど、そんなの運がよかっただけだと思う。やっぱり普通はすぐに夢や目標を見つけるのは難しいと思うよ」

「そう、なのかな。私がおかしいわけじゃなくて？　でも、みんな進路ちゃんと決まってるみたいなんだよね」

「それはある程度適当にっていうか、消去法で選んでるのもあると思うよ。それに、高校のときに決めた進路が本当に一生の道になる保証なんて、まったくないからな。俺の友達でも、医学部に通ってたのに急に『俺は医者には向いてないってわかった、弁護士になる』って言い出して、法学部を受験し直したやつとかいるよ」

「え、すごいね」

「まあ、遠回りは遠回りなんだけど、そうやって自分の本当の道を見つけるパターンもあるってことだよ」

お兄ちゃんみたいに真っ直ぐに自分の道を歩んでいる人からそういう言葉をもらえると、安心する。

それに、今決めた道が絶対に自分の将来につながるとは限らないと思うと、少しは気持ちを楽にして進路を考えられるような気もする。

するとお兄ちゃんが「ただ」と釘を刺すように言った。

「これからどんな道に進みたいと思っても対応できるように、日ごろからまずは勉強をしっかりしておくこと。いざなにかが見つかったときに、学力が足りなくて行きたい学校に行けない、なんてことになったらもったいないからな。遥もある日突然、お医者さんになりたい！って思うかもしれないし」

私は真顔で「それは絶対無理だと思う」とつっこみを入れてから、小さく息を吐いて続けた。

「あと一年で具体的な職業を決めるのは難しいだろうから、とりあえず大学に入れるように勉強しようと思う。短大とか専門学校は特定の分野の勉強をするところだから、大学のほうが将来の選択肢が広いんだよね。四年間勉強しても苦にならないような学部を選んで、そこでいろんな経験しながら、自分に合う仕事を探そうかな」

そう答えると、お兄ちゃんが「なかなかまともなこと言うじゃん」と笑った。

「ま、なんとかなるって。赤点さえとらないようにしとけばな」

「はーい、がんばりまーす……」

私とお兄ちゃんは声を合わせて笑った。

その日の夜は、家族四人で久しぶりに外食に行った。お父さんと長い話を終えたお母さんが、「こんな日に料理なんかしたくない！」と言い出して、「じゃあ寿司でも食べに行こうか」とお父さんが提案したのだ。

家族みんなで回転寿司を食べる、そんな普通のことなのに、笑いが止まらないくらい楽しかった。ほんの数時間前までどうしようもないほど絶望的な気分だったのに、こんな時間が過ごせるなんて嘘みたいだった。

帰宅してから、お兄ちゃんが失声症について詳しく調べてきたことを教えてくれた。

「悩みごとを解決できたら、自然と声が出せるようになるってことなんだよね」

前に調べたことを思い出しながら言うと、お兄ちゃんは曖昧にうなずいた。

「どうやらそれほど簡単にはいかないみたいだけどな。身体症状まで出るような心の問題って、ひとつが原因とは限らなくて、いろんな要素が絡み合ってることが多いらしいんだ。だから、この問題を解決すれば大丈夫、ってわかりやすく対処できるわけじゃなくて、治すのが難しいんだよ」

私はうなずく。そんなに簡単にいかないだろうということは、失声症の資料を見せたときの天音の様子を思い出すとなんとなくわかった。

お兄ちゃんが眉を寄せて覗き込んでくる。

「なあ遥。こう言っちゃなんだけど、その子の声、お前がなんとかしてやらなきゃいけないことなのか？　それを抱え込むせいで遥のほうが参っちゃうんじゃないかって、兄としては心配なんだけど」

私は「ありがとう」と答えつつも、「でも、できることは全部したいの」と続けた。

今までずっと、誰かの敷いたレールの上を歩いてきた。自分の意見を持たずに、楽なほうへと流されるように生きてきた。

そんな私が生まれて初めて、自分の意志で、誰かのために、周りに反対されてもいいからなにかしたい、と思ったのだ。天音の苦しみをなんとかしてあげたい、と。

私の言葉に、お兄ちゃんは「そうか」とうなずいた。

「遥がそこまで言うなら、俺は陰ながら応援するしかないな」

私は小さく「ありがとう」とうなずき返した。

「大事な友達なんだな」

「うん」

自分でもびっくりするくらいに即答してしまった。

「私がつらいときに、たくさん話を聞いてくれて、たくさん優しい言葉をくれたの。

すごく特別で、すごく大事な人だよ。だから、今度は私が力になりたい」

お兄ちゃんは私の肩を軽く叩き、「がんばれよ」と言ってくれた。

うん、とうなずきながら、これからどうしようか、と考えを巡らせる。

でも、自分ひとりで考えたって、きっと今までと同じ答えしか出ない。

そこで自然と、遠子たちに相談しよう、と思いついた。これまでの私なら、絶対に思わなかったことだ。

悩みごとを相談するのは恥ずかしいことだと思っていた。

自分の弱くて脆くて情けない面をさらけ出すことだから、私にはできないと思っていた。

でも、そうしたっていいんだ。

天音を助けるためには、なりふりなんて構っていられない。みっともなくすがりついてでも、みんなの力を借りよう。

明日どうやって話を切り出そうかと考えながら、私は眠れない夜を明かした。

「あのね、ちょっと聞いてほしいことがあるんだけど」

終業式が終わったあと、教室の片隅に四人で集まって話していたとき、遠子が私たちにチケットのようなものを差し出しながら恥ずかしそうに口を開いた。

「この前コンクールに出した絵が入選してね、美術館に飾られることになったの」

香奈が「えっ!?」と声を上げ、菜々美も目を丸くしている。私も同じだった。

「ええっ、本当？　遠子！」

「うん、自分でも信じられないけど、本当……。昨日賞状が届いたから」

「えーっ、すごいじゃん!!」

三人でぱちぱちと拍手を送ると、遠子は顔を真っ赤にして「ありがとう」と頭を下げた。

「それでね、明日から年明けまで展示されるみたいだから、よかったらみんなにも見てほしいなって」

「行くよ行くよ、もちろん行くよ！」

「遠子の絵、見たことないから楽しみだな」

香奈と菜々美が大きくうなずくのに合わせて、私も「見に行くよ」と言った。

「よかった、ありがとう。あ、もし家族とか友達でチケット欲しい人がいたら、まだ余ってるから教えてね」

遠子が嬉しそうに笑いながら言った。

それからしばらくその話で盛り上がり、少しテンションが落ち着いたときに、私は深呼吸をしてから唐突に手を挙げた。

「私も聞いてほしいことがあります」

突然の宣言に、遠子たちは揃って目を丸くする。

「なになに、なんで急に敬語？」

菜々美がおかしそうに笑って訊ねてきた。

「いや、なんか緊張して力が入っちゃって……」

「なにー、緊張するようなこと？」

香奈が首を傾げてから、からかうようににやにや笑って言う。

「まさか、やっぱり彼方くんのこと諦められないからもう一回告白する！　……とかじゃないよね？」

「えっ」

香奈の言葉に、遠子が慌てたように私を見た。

「いや、違う違う」

私は顔の前で手を振って否定する。

遠子に「それはないから安心して」と笑いかけながら、そういえば彼方くんのことは最近まったく考えていなかったな、と気がついた。進路のことや、なにより天音のことで頭がいっぱいだったからだろうか。

天音と嫌な別れ方をしてしまってから、私の心は後悔と葛藤に支配されていて、前のように彼方くんの姿を目で追うことも、彼のことばかり考えてしまうこともなくなっていた。

そして私が今から話そうとしていることも、もちろん天音のことだった。

「話すと長くなるんだけど……」

そう前置きをして、私は彼女たちにすべてを打ち明けた。

天音と出会ってからのこと、彼に救われたこと、失声症のこと。そして彼を傷つけて音信不通になってしまったこと、なんとかして彼ともう一度会って謝って、仲直りがしたいのだということ。

「じゃ、会いに行けばいいじゃん」

話し終えたあと、いちばんに口を開いた香奈が、平然とした顔で当たり前のように言った。

「そんなに会いたいなら、その子の家か学校に行けばいいじゃん。住所はわかんないかもだけど、制服でどこの学校かわかるでしょ」

私は驚きのあまり絶句して香奈を見つめ返した。

「え、なにびっくりした顔してんの？　あたしそんな変なこと言ってる？」

「いや、あまりにもさらっと言うから驚いた……」

家はもちろんどこにあるか知らなかったし、かといって他校に乗り込むのは相当な勇気がいる。だから、会いに行くのはありえない、なんとか呼び出すしかない、と思っていたのだ。

「そう？　これしか手はないと思うけど。家に突撃したところで居留守使われちゃう可能性もあるから、学校に乗り込んじゃったほうが確実かもね。下校するところを待ち伏せするの」

香奈はなぜかわくわくした表情をしていた。

「なんでそんな嬉しそうなの、香奈……」

「だってなんか楽しいじゃん！　映画みたいじゃない？」

本当に楽しそうな様子の香奈を見ていると、ついさっきまで『天音にはもう会えないかもしれない』と思っていた気持ちがすっかりどこかへ行ってしまって、なんとかなるような気がしてくる。

そのとき、ずっと黙っていた遠子がいきなり、がばっと両手で顔を覆った。

「えっ、遠子、どうしたの？」

「嬉しい……」

へ？と間抜けな声を洩らしてしまった。一瞬、私と天音が気まずくなっていることが嬉しい、と言っているのかと戸惑ってしまう。

でも、彼女が続けて言った言葉は、私の予想とはまったく違うものだった。

「遥が私たちに悩みを打ち明けてくれて、頼ってくれたのが嬉しいの」

「え……」

思いもよらない答えに、私は言葉を失う。

でも、彼女の言葉に香奈と菜々美も大きくうなずいた。

「わかる、ほんとそれ。遥がうちらに相談してくれるなんて、めちゃくちゃ嬉しい」

「遥っていつも、嫌なことあっても笑って我慢するでしょ。絶対に弱音吐いたり愚痴言ったりもしないもんね。その遥が悩みごと話してくれたんだもん、嬉しいよ」

三人が温かい眼差しで私を見つめている。くすぐったくて、私は思わずうつむいた。

「てことで、うちらは全面協力する気満々なわけよ」

そう言ってからからと笑った菜々美が、「その子はどこの高校なの？」と訊ねてきた。私が答えると、彼女は「めっちゃ賢いところじゃん」と目を丸くしてから言った。

「私の友達の友達があそこの高校に通ってるらしいんだけど、終業式の日も午前中は授業するって聞いたことあるよ。それなら下校は昼ごろだろうから、今から急いで行けば間に合うんじゃない？」

それを聞いた香奈が、「よし、じゃあ行こう！」と荷物を持って立ち上がった。あまりの行動の早さに私はおろおろと腰を上げる。

「えっ、えっ、本当に？　本当に行くの？　今から？」

「行くよー。遥ひとりじゃ他校は行きにくいでしょ。あたしたちが責任持って送り届けるから、安心してよ」

香奈はウインクでもしそうな笑顔で言った。「私も行く」と遠子と菜々美も席を立つ。そのまま三人が教室の外へと歩き出したので、私も早足であとを追った。

靴箱に向かう途中、菜々美が訊ねてくる。

「その彼のこと、好きなの？」

私は軽く首を振って答えた。

「好き、っていうか……友達だよ。でも、すごく大事で特別で、絶対に失くしたくない存在」

「そっか」

菜々美は微笑んでうなずいた。

靴を履き替えながら、天音の顔を思い浮かべる。

彼方くんに対する思いは、彼方くんに対するものとはまったく違う。

天音への思いは、勢いよく燃え上がる真っ赤な炎のような感じ。

彼方くんへの思いは、静かに湧き上がる澄んだ泉のような、音もなく降り積もる真っ白な雪のような感じ。しんしんと降りしきり、気がついたら積もっている雪。優しくて柔らかくて綺麗な雪。

この気持ちが変わらずにあり続けるものなのか、それとも変わっていくものなのかはわからない。

でも、こんなふうに誰かを思ったことはないから、両手でそっと包み込むように大事にしたいな、と強く思う。

＊

知らない学校に向かって、違う制服の高校生たちの流れに逆らって歩く。それがこんなに気まずくて恥ずかしいものだとは思わなかった。

深緑のブレザーの集団の中をすり抜けていく紺色の制服を着た私たちを、みんながじろじろと見ていく。逆の立場だったら私だってそうするだろう。

でも、あまりにも居たたまれない。私ひとりだったら、絶対に引き返してしまっていたと思う。提案してくれた香奈と、ついてきてくれた遠子と菜々美に対する感謝の思いが込み上げてきた。

四人で肩を寄せ合い、邪魔にならないように端っこを歩いて、やっと校門の前にたどり着いた。

先生に見つかったらなにか言われるかもしれない、ということで、太い柱の陰に隠れるように立つ。

「もう下校時間なんだね。天音くんはまだ帰ってなければいいんだけど……」

遠子が不安げな目で校舎を見上げる。香奈たちもうなずいた。

私は校門の向こうにじっと目を凝《こ》らす。お揃いの制服を着た数えきれない人たち。

その中に、たったひとりの姿を探す。

しばらくして、香奈が突然、近くを通り過ぎようとしていた男女に声をかけた。

「一年生ですか？」

いきなり話しかけられて戸惑いながらも、男子のほうが「そうですけど」と答える。

「じゃ、芹澤天音くんって人知ってる？」

彼女は臆する様子もなく立て続けに訊ねた。

私と遠子は顔を見合わせて、「すごいね」「さすが香奈……」と囁き合う。

「芹澤天音？　……って、誰だ？　お前知ってる？」

　男の子が訊ねると、女の子のほうは少し考えるような仕草をしてから「あっ」と思いついたように顔を上げた。

「あの人じゃない？　Ｅ組のさあ、金髪みたいなハーフっぽい人」

「あー、あの全然しゃべらないやつか。あいつって耳聞こえないの？」

「ううん、普通に授業受けてるから聞こえてるらしいんだけど、誰もその子の声聞いたことないらしいよ。たぶんしゃべれないみたい」

「へえ。そんなことあるんだな」

「話しかけても筆談なんだって。だからあんまり会話できなくて友達もいないっぽい」

「そりゃ大変だなー」

　私たちを置き去りにして盛り上がる彼らの話に、なんだか無性に寂しくなった。教室でぽつんとひとり座っている天音の姿を、なんとなく想像してしまったのだ。

　唇を噛んでうつむいた私の手を、遠子がぎゅっと握ってくれる。

「あー、はいはい、それはわかったから」

　彼らの噂話を遮るように菜々美が声を上げた。

「で、その天音くんがまだ学校の中にいるか知りたいんだけど、わかる？」

　本当に頼もしい。香奈も遠子も菜々美も、それぞれの形で私を支えて、励ましてくれる。彼女たちと友達になれてよかった、と胸がじんわりした。

「E組だっけ? たしか俺らが横通ったとき、まだホームルームやってたよな?」

「うん、そうだったと思う。あそこの担任、話長いんだよね」

「そう。教えてくれてありがとう」

菜々美がにこやかに笑って告げると、彼らはどうもー、と去っていった。

「さて、まだ中にいるみたいだし、気長に待つか」

香奈は腕を組んで校門の中に目を向けた。

「ていうかなに、ハーフとか金髪とか言ってなかった? 本当に?」

菜々美が眉を上げて覗き込んできたので、私はうなずく。

「うん。金髪っていうか、すごく薄い茶色かな。日が当たると金色に見える。顔立ちもハーフっぽいかな」

「マジで? てかそれさっきは言ってなかったけど、いちばんすごい情報じゃない?」

「そうかな……まあ、そうか」

「そうだよ! 優しいとか静かとか穏やかとか言ってたけど、金髪ハーフっていちばんわかりやすい情報じゃない?」

「はは……思いつかなかった、ごめん」

私にとって天音は、少し周りとは違う外見よりも、出会ったときの春の陽射しのような歌声と綺麗な涙、そして親しくなってから知った温かい心と穏やかな笑顔の印象のほうがずっと強かった。だから、彼が日本人離れした容姿であること、それがとても人目を引くことを、なんとなく忘れてしまっていたのだ。

たぶん、天音と会話をしたことがなくてただ外から見ているだけの人たちにとっては、彼のいちばんの特徴は、金色に透ける髪や緑がかった薄茶の瞳やひときわ白い肌なのだろう。

「まあでも、そんな目立つ見た目なら、うちらでも見つけられるからいいね」

菜々美が笑って校舎のほうを見た。

私も同じように視線を向けて、はっと目を見張った。瞬間、心臓が跳ねる。

生徒玄関の奥のほう、立ち並ぶ靴箱の間で上半身を屈めて下段の靴をとっている姿。特徴的な色の髪は見えなかったけれど、背格好と肩の形ですぐに天音だとわかった。

「いた！」

思わず声を上げると、香奈たちが「えっ」と私の視線を追う。

「え？　どこ、どこ？」

「いる？」

「いるよ、ほら、あそこ。靴、履き替えてる」

私が指で差し示した瞬間、天音がゆっくりと身を起こす。暗い色の制服の集団の中でひときわ目立つ、淡いブラウンの頭が見えた。

「えー……あ、ほんとだ。髪見えた」

「あー、あれか。遥、よくこんな距離からわかったね」

「ね、ほとんど姿見えないのにね」

驚いたような香奈と菜々美の言葉に、なんとなく恥ずかしくなって頬を押さえた。

「ここじゃバレバレだから、とりあえずこっちに隠れてよう」

菜々美に手招きされて、私たちは帰宅する生徒たちに紛れるように校門の裏に立った。それから校舎のほうを覗き見る。

天音が生徒玄関から出てきた。ひさしから出るとぱっと陽が射して、日陰では薄茶に見えていた髪が、光に透き通る金色に煌めいた。

ゆっくりとした足どりでこちらへ歩いてくる姿に、自分でもびっくりするくらい鼓動が速くなっていく。

天音だ、と噛みしめるように思った。ほんの十日ほどのことなのに、何十年も音信不通だった人に会えたかのように心が高揚する。

でも、再会できた喜びと同時に、激しい不安と恐怖が込み上げてきた。

私はちゃんと謝れるだろうか。天音に謝罪を受け入れてもらえるだろうか。もし許さないと言われたらどうしよう。

胃のあたりがぎゅうっと苦しくなる。

気がつくと、天音はもうすぐ声が届きそうなところまで近づいてきていた。

「……ねえ、ちょっと待って！」

突然香奈が声を上げる。

「待って待って、天音くん、めっちゃかっこよくない⁉」

「ほんとだ！　やばっ！　すごい、モデルみたい！」

すぐに菜々美が口元を押さえて同調した。遠子まで「わあ、美形だね」と目を丸くしている。

「遥、あんなかっこいい知り合いいたんだ！　すごーい！」

私はどう答えればいいかわからなくて、曖昧に笑みを浮かべる。なんだか身内を褒められたように気恥ずかしくて、『私もそう思う』なんて言えなかった。

そうこうしているうちに、天音がすぐそこまで来ている。顔がはっきりと見えて、懐かしさと緊張で心臓がおかしくなりそうだった。動悸がもうどうしようもないくらい激しい。

「遥、大丈夫？」

なにか気づいたのか、遠子が心配そうに私の顔を覗き込んできた。

今までの私だったら、強がって虚勢を張って『大丈夫、大丈夫』とごまかし笑いを浮かべていただろう。でも今の私は思いきり顔を歪めて素直に答える。

「どうしよう、めっちゃどきどきする、怖くて死にそう……」

遠子が私の手をぎゅうっと握り、「がんばれ」と励ましてくれた。

振り向いて確かめると、天音はこちらには気づいていないようで、少しうつむきながら歩いてくる。

遠子に向き直って「がんばる」とうなずくと、香奈と菜々美も「がんばって！」と声を合わせて言ってくれた。

「じゃあ、また明日ね。応援してるからね、遥！」

三人が私に手を振りながら来た道を戻り始める。ここへ来るところまでは彼女たちに付き添ってもらって、天音に話しかける前に別れよう、というのが約束だった。彼をむやみに驚かせたくなかった。

天音がゆっくりと校門をくぐろうとしたとき、私は今にも爆発しそうな胸をぎゅうっと押さえて、深く息を吐いてから彼の前に足を踏み出した。

「……天音」

そう呼んだ声は震えて、かすれていた。

でもちゃんと届いたようで、彼が勢いよく顔を上げた。と同時に、その目と口が開かれる。

柔らかく波打った金色の髪が、彼の動きに合わせてさらりと揺れた。これ以上ないくらいに大きく見開かれた蜂蜜色の瞳が、驚きを隠せないように私を凝視している。薄い唇が震えるように動いた。『はるか』『なんで』とつぶやいたように見えた。

それから天音は私のもとまで駆け寄ってきた。

その顔には少し困ったような、でも——私の期待がそうさせているのかもしれないけれど——どこか嬉しそうな笑みが浮かんでいるように見えた。

「……ごめんね、急に」

私の心臓はありえないくらい大きな音を立てて暴れていた。期待の一方で、迷惑がられているんじゃないかと思うと怖くて、嫌な汗がじわりとにじむ。

「どうしても、もう一回会って話したかったから……」

私の言葉に、天音がうつむいて、ノートを取り出す。

『僕のほうこそ、ごめん』

思わず、えっ、と声を上げてしまった。傷つけたのは私のほうなのに、なんで天音が謝るんだろう、と不思議に思った。

私は顔を上げて彼の顔をじっと見つめる。その長い睫毛がゆっくりと上下した。光の下では睫毛まで金色なんだな、と関係のないことをふと思う。

天音は気持ちを落ち着かせるように細く息を吐いてから、またペンを動かした。

『遥にひどいこと言って、連絡も無視した。傷つけたよね、ごめん』

字がかすかに震えていて、いつもよりも小さい。

『頭に血がのぼって、かっとして一方的に嫌なこと言った。それなのに遥は連絡してきてくれて、謝らなきゃと思ったけど、なんて言えばいいかわからなくて、返事できなかった。遥があかりで待っててくれてるってわかってたのに、行けなかった。自分勝手でごめん』

ふ、と天音の唇から息が洩れる。

『次の日になってすごく後悔して、遥がいるかもしれない、会えたら謝ろうって思って店に行ってみたら、あかりさんが教えてくれた。遥は昨日閉店まで待っててくれて、しばらく来ないって言って帰っていったって。ああもう絶対に嫌われたと思ったら、どうすればいいかわからなくなって、拒絶されるのが怖くて連絡もできなくなった』

天音は繰り返し『ごめん』と書く。うつむいた顔はきつく唇を噛みしめていて、深い後悔が伝わってきた。

そんな顔はしてほしくなくて、「私も同じだよ」と語りかける。

「怖くて連絡できないって、私もそうだったから……」

すると彼は、今にも泣きそうな顔でくしゃりと笑った。

『それなのに遥は来てくれたんだね。ありがとう。遥にまた会えて、本当に嬉しい』

ぐちゃぐちゃに絡まって凝り固まっていた糸がほろほろとほどけていくみたいに、緊張で硬直していた全身の力がゆっくりと抜けていくのを感じた。

よかった、迷惑がられてなかった、と心から安堵した。

私のことを避けているのに学校まで乗り込んでこられたら嫌なんじゃないか、と不安で仕方がなかっただけに、天音の微笑みは私をひどく安心させた。

『いっぱい嫌な思いさせて、ごめんね』

天音はやっぱり泣きそうな笑顔で書いた。

私はふるふると首を振り、「天音、顔上げて」と囁きかける。

「謝らないで。私が勝手に、頼まれたわけでもないのにいろいろ調べて、天音の気持ちも考えずに押しつけたせいだもん。無神経だったって反省してる。本当にごめん」

『遥のせいじゃないよ』

私の言葉を遮るように天音がペンを走らせた。それから『本当に』と書き足す。

『僕が全部悪い。僕の問題なんだ』

「天音の、問題……」

思わず読み上げると、彼は困ったように笑った。

私の肩をぽんと叩いて、ゆっくりと歩き出す。ここでは人目もあるし邪魔になるから、場所を移すのだろう。

校庭を取り囲むフェンスの脇を歩いて、角を曲がると、そこは閑静な住宅街だった。
天音が足を止め、電柱に身を寄せてまたノートを取り出す。
『治りたくない』
私は瞬きしながら、確かめるように何度も文字を目で追う。
「治りたくない……？　治らない、じゃなくて？」
天音がこくりとうなずく。
『僕は、声を治したくない』
わけがわからなくて、「どうして？」とかすれた声で訊ねた。
『こんな声、いらないから』
天音が苦しそうに眉をひそめ、唇を歪めた。
もしかして、声にコンプレックスでもあるんだろうか。でも、と私は戸惑う。
「どうして？　だって、天音、あんなに綺麗な声で歌ってたのに」
彼はうつむいてゆっくりと首を振る。
『僕にはもう歌う資格がない』
「資格って、なに……？　歌いたいなら歌えばいいんじゃないの？」
私は至極まっとうなことを言っていると思う。歌う資格、なんて聞いたこともない。
誰だって歌いたいときに歌えばいいはずだ。

それでも彼は頑なに首を振り続けた。

「……どうしてそんなふうに思うの？　なにかきっかけでもあったの？」

そっと訊ねると、彼は寂しそうに笑った。こんな顔をさせたかったわけじゃない。

「……大丈夫。話したくないなら聞かないよ。無理してまで話してもらうつもりはないから……」

もうこれ以上天音に嫌な思いはさせたくなかった。これでこの話は終わりにしよう、と思った矢先。

『そう言われると、逆に話したい気がしてきた』

ノートに書かれた言葉を見て、私はぽかんと口を開いたままで彼を見上げる。

天音はくすりと笑みを洩らした。久しぶりに見た、少しいたずらっぽい彼の笑顔に、胸がじんわり温かくなる。

『もし遥の都合が大丈夫なら、今からついてきてほしい場所があるんだけど、いい？』

私は一瞬目を見開いてから、「うん！」と大きくうなずいた。

＊

天音が私を連れてきた場所は、予想もしなかったことに、なんと彼の家だった。

「え……っ、お邪魔しちゃっていいの？」

『芹澤』という表札のかかった門を前にして動揺を隠せない私に、彼はにこりと笑ってうなずき、そのまま門扉を開いて中へと歩き出した。私は慌ててあとを追う。

赤茶色のレンガの塀に取り囲まれた、真っ白な外壁の家。その周りには丁寧に手入れされた緑の芝生と植木、花壇がある。とても上品な印象だった。

これが天音の生まれ育った場所なんだ、と思うと感慨深い。いかにも彼らしい雰囲気の家だった。

「お邪魔します」

タイル張りの玄関ホールに立って、開いたドアの向こうに見える廊下の奥に声をかけたけれど、返答はなかった。

「誰もいないの？」

天音は首を横に振った。返事はないけれど、誰かいるということだろうか。

『上がって』という手振りをする彼に従って、私はもう一度「お邪魔します」と言って靴を脱いだ。

埃《ほこり》ひとつない綺麗な廊下を歩いていく。リビングらしき場所の横を通ったので、もしも誰かいるのならあいさつをしなければ、と思ってちらりと見てみたけれど、中には人の気配はなかった。

天音のあとをついて階段を上る。二階には部屋がふたつあって、手前のドアは半分ほど開いていた。でも中は照明がついていないようなので、誰もいないのだろう。

そう思って通り過ぎようとしたとき、天音がそのドアの前で止まった。私もつられて足を止める。

天音は半開きのドアをこんこんとノックして、中を覗き込んだ。

他人の私が同じようにしてもいいのかわからなくて、とりあえず後ろで待とうと少し足を引くと、天音が身体をずらした。

私も一緒に見るように言っているのだと理解して、彼にならって覗き込む。

部屋には机とベッド、大きな本棚があった。本棚には、図鑑のような分厚い大型本がずらりと並んでいる。

そして、机の前には学ラン姿の男の子が座っていた。青白い卓上ライトの明かりの中で、うつむいて黙々とペンを動かしている。

天音がもう一度ノックをすると、彼がゆっくりと顔を上げた。

振り向いた顔は、まったく天音に似ていなかった。

彼はあまり感情の見えない顔でじっと天音と私を交互に見て、それから私に小さく会釈して口を開く。

「どうも……弟の翔希《しょうき》です」

「あっ、こんにちは、お邪魔してます。あの、天音くんの友達の広瀬遥です」

「ああ、そう……」

翔希くんはあまり興味のなさそうな様子で、そっけなく答えてまた下を向いた。再びかりかりかりと響くペンの音。

その後ろ姿を見ていて、あることに気がついた。遠子が絵を描いているときと、手の動きが似ている。

「絵……描いてるの?」

思わず訊ねてしまった。となりで天音がぴくりと反応したので、見上げると彼は暗い表情をしている。

なぜだろう、と思っている間に、翔希くんがこちらを振り向いて「まあ」と答えた。次に彼は天音のほうを見ると、ふうっとため息をつき、また前に向き直って絵を描き始める。

私は視線を巡らせて、床に何枚かの紙が落ちているのを見つけた。しゃがみこんで見てみると、そこには、黒のボールペン一色で紙面いっぱいに描かれた街があった。

余白がないくらいに描きこまれた黒い線、目を見張るほど細かくて丁寧で精密な絵。見たこともないような迫力のある絵だ。

「え……っ、これ、翔希くんが描いたの⁉」

驚いて顔を上げると、ちょうど天音と目が合って、彼がこくりとうなずいた。相変わらず、なぜか、つらそうな表情で。

「えーっ、すごいね。すごいよ、これ。ねえ翔希くん、本当にうまいね！」

翔希くんがちらりと振り向いて、「どうも」とうなずいた。

「あ、ごめんね、集中してるのに邪魔しちゃって」

「や、まあ……別にいいけど」

彼はそう言うとまた前に向き直り、作業に戻った。

天音が私の肩をとんと叩き、部屋の外を指差した。出よう、と言っているのだとわかって、私はうなずいて廊下に出る。

天音はゆっくりと歩いて、奥のドアを開けた。置いてあるものの雰囲気で、彼の部屋なんだろうなと思う。

シンプルな学習机とベッド、そして真ん中に小さなテーブル。家具はどれも無地のモノトーンだ。

テーブルの前にクッションを置いて、天音が『どうぞ』というように手のひらを向けた。私はうなずいて腰を下ろす。

彼は机からボールペンと真新しいノートを、本棚から大きな冊子のようなものを持ってきて、私の向かいに座った。

「それ、本？」

天音が少し笑って、冊子を私に差し出す。表紙にはアルバムと印字してある。

「え、写真？　見ていいの？」

彼は微笑んだままうなずいた。

「じゃあ、お言葉に甘えて」

開いて中を見た瞬間、「わあっ！」と叫んでしまった。

そこに写っていたのは、カメラに向かって満面の笑みを向ける小さな男の子だった。くりくりの金色の髪と、緑がかった薄茶色のこぼれそうに大きな瞳、すべすべの真っ白な肌に、ピンク色の頬。まるでお人形みたいだった。

「えっ、可愛い！　これ天音だよね？　うわあ、ほんと天使みたい……。可愛すぎ、うわあー……」

私は食い入るように写真を見つめたあと、はっと顔を上げて天音を見る。

「あ、ごめん、はしゃいじゃって……」

天音が少し恥ずかしそうに笑った。その顔をまじまじと見てから、また写真に目を落とす。

彼は今でも外国の血が流れていることを感じさせる容姿をしているけれど、幼いころの彼は今よりもさらに髪の色も瞳の色も薄くて、本当に日本人離れしていた。

ひとつページを送ると、次はお母さんに抱きついて頬ずりをしている写真だった。

「わあ、これも可愛い。いい写真だね。お母さんにべったりしちゃって、可愛いなあ」

天音のお母さんは、真っ黒な髪に真っ黒な瞳の、とても綺麗な人だった。

「お母さんは日本の人なんだね。てことは、お父さんが外国の方なの？」

顔を上げて訊ねると、天音は黙ってアルバムのページをめくった。

現れたのは、両親と幼い子どもふたりが寄り添って笑みを浮かべる、幸せそうな家族写真。

でも、一目見て違和感を覚えた。

お父さんもお母さんも、幼稚園くらいの弟、翔希くんも、黒髪に黒い目。

その中でただひとり、天音だけが、明るい色の髪と瞳。ひとりだけ、違うのだ。

「これって、どういう……」

私の言葉に彼が小さくうなずいて、ペンを走らせた。

『長くなると思うけど、聞いてくれる？』

まっさらなノートに書かれた文字を見て、私は「うん」とうなずいた。

「聞かせて」

天音が目を細めて微笑む。

それから彼は、長い長い苦しみの過去を話し始めた。

＊

僕の家族は、父さんと母さんと、弟の翔希。みんないわゆる〝純日本人〟で、髪の色も瞳の色も黒い。

家族の中で僕だけが、違う色の髪と目をしている。

僕の本当の父親は、母さんが父さんと結婚する前に付き合っていた、スウェーデンの人らしい。僕は会ったことがないから、どんな人かは知らない。母さんは今も父親について詳しいことは話してくれない。

ハーフの人でも普通は、片方の親が黒髪に黒い目なら、こんなに色素が薄いことはないみたいだけど、僕は隔世遺伝なのか、父親のほうの血が普通より強く出たのか、小さいころからすごく〝外国人〟みたいな見た目だった。

幼稚園のころまでは、母さんと僕のふたりで暮らしていて、僕はなんの不満も不安もなく平和に生活していた。

小学校に入る前に、母さんが再婚した。父さんは、前の奥さんとの間に生まれた翔希を連れてきて、四人家族になった。

父さんは明るくて面白い人だったし、翔希も僕に懐いてくれて、すぐに仲よくなった。家がにぎやかになってすごく嬉しかったのを覚えている。

でも、僕が三年生になって翔希が小学校に入ってきたとき、ある友達が僕のことを変だと言い出した。

『家族は日本人なのに、天音だけガイジンだ。おかしい。どっかに捨てられてて、拾ってもらったんだろ』

僕はそれまで、自分の見た目が周りと違うことをそれほど気にしていなかった。まだ子どもだったし、よくわかっていなかったんだと思う。

でも、そのころから友達に『ガイジン』『捨て子』とからかわれるようになって、自分はみんなと違って変なんだとわかるようになった。

だから、家族みんなで出かけるのが嫌だった。僕だけが違うから。

翔希とふたりで遊ぶのも嫌になった。兄弟なのに僕と似ていないから。それまではいつも、どこに遊びに行くにも翔希を連れていっていたのに。

彼が静かに書き続ける言葉を、私はじっと目で追う。

読みながら、ひどく胸が痛んだ。天音がそんなつらい思いをしていたなんて。

都会に行けば、外国人やハーフの子なんて珍しくもなんともないだろう。実際、家族で東京《とうきょう》や大阪《おおさか》に旅行に行ったときは、金髪の人や黒褐色の肌の人を数えきれないほどに見かけた。

でも、観光地でもオフィス街でもないこのあたりでは、外国人は本当に珍しい。特にヨーロッパ系の人はまったくといっていいほど見ないので、金髪に青い瞳をした人などを見かけると、子どもたちは指差して無邪気に騒いでしまうくらいだ。

そんな中で、明らかに白人の血が入っているとわかる、しかも家族の誰とも違う容姿の天音は、きっと私には想像もできないような思いをたくさんしてきたのだろう。

うつむいてペンを動かし続ける彼の顔を見つめる。

伏せた目を縁どる睫毛は、濃くて長くて、髪と一緒でとても色が薄い。スタンドライトの光を受けて金色に輝いている。

すごく綺麗だ。でも、この色が、天音を苦しめてきたのだ。

私はやるせない思いを噛みしめながら、また彼の言葉を追った。

学校でたまにからかわれるのはつらかったけど、それほどひどかったわけじゃないし、まだ笑って受け流して我慢することはできた。

それに、僕にはピアノと歌があった。

母さんがピアノの先生をしていて、家にはピアノがあって、だからか僕は物心ついたときから毎日何時間もピアノを弾きながら歌っていた。

ピアノに触れている間は、好きな歌を歌っている間は、嫌なことを全部忘れられた。翔希はピアノを習わずに、幼稚園のときから毎日サッカー教室に通っていた。父さんが学生のころからずっとサッカーをしていて、プロ選手になりたいと思っていたけどなれなかったから、自分に息子が生まれたらサッカーをやらせて、いつかプロになってほしいと思っていたらしい。

翔希は期待に応えて練習をがんばって、教室でもいちばんうまいと言われていた。父さんはすごく嬉しそうで、休みの日は必ず練習や試合を見に行っていた。

でも今は、翔希はサッカーをしていない。全部、僕のせいだ。

僕のせいだ、と書いたときの天音の顔は、あまりにも痛々しくて苦しげで、私は思わず、ペンを持っていないほうの彼の手を両手で握りしめてしまった。

天音は顔を上げて、唇で『ありがとう、大丈夫』と告げると、またペンを動かし始めた。

小学四年のとき、学校のない日に、僕は翔希とふたりで公園で遊んでいた。

そのころは僕に対するからかいがエスカレートして、クラスの中心みたいな子からいじめのターゲットにされるようになっていたから、僕は遊びながらも心の中では、誰にも会いませんように、と必死で祈っていた。

ガイジン、捨て子と大声で呼ばれたり、根拠もない悪口を言われたり、仲間外れにされたり、無視されたり、教科書に落書きされたり、上履きをゴミ箱に捨てられたり、トイレの個室に閉じ込められたり。殴るとか蹴るとか直接の暴力はなかったけど、とにかく毎日毎日、一日に何回も、そういうことをされていた。

最初は他の子は心配してくれていたけど、だんだんいじめに加わるようになって、最後には誰も声をかけてくれなくなった。でもそれは仕方がないと思う。下手なことをして自分が代わりに標的になったら困るから。僕だって逆の立場だったらたぶんそうなってしまうかもしれない。

僕の存在自体がむかつくと言われたから、学校ではあまり声も出さないようにして、目立たないようにいつもうつむいて顔を隠して、息を殺すようにしていた。

おかげで少しずつ嫌がらせが減っていたのに、もし翔希といるところを見られたら、またぶり返すんじゃないかと思って、不安で仕方がなかった。

不安は的中して、しばらく遊んでいたら、同じクラスの集団がこっちに向かってくるのが見えた。

その瞬間、僕は全速力で逃げ出した。翔希を置いて。

翔希はまだ小さいから絶対に目を離しちゃだめ、ひとりにしちゃだめって、母さんからきつく言われていたのに。

でも、僕はそのとき、自分のことしか考えられなかった。自分の身の安全のことしか頭になかった。

家に走って向かっている途中に、翔希を置き去りにしてしまったことの重大さに気づいて、慌てて公園に戻った。

ブランコの下でうつ伏せに倒れた翔希を見つけたときは、心臓が凍るかと思った。

大声で名前を呼びながら駆け寄って見ると、頭から血が出ていて、足が変な方向に曲がっていた。

翔希を背負って泣きながら家まで戻って、父さんと母さんに事情を話して、翔希は救急車で運ばれた。ブランコから落ちたときに頭を座板で打って皮膚が切れていて、足は骨折していた。

骨折が治っても、翔希の足はすぐには元通りに動かなかった。しばらくリハビリして、日常生活には支障がないくらいには動けるようになったけど、サッカーはもうできなくなってしまった。

翔希がサッカークラブをやめたときの父さんの落ち込みようは、見ていられないくらいだった。

翔希の怪我がきっかけで、僕が学校でいじめられていたことを知られてしまったから、父さんも母さんも僕を責めたりはしなかったけど、僕は自分が全部悪いとわかっていた。

翔希は僕のせいで大好きだったサッカーを奪われた。

僕は土下座して謝ったけど、翔希はひと言も文句を言ったり怒ったりしなかった。むしろ『兄ちゃんのせいじゃない、ぼくが悪い』って慰めてくれた。

優しい子だから、僕に気をつかってくれたんだ。だからこそ僕は本当に申し訳なくて、すごくつらかった。

サッカーをやめてから、翔希は人が変わったみたいに家にこもりがちになった。それまでは絵なんてまったく興味がなくて外遊びばっかりしていたのに、今はまるでなにかにとりつかれたみたいに、一日中ずっと絵だけを描いている。たぶん、サッカーができない悲しみや苦しみ、僕に対する怒りを、絵にぶつけているんだと思う。

全部、全部、僕のせいだ。嫌なことから尻尾を巻いて一目散に逃げ出すような、弱くて情けなくて自分勝手な僕が悪い。

翔希から大好きなサッカーを奪ったのに、僕だけが好きな歌とピアノを続けているわけにはいかないと思って、そのときにピアノはやめた。歌うのもやめた。

翔希が怪我の治療やリハビリで苦しい思いをしているのに、自分だけ今まで通りに生活するなんてできなくて、一日中誰ともしゃべらずに、ずっと下を向いて過ごしていた。

声なんかいらない、ピアノも歌もいらない、自分にはなにかを楽しむ資格なんてないと思っていた。

そしたら、中学に入るころには、しゃべろうと思っても声が出なくなっていた。

それ以来ずっと、僕は一度も声を出していない。

父さんと母さんは心配して、病院に行こうと言ってくれたけど、僕は拒否した。別に声が出なくても困らないし、ずっとこのままでいいから、って何度も何度も伝えたら、ふたりはそのうち諦めた。

僕は声を取り戻したいとは思わない。治りたくも治したくもない。このままでいい。このままでいることが、僕が翔希に対してできる唯一の償《つぐな》いだと思っているから。


天音はそこで、ゆっくりとペンを置いた。

静かに紡がれる文字を、瞬きも呼吸も言葉も忘れてただひたすら目で追っていた私は、一瞼を閉じて細く息を吐いた。

ノートの何ページにもわたって書かれた、天音の過去。

淡々とした語り口で、落ち着いた文字で書かれてはいたけれど、その行間から彼の味わったとてつもない苦しみや激しい後悔の念がにじみ出してくるようで、私は耐えがたいほどの胸の痛みを覚えた。

天音はこんなに苦しんできたんだ、と初めて知って、心臓をえぐられるような気持ちだった。彼の穏やかな笑顔と優しい言葉の向こうには、どうしようもないほどの罪悪感がひそんでいたのだ。

私はなんにも知らなかった。彼がこんな思いをして生きてきたこと、生きていることを、まったく知らなかった。彼が声を失ってしまった原因が、こんなにもどうしようもない苦い過去にあったなんて、思いもしなかった。

なにも知らないのをいいことに、彼の気持ちなんて少しも考えずに、病院に行って治療を受ければ治る、などと無神経で無責任なことを言ってしまった。それが彼のためになると思い込んで、自分勝手な正義感をふりかざして、一方的に押しつけた。

あのとき天音は、一体どんな気持ちになったんだろう。きっと深く深く傷ついたに違いない。

あの日の自分を殴りつけたい。そして、全部なかったことにしてしまいたかった。

「天音……」

かすれた声で呼ぶと、彼がゆっくりと目を上げて私を見た。そして柔らかく、でもひどく悲しそうに微笑んだ。

それから彼は、ゆっくりと下を向いて手を動かす。

『長い話だったのに、最後まで読んでくれてありがとう』

「ううん、私こそ、つらい思い出なのに話してくれてありがとう」

『初めて人に話したから、変な感じがする。でも、聞いてもらえるって、温かいね』

天音はいつものように微笑んでいる。でも、その見えない内側には、あんなにもたくさんの苦しみや痛みが秘められていたのだ。

そう思った瞬間、なにかが自分の中で爆発するような感覚に包まれた。

自分ではどうしようもない外見のことでいじめられてつらい思いをしてきて、そのせいで大切な弟に怪我をさせてしまって、激しい後悔と罪悪感にさいなまれてきた。経験したことのない私には決してわからない、途方もない苦しみの中に、今もまだ沈み込んだままもがき続けているのだろう。

もしかしたら、もう足掻くことすら諦めて、ただ沈んで埋もれてしまうのを待っているのかもしれない。『治りたくない』と断言する彼を見ていると、そんな気がした。

天音はたぶん、自分のことが嫌いだ。きっと自分を恨んで、憎んでいる。だから苦しい。

でも、彼は私を救ってくれた。私にとって天音は救いの光だ。

彼自身がどんなに自分を憎んでいても、決して自分を許せないでいるとしても、それでも天音は私の光だ。

だから、今度こそ、恩返しをしたい。天音を救いたい。強く、強く、そう思った。

私は、彼を、その苦しみの中から救い出したい。

「天音は悪くないよ。翔希くんの怪我は、つらいことだと思うけど、でも天音のせいじゃない。天音をいじめた人が悪い」

そんな薄っぺらい言葉では、きっと彼を救うことなんてできないとわかっていた。

その苦しみは彼の中に深く深く根を張っていて、なにも知らない私の表面的な言葉なんかでは、きっとびくともしない。

悲しく微笑む天音が切なくて苦しくて、私はぎゅっと手を握りしめる。

どうすれば天音を救える？　どうすれば彼の心を、少しでも明るくすることができる？　ほんの少しだけ、小さなきっかけだけでもいいから。

必死に考えを巡らせていたとき、ふいに、さっき見た翔希くんの姿が目に浮かんだ。

机の上に広げた紙に覆い被さるように背中を丸めて、黙々とペンを動かしていた翔希くんの後ろ姿。その様子を、天音は『とりつかれたみたいに』と言っていたけれど、でも、あの背中は――。

他のなにも目に入らないかのように真っ白な紙だけを見つめて、ただひたすらに手を動かし続けるあの背中を、私はよく知っている。

「──天音！」

私はテーブルに手をついて勢いよく立ち上がった。

自分の過去に、暗い顔でじっと視線を落としていた天音が、弾かれたように顔を上げた。その目は驚きに見開かれている。

「天音……私、今から勝手なことする」

私の唐突な予告に、彼がぽかんと口を開いた。

「この前も勝手なことして、それで天音を傷つけちゃったって自覚してるけど、でもどうせ嫌われるようなこと一回やっちゃったんだから、それはもう消せないもん、二回やっても嫌われるのは同じだよね」

天音はわけがわからないようで訝しげな顔をしながら、それでも軽く首を横に振っている。その顔を見ながら、私は覚悟を決めた。

今まで私は、嫌われたくない、できれば好かれたい、いい子と思われたい、ということばかり考えていた。人を不用意に傷つけて嫌われたりしないように、周りと話を合わせて、相手と違う意見は言わない。そうやって生きてきた。

でも今は、そんなことはどうだっていい、と大声で言える。

嫌がられても、嫌われても、気にしない。私がどう思われようと、彼を救える可能性があることならなんだってやる。

「天音、ついてきて」

私はそう言って彼を立ち上がらせると、まだ怪訝な顔をしている彼の手をぐいぐいと引いて、翔希くんの部屋に行った。

さっきと同じように、微動だにせずペンを動かし続ける背中。

「翔希くん、ちょっといい？」

声をかけたけれど、反応がない。もう一度「翔希くん」と呼びかけると、一拍置いてから顔を上げて振り向いてくれた。たぶん、集中しすぎて気づかなかったんだろう。

「どうぞ」と言ってから、彼はまた絵を描き始める。

「ねえ、突然だけど、もしよければ、これ、私たちと一緒に行かない？」

私は鞄を開けてファイルを取り出した。その中に入れていたチケットとリーフレット。遠子から渡されたものだ。

「このコンクールにね、私の友達が入選して、絵が飾られるの」

私の言葉に、かりかりと鳴り続けていたペンの音がやんだ。翔希くんが振り向いて立ち上がる。

「絵のコンクール？　高校生の？」

翔希くんが興味を示したことに驚いたのか、天音がかすかに息を呑んだ。

「それ、おれも行っていいんですか」

「うん、誰でも見に行っていいって言ってたよ」

「そうですか。じゃあ、行きます」

翔希くんが即答する。となりで天音がぽかんと口を開けたのがわかった。

私の手からチケットを受け取ったあと、翔希くんがリーフレットのほうも興味深そうに覗き込んでくるので、それも手渡す。

「ありがとうございます」

翔希くんが小さく微笑んで頭を下げた。あまり似ていないと思っていたけれど、優しげに目を細める笑い方は天音にそっくりだった。それだけで天音の家族の温かい雰囲気が伝わってくるような気がした。

それから翔希くんはすぐに机に戻って、また絵を描き始めた。その姿が、彼がどれほど絵を描くことが好きなのかを物語っている。

私は天音を見上げて笑みを浮かべた。彼はまだなにか信じられないような、呆然とした表情をしていた。

＊

「おはよう。迷わなかった？」

待ち合わせ場所にした駅の改札口。

時間ぴったりに私の前に現れた天音に訊ねると、彼は微笑んでこくりとうなずいた。その後ろに翔希くんが立っているのを見つけて、私はほっと息をつく。

よかった、と胸を撫で下ろす。もしも気が変わって来てくれなかったらどうしよう、と心配していたのだ。

昨日、天音の家で彼の過去のことを聞かせてもらい、翔希くんにチケットを渡し、今日の約束をした。

天音と翔希くんと私の三人で、絵画コンクールの展覧会に行く。私の提案に、天音はかなり驚いていた。でも、私のことを信じてくれたのか、なにも言わずに受け入れてくれたのだ。

私の読みが間違っていなければ、このことで、きっと事態が少しでもいいほうに傾いてくれると思う。

どうかそうなりますように、と祈るような気持ちで、私はふたりと一緒に展覧会の会場へと向かった。

「あっ、遥！　こっちこっち」

会場の入り口に遠子が立っていた。笑顔でこちらに手を振っている。

せっかく翔希くんが来てくれるのだから、絵の話ができるほうがいいだろうと思って、急きょ彼女にも事情を話し、参加してくれるようお願いしたのだ。

「おはよ、遠子。急に呼び出したのに、来てくれてありがとね」

「ううん、いいの。初日だし、もともと私も来るつもりだったから」

遥が見に来てくれて嬉しい、と笑ってから、遠子がちらりと天音を見た。それから翔希くんにも目を向ける。

「あの……こんにちは」

遠子が明らかに緊張した様子でふたりに頭を下げた。彼女は昔からとても人見知りなのだ。初対面の人と話すときは、いつも肩が縮まっている。

「望月遠子といいます。色葉《いろは》高校の一年生で、美術部に入ってます。今日は来てくれて嬉しいです」

かちかちに固まったまま名乗った遠子に柔らかく笑いかけてから、天音はノートを取り出し、前もって書いておいたらしいページを見せた。私も覗き込んで見せてもらうと、やけに丁寧な自己紹介文だった。

『芹澤天音です。今日は突然のお願いを快く受け入れてくださり、本当にありがとうございます。弟と一緒にお邪魔させてもらいます。よろしくお願いします』

遠子が少し驚いたように目を丸くしてから、おかしそうにふふっと笑った。

「……硬いよ、天音。同い年なんだから、もっと気楽に行こうよ」

思わずつっこむと、天音は照れたように口元を歪めてから、次のページに書いた。

『初対面だし、遥の友達だから、ちゃんとしなきゃと思って』

遠子は本当は昨日、遠くからだけれど彼のことを見ていたので、私は彼女とちらりと目を合わせて笑った。

天音はそれには気づかず、なにかを書いている。

『遠子さんは遥の幼馴染なんですよね』

「あっ、はい、そうです」

天音が敬語で書くので、遠子も同じように敬語で返している。妙に丁寧なふたりのやりとりがおかしかった。

「天音くんは、最近遥と知り合って、よく会ってるんですよね？」

『はい、仲よくさせてもらってます』

「へえ、仲よく……」

遠子が意味深な笑みをこちらに向けたので、私はそっぽを向いて知らないふりをした。それから翔希くんに自己紹介を促す。

「芹澤翔希です。中学二年です。初めまして。チケットいただきました、ありがとうございます」

はきはきとしゃべって丁寧に頭を下げた翔希くんを、天音は面食らったような顔で見ていた。それからノートになにかを書きつけて私に見せてくる。

『翔希がちゃんとしゃべってる』

天音の顔がおかしくて、私は笑いを噛み殺しながら、彼らに聞こえないようにひそひそと返事をする。

「ほんとだね。翔希くん、外だとこんな感じなんだね」

『びっくり。変な感じ』

「わかる。私もお兄ちゃんが外の人としゃべってるの見ると変な感じするよ」

兄弟が家族以外の人と話すのを見る機会はあまりないから、私もお兄ちゃんが外や電話などで大人っぽいしゃべり方をするのを聞いて、不思議な気持ちになったことがある。昔はあんなにやんちゃだったのに、いつの間にそんな大人みたいな口がきけるようになったの、と驚いてしまったのだ。

きっと天音も今、そういう気分なんだろう。天音もお兄ちゃんなんだな、と思うと微笑ましい気持ちになった。

遠子と翔希くんは、いつの間にか、私にはよくわからない美術関係の話を始めていた。絵という共通の話題があるせいか、ふたりはすぐに打ち解けたようだ。よかった、とまた胸を撫で下ろす。

「じゃあ、そろそろ中に入ろうか」

しばらくして私が声をかけると、遠子と翔希くんがうなずいて会場に足を向け歩き出した。

「楽しみですね」

「そうだね。今年は上位賞のレベルがすごく高いって言われてるみたいだよ」

「へえ、そうなんですか。上位賞って、どんな賞ですか」

「佳作以上の賞のことをまとめてそう呼ぶの。大賞とか準大賞とか、優秀賞とか。審査員特別賞とかもあるかな」

「なるほど」

「あ、ちなみに私は入選だから、ずっと下のほうだよ。でも、うちの二年生にすごくうまい人がいてね、深川《ふかがわ》先輩っていうんだけど、いつも大きい賞とってて、今回も県知事賞に選ばれてるの。たぶん目立つところに飾られてるよ」

「すごいですね。見るの楽しみだな」

楽しそうに話す翔希くんと遠子の後ろを、私と天音は邪魔しないように少し離れてついていく。

ふたりは壁一面に飾られた絵ひとつひとつの前で足を止め、じっくりと眺めたあと、感想を言い合ったりしている。

私もいちおう、天音と一緒に作品を見ていくけれど、いつも美術の成績は二か三の

私には、絵の良し悪しはよくわからなかった。それは彼も同じようで、

「これ全部高校生が描いたんだよね」

『そうみたいだね』

「みんなうまいね。すごいね」

『すごくうまいよね』

「これとか写真みたい」

『細かいね』

「……なんかうちらの会話、小学生レベルじゃない？」

『小学生のほうがマシかも』

そんな会話をしてくすくす笑い合っていたら、係員さんからじろりと睨まれてしまった。それさえおかしくて、「ごめんなさい」と謝ったあと、さらに声を押し殺しながら笑ってしまったのだけれど。

そうこうしているうちに、前のほうで翔希くんが「おっ」と声を上げた。

「これ、望月さんの絵ですよね」

一枚の絵を見上げて指を差す翔希くんに、遠子は恥ずかしそうに「うん」と答えた。

「どれどれ？」

私は急いで彼らの横に向かう。天音も後ろをついてきた。

「わー、すごい！」

思わず声を上げてしまった。

それは棒高跳びをしている男の子の絵だった。顔は見えない角度で描かれているけれど、すぐに彼方くんだとわかる。

「うまい、うまい！　なんか迫力ある！」

画面全体から躍動感が伝わってくるようだった。興奮して「うまい」と繰り返していると、となりで天音も目を丸くしたまま、こくこくとうなずいてくれた。

「今にも動き出しそうですね。身体のラインとか、筋肉の動きとか、よく観察されてるなってわかります」

翔希くんが感心したようにつぶやく。遠子は少し照れくさそうに「ありがとう」と答えた。私はにやにや笑いながら、口を挟む。

「だってこれ、遠子の彼氏だもん。いっつも練習してるとこじっくり見てるもんね？」

すると遠子の顔が一瞬で赤くなった。

「ちょ、ちょっと、遥……」

「へえ、そうなんですか。道理で愛がこもってる感じがしますね」

真っ赤になっている遠子に、翔希くんは平然とした表情で感想を告げた。彼女はさらに恥ずかしそうに「愛って……」とつぶやいているけれど、私はその様子がおかしくて思わず噴き出してしまった。

遠子と翔希くんが〝対象への愛〟について語り合いながら歩き出したあとも、まだ楽しくてくすくす笑っていると、ふいにとなりの天音が気づかわしげな顔で私を覗き込んでいることに気がついた。

「どうしたの？」

首を傾げて訊ねると、彼はノートに『大丈夫？』と書いた。

「大丈夫ってなにが？」

すると天音が、遠子の絵と、顔を赤らめている彼女に視線を送る。

遠慮がちなその仕草で、私が彼方くんと遠子のことを気にして傷ついているのではないかと、彼は思っているらしいと気がついた。

「あ、ううん、大丈夫！　全然大丈夫だよ」

『本当に？　また無理してない？』

「本当に。もういいんだ、あのことは」

笑ってそう答えたけど、天音はまだどこか疑わしげな目つきをしている。

私は「ありがとね」と微笑みかけて続けた。

「もう完全に吹っ切れたから、大丈夫だよ。遠子にもそう伝えてあるの」

きっぱりと答えると、天音は目を見開いたあとゆっくりと瞬きをして、それから花が開くようにふんわりと笑った。

『よかった』

彼はゆっくりと丁寧にそう書いた。私はまた「ありがと」と言って続ける。

「そんなに心配してくれてたんだね。なんかごめんね、ありがとう」

私のことをこんなにも気にかけてくれて、大丈夫だと答えたらここまで安心した顔をしてくれる人がいる。そのことが奇跡みたいに思えて、くすぐったいけれど本当に嬉しかった。

抑えきれずににこにこしながら天音を見ていると、彼はなぜか少し気まずそうな困ったような顔をして、

『それだけじゃないんだけど』

と書いた。

え?と首をひねりながら見ると、今度はどこかいじけたような表情を浮かべている。

「え、どうしたの?　どういうこと?」

彼の気持ちが読めなくて首を傾げていると、

「あっ、見て見て、これが深川先輩の作品だよ」

と遠子の声が後ろから聞こえてきた。いつの間にかずいぶん離れてしまっていたらしい。振り向くと、一メートル四方もありそうな大きな額縁の前で彼女が手招きをし

ていた。

私と天音はそちらへ移動する。彼のいつもと違う表情が少し気になったけれど、ちらりと見上げると、いつもの穏やかな顔に戻っていた。

はじめに作品の下に貼られていた説明書きが目に入る。

【タイトル：ある日の夕空　作者：深川青磁《せいじ》／色葉高校三年】

へえ、風景画かあ。そんなことを思いながら顔を上げて、その絵が目に飛び込んできた瞬間、私は思わず「わ……っ」と声を洩らしてしまった。

ありふれた街の上に広がる夕方の空。でもそれは、夕焼け、と言われて私が思い描くような単純なオレンジ一色ではなくて、ひと言では言い表せないような複雑な色合いをしていた。青や紫、赤にピンク、オレンジに黄色。いろいろな色が混ざり合って、一面に広がる空をマーブル模様に染めている。

「綺麗な色……」

なんだか圧倒されてしまって呆然としながらつぶやくと、同じようにぽかんとしながら見上げていた天音がゆっくりとノートに書いた。

『すごいね。うまく言えないけど、すごく感動する』

「うん……心が洗われるような、ってこんな感じなのかな」

『なんか、この絵だけ浮かび上がってるみたいだね』

私はうん、とうなずいた。向こうに大賞の絵が飾られていたけれど、私には深川先輩の絵のほうが衝撃的で印象的だった。

「すげー……高校生でこんな絵描ける人いるんだ……。すごい、やばい……」

翔希くんが、魅せられたような表情で見入っている。

「すごいよね。本当に、この先輩は別格だなって思う。同じ美術部で制作過程を近くで見れるなんて、私って幸運だよね」

遠子が言うと、翔希くんが「めっちゃうらやましいです」と返した。

「マジでうらやましい。おれも色葉高校に行こうかな。あっでも、おれが入学するときにはこの人、卒業か。うわあ、タイミング悪……」

「それなら、一度見学に来てみる？　きっと見せてくれると思うよ」

「えっ、いいんすか！　行きたいです！」

「じゃあ、部長と先輩に相談してみるね」

やった、と嬉しそうに笑った翔希くんが、ふと遠子に訊ねる。

「深川青磁さんって、どんな人なんですか」

絵の印象から、きっとすごく優しくて穏やかな人なんだろうな、と私は思った。でも、遠子は眉を下げて微笑み、「うーん」と首を傾げる。

「なんていうか、ちょっと会ったことないような、すごく迫力のある……思ったことはなんでも口に出してばんばん言っちゃう感じの、自由奔放《ほんぽう》な人だよ」

「えっ、意外……」

「私も最初は怖い人って印象だったんだけど、たまにアドバイスとかしてくれて、いい先輩だなって今は思う。あと、絵を描いてるときはものすごく集中してて、何時間もしゃべらずに没頭してたりする」

「へー、かっこいいっすね」

「それと、彼女さんなのかな、茜《あかね》さんっていう女の先輩といるときはいつも楽しそうにしゃべってて、よく優しい顔で笑って見つめてる」

その言葉に、私は思わず頬に手を当てて「ええっ」と叫んだ。

「なにそれ、ツンデレ？　わー、甘酸っぱーい！」

となりで天音がおかしそうに肩を揺らして笑った。

ひと通り会場を回ったあと、もう一周してくるという遠子と翔希くんといったん別れて、私と天音は展示室の端にあったベンチに腰かけた。

「翔希くん、楽しそうだったね」

天音が私を見てうなずき、ノートに『びっくりした』と書いた。

『翔希があんな生き生きした顔してるの、初めて見たかも』

「そうなんだ」

『翔希は、』

そこで彼はペンを止めた。しばらくじっと紙面を見つめてから、ゆっくりと続ける。

『絵が好きなんだね』

私は「うん」と大きくうなずいた。

「そうだよ、きっと。好きじゃなかったら、あんなに集中して描けないと思う」

天音が翔希くんのほうに目をやり、こくりとうなずいた。

『僕はずっと、翔希は行き場のない思いを絵にぶつけてるんだと思ってた』

ゆっくりと続けて書く。少し震えたような字だった。

『僕のせいで大好きなサッカーができなくなっちゃったから、その怒りとか悲しみを絵にぶつけるしかないと思ってるように見えた』

天音は顔を上げて私を見ると、そっと微笑んだ。

『でも、違ったんだね。僕は思い違いをしてたんだ』

私は小さく相槌を打って口を開く。

「翔希くんが絵を描いてるときの姿がね、遠子が美術室で描いてるときと似てる気がしたの。だから、もしかしたら翔希くんは怪我とかサッカーとか関係なく、本当に絵が好きで好きで描いてるのかなって思って。勘が当たってよかった」

すると、天音の顔がふいに翳った。

『……僕は本当の翔希をちゃんと見れてなかったのかも』

寂しそうな、悲しそうな表情。なんとか励ましたくて、私は自分の話を始めた。

「私もこの前、同じようなこと思ったよ。家族とちゃんと話してみたら、本当はこういうこと考えてたんだなってわかってびっくりした。同じ家に何年も一緒に住んでても、表面しか見れてなかったりするんだよね。というか、よく知ってるからこそ、近すぎてちゃんと見れてないこともあるかも。家族って難しいよね」

彼は意外そうに目を丸くしてから、小さくうなずいて微笑んだ。

『遥のおかげだ』

え、と目を見張ると彼はさらに続けた。

『遥が僕と翔希を誘い出してくれたから、翔希のいつもと違う顔を見れた。これからは本当の翔希をちゃんと見ようって思えた』

天音はそこで一度顔を上げ、にこりと笑いかけてくれた。

『本当に遥のおかげだよ。遥がいてくれて、本当によかった』

書かれた文字に、胸が高鳴る。そんな言葉をもらえるなんて、思ってもみなかった。なんとか天音の力になりたいと思っていた。彼の苦しみを知って、居ても立ってもいられなくて、思いついたことを試さずにいられなかっただけ。

でも、そのことが少しでも彼にとっていい機会になったのなら、こんなに嬉しいことはない。

『ありがとう、遥』

天音がペンを置き、唇でそう伝えてきた。それからすっと私の手をとり、軽く握る。

私は嬉しさと照れくささにくすぐったく笑いながら、「どういたしまして」と答えた。

＊

たっぷり二時間近く鑑賞したあと、これから彼方くんと会う予定なのだという遠子と別れて、三人で食事に行くことになった。

街は鮮やかなイルミネーションと、赤や緑の飾りつけで華やかに彩られている。

「もうすぐクリスマスだね」

私が誰にともなくつぶやくと、となりを歩く天音がうなずいた。

翔希くんはあまり興味がなさそうに、イルミネーションの向こうにそびえる高層ビルを見つめている。もしかしたら絵に描こうと思っているのかもしれない。

「翔希くん、今日は急な誘いに付き合ってくれてありがとね」

声をかけると、彼は「いえ」と軽く首を振った。

「いろんな人の絵が見れてよかったです。おれ、自己流だったんであんまり他の人の見たことなくて。勉強になりました」

「でも、私まったく絵とか詳しくないんだけど、翔希くんの絵はすごく個性があっていいなと思ったよ。あんな絵、見たことないもん」

「ありがとうございます」

私の言葉に、翔希くんがにっこりと笑って答えた。心から嬉しそうな、今までで一ちばんの笑顔だった。

天音は目を丸くして翔希くんを見ている。家でもこんなふうに笑うことはなかなかなかったんだろうな、と思った。翔希くんは、少なくとも家族に対しては、クールであまり感情を表に出すタイプではないらしい。

驚きを隠せない様子の天音を見ながらくすくす笑っていると、翔希くんが唐突に言った。

「兄ちゃん、いい人に彼女になってもらえてよかったな」

私と天音は同時に勢いよく振り向き、薄く笑みを浮かべる翔希くんに慌てて首を振った。

「いや、別に私、いい人なんかじゃ……っていうか！　違う違う、彼女とかじゃないの……たまたま知り合って仲よくなっただけで、友達だよ」

となりで天音もこくこくうなずいている。でも、翔希くんは「ふうん？」と首を傾げただけだった。

「おれ、本当は昔から絵が好きだったんですよね」

突然、ぽつりと翔希くんが言った。天音が驚いたように目を見開く。

「でも、親父がずっと『サッカー選手になってほしい』って言ってて。おれが生まれてすぐ母親が死んじゃって、まだ小さかったからおれはほとんど覚えてないんだけど、親父は男手ひとつでめちゃくちゃがんばって育ててくれてたと思うから、期待に応えたいっていうのがあって。だからサッカーの練習をとにかくがんばって、絵は誰にも見つからないようにこそこそ描いてた。兄ちゃんも知らなかっただろ？」

翔希くんが天音を見ながら言う。彼は目を丸くしたまま口をぱくぱくさせ、それから目の前に広げていたノートにペンを走らせた。

『昔からって、小さいときから？　ずっと絵が好きで描いてたの？』

翔希くんが「うん、そうだよ」うなずいた。天音は今にも『ええー？』と言いそうな顔をしている。

『全然気づかなかった。本当に？　翔希が子どものときから絵を描いてたの？』

いつになく乱れた文字に彼の動揺が表れている。

「だからそうだって言ってんじゃん。びっくりしすぎだし、疑《うたぐ》り深すぎ」

戸惑いを隠せない天音に、翔希くんがおかしそうに笑った。彼は笑われたことで少しむっとした顔になる。

『疑いたくもなるよ。ずっと同じ家に住んでるのに、あのときまでは絵を描いてるのなんか見たこともなかったんだから』

「だって、隠れて描いてたんだから見てなくて当然だよ」

『でも、それにしたって』

まだ信じられない様子で書き続けようとする天音に、翔希くんはとうとうしびれを切らしたように、

「あーもう、しつこいな兄ちゃん！」

と声を上げて、大笑いした。その瞬間、私もこらえきれなくなって噴き出す。

だって、おかしかったのだ。弟にあしらわれて慌てる天音が新鮮で、嬉しくて、笑いが止まらない。

「お兄ちゃん、いいの？　めっちゃ笑われてるよ」

『遥も笑いすぎ』

天音が眉を下げて、口をへの字に曲げて私を見た。その表情がまたおかしくて、さらに笑いが込み上げてくる。

「よかったな、兄ちゃん。カップルは女が強いほうがうまくいくんだってさ」

『だから、カップルではないって』

「とか言いつつ、顔赤いよ。ばればれだよ」

彼はお手上げと言わんばかりにペンを放り出した。

げんなりしている天音と、それをにやにやしながら眺める翔希くん。見ているだけで、私は満たされた気持ちになった。

きっと、翔希くんの怪我でこじれてしまう前のふたりは、こういう感じの仲よし兄弟だったのだろう。そして、これからはまた、昔のように遠慮なく話せる間柄になるはずだ。そのことが嬉しくてたまらない。

その後しばらく談笑して、少しの沈黙が流れたとき、ふいに翔希くんが「あのさ」と口を開いた。天音が『ん？』というように首を傾げる。

翔希くんはびっしりと文字が書き込まれた天音のノートに目を落とし、それから彼の顔を凝視した。天音は唇で『どうしたの？』と問いかける。

すると翔希くんはうつむき、ぽつりと口を開いた。

「……あのさ、ずっと気になってて、でも訊けなかったんだけど……兄ちゃんのそれって、おれのせい？」

天音が息を呑んで彼を見た。

「おれのせいなんだよな」

翔希くんが悲しそうに微笑む。

「おれが怪我したせいなんだろ？　あれからしばらくして、兄ちゃん全然しゃべらなくなったもんな」

天音はさっきよりもずっと必死に首を振って強く否定したけれど、翔希くんはすべて察しているような顔をしていた。

「最初はショックで塞ぎ込んでるだけなのかなと思って、だとしたらおれが怪我したせいだから、おれも子どもだったし、なんて言えばいいかわからなくて、そのうち戻るかなって待ってたんだ。でも、いつまで経っても話さないし、気づいたら筆談しかしなくなってて……。気になったけど、でも今さらあのときの話を蒸し返すのもどうなんだろうって思って、まあ兄ちゃんからしたら嫌な話題だろうし、直接は訊けなくて。それで、親父と母さんに訊いてみたけど、ふたりとも曖昧な答えで、『お前は気にするな』って言うだけでさ。それで結局どうすればいいかわかんないまま、そのままにしちゃってたんだけど……」

翔希くんが言葉を切って、ふっと息を吐く。それからぱっと顔を上げ、天音を真っ直ぐに見て「ごめん、兄ちゃん」と言った。

「ごめん。おれ本当は、小さいころから、サッカーより絵のほうがずっとずっと好き翔希くんがうめくような声でつぶやき、言いにくそうに顔を歪める。

「おれは、あのときの骨折を理由にして、今まで通りにサッカーできないだろうからもうやめたい、って親父に言った……本当は完治してたのに、嘘ついたんだ」

天音が小さく息を呑む。翔希くんはひどくつらそうな表情をしていた。

嘘をついたことを告白するのは、とても胸が痛いことだろう。翔希くんの気持ちを思うと、見ていられないような気分になる。

それでも、天音のために、そして翔希くん自身のためにも、この問題は解決しないといけないのだと思う。自分の誰にも知られなくない部分、醜くて汚い部分をさらしてでも。

私と遠子と、そして香奈たちが経験したのと同じように。

「怪我なんて、もうすっかりよくなってるよ。どこも痛くないし、違和感もないし、思い通りに動く。リハビリ始めて半年も経たないうちに完全に元通りだった。サッカーやろうと思えば、全然できたよ」

翔希くんの言葉に、天音が大きく瞬きをしてからほっとしたように肩の力を抜いたのがわかった。

『そうなんだ』と彼の唇が動く。それから、囁くようにかすかに『よかった』と言ったように見えた。

きっと天音は、弟に怪我をさせてしまったという罪悪感からはずっと逃れられないだろうと思う。でも、せめて後遺症がなかったということがわかっただけでも、これまで抱えていた重苦しい思いが少しは軽くなったはずだ。

だけど、と翔希くんが続ける。

「もう治ってるのに、絵が描きたいから、時間がある限り絵を描いていたいから、足がうまく動かない振りして部屋にこもってただけなんだ」

こんなことを口に出すのは、とてもつらいだろう。誰にだって、いくら家族が相手でも絶対に知られたくない部分がある。

それでも、今それをさらけ出す決意をしてくれた翔希くんは、本当に兄である天音のことを大切に思っているのだろうとわかった。

「でも、こんなのもう終わりにするよ。正直に親父に全部話す。後遺症なんて嘘だったってこと、本当はサッカーよりも絵が好きだから、これからはそういう道に進みたいってこと」

天音が微笑んでこくりとうなずく。そして『応援するよ』と書いた。

「……おれの嘘のせいで兄ちゃんを傷つけてるってどこかでわかってたのに、自分のことを最優先にして、兄ちゃんの気持ち無視してた。本当にごめん」

翔希くんが口を閉じて、沈黙が訪れる。

天音はまたこくりとうなずいてみせた。気にするな、というように。

翔希くんもうなずき返して、それからまた口を開いた。

「おれ、あのときさ、兄ちゃんがいなくなったのをいいことに、やるなって言われてたのにブランコから飛び降りて遊んでたんだよ。親父からも母さんからも兄ちゃんからも、やるなっていつも怒られてたのに。誰もいないからこれはチャンスだって思って。で、何回目かで着地に失敗して変なふうに足ついちゃって、戻ってきたブランコが頭に当たった。バカだろ。だから、自分のせいで怪我したってだけ。兄ちゃんは全然悪くない」

天音がノートにペンを走らせる。

『でも、あのとき、翔希のそばを離れちゃいけなかった。僕が逃げたせいで翔希が怪我したんだよ』

「それについては、親父が言ってたじゃん。『天音もまだ子どもなのに、任せきりにした親が悪かった』って。それに、あれくらいの怪我、男ならみんなガキのころに一回くらいしてるだろ。おれだけが特別ってわけじゃない。兄ちゃんが気にすることじゃないよ、本当に」

『でも、痛かっただろう。ごめん、』

さらに反論しようとした天音の手が握っているペンを、翔希くんがぐっとつかんで止めた。

「おれ、兄ちゃんの歌とピアノ好きだったよ」

唐突な言葉に、天音ははっとしたように目を見張った。

翔希くんが、ふっと笑って続ける。

「あんな綺麗な声も、あんな優しい音も聞いたことない、絶対世界一うまいって、いつも感激してた。CDが出たら友達にめっちゃ自慢しようって思ってた」

突然出てきたCDという言葉に私が首を傾げると、翔希くんがちらりとこちらを見て笑った。

「遥さん、兄ちゃんて実はすごいんですよ。昔からピアノも歌もめちゃくちゃうまくて、近所でも有名で。見た目もやっぱ目立つし、〝天使の歌声〟とか言われてて。それで親戚の人が、兄ちゃんの弾き語りのビデオをどっかの事務所に送ったら、すぐに連絡が来て……」

「えぇー！　そうなの？　全然知らなかった……」

天音を見ると、恥ずかしそうに顔を背けてしまった。

「ほんとデビュー一歩手前ってとこまで行ってたんですよ。……おれの怪我のせいで声が出なくなっちゃったから、だめになっちゃったけど……」

表情を翳らせた翔希くんの腕を、はっとしたように視線を戻した天音がつかむ。なにか言いたそうに口をぱくぱくさせて、もどかしげに喉を押さえた。『翔希のせいじゃない』と言いたいんだと思う。

翔希くんは天音の手をとんっと叩いてから、笑顔で顔を上げた。

「やめちゃったの、もったいないと思う。また弾いてほしいし、また歌ってほしいよ。おれはまた聴きたい。兄ちゃんの歌とピアノ」

翔希くんの真っ直ぐな言葉を聞いているうちに、天音の顔がどんどんくしゃくしゃになっていった。眉は下がり、唇はなにかをこらえるように歪んでいる。

そして、透き通るような瞳から、ぽろりと涙がこぼれた。それが呼び水になったように、一気に涙が溢れ出す。

翔希くんがおかしそうにくくっと声を洩らして、

「兄ちゃんが泣いたの初めて見た」

と笑った。それから目を細める。

「……また弾いてよ。兄ちゃんの歌とピアノ聴きながら絵を描くの、おれ好きだったんだ。声は、そんなにすぐには治らないのかもしれないけど……出るようになったら、また歌って聴かせてほしい」

天音は泣きながら、こくりと首を縦に振った。

それを見て、なんだか私まで泣けてきて、嗚咽を洩らしながら涙を流していたら、翔希くんに声を上げて笑われてしまった。

「なんだよ、ふたりしてぼろぼろ泣いて。まあ、お似合いのカップルなんじゃない？」

否定しなきゃ、と思ったけれど、次々に込み上げてくる涙が邪魔をしてなにも言えない。

するとと天音が、泣きながらペンを動かした。それから翔希くんにノートを押しつける。ちらりと目を落とした翔希くんが、あははと笑った。

「『カップルじゃない』って……そんな泣きながら必死に否定しなくても」

そう言って笑いながら天音に返されたノートのページが、ちらりと目に入った。そして、端っこに小さく『まだ』と付け足されているのを、見てしまった。

どっと胸が音を立てる。

「え、えっ？」と言いながら天音に目を向けると、彼は涙に潤んだ目でふふっと笑って、立てた人差し指を唇に当てた。

頬が燃えるように熱くなる。

翔希くんが私と天音を見比べながら、

「青春ですなあ」

とにやにや笑った。

からかわないでよ、と天音を小突く間にも、私の胸の奥で鳴りやまない心臓の音が、まるで大音量の音楽のように鼓膜を震わせていた。

君に降り注ぐ希望の光

駅から『あかり』へとひとり向かう道の途中、洋菓子店の前でサンタクロースの服を着た女の人がケーキを売っていた。今日はクリスマスイブだ。

空は真っ青に晴れ渡っていて、残念なことにホワイトクリスマスにはなりそうにないけれど、昼間でも息が凍るくらいに寒かった。

冷たくなった指先に息を吐きかけながら歩く。

手袋を持ってくればよかった、と今さらながらに後悔していた。昨日の夜からずっと緊張していたせいで、手袋のことをすっかり忘れてしまっていたのだ。

こんなに指が冷えていたら、思うように動いてくれないかもしれない。

焦り始めた頭に、嫌な記憶が甦ってきた。

せっかくたくさん練習したのに、また失敗したらどうしよう。またあんなふうになっちゃったらどうしよう。

考えているうちに、足元から寒さのせいではない震えが立ちのぼってきた。思わず足を止めてうつむく。

頭が真っ白になったそのとき、とんっと肩に手が置かれた。顔を上げると、天音がにこにこしながら立っていた。

「あ、天音……おはよ」

なんとかあいさつすると、彼はふっと噴き出してペンを取り出した。

『今にも倒れそうな顔してる』

目を細めて柔らかく笑いながらメモを見せて、指先でつんつんと私の額をつつく。

その瞬間に、まるで春の陽射しに照らされたように震えがおさまった。

『緊張してるの？』

「してるよ、ものすごく。もう口から心臓が出てきそう」

天音がはっと口を開けて笑った。白い息がかたまりになって空に昇っていく。

『遥、失敗したっていいんだよ。別に死ぬわけじゃないんだから』

天音は優しく私の肩を叩きながら、そんな言葉をかけてくれた。

そうだよね、と私は自分に言い聞かせる。失敗して、みっともない姿を見られたって、死ぬわけじゃない。大丈夫。

これまで私は、人前で失敗することや情けない姿を見せることを極度に避けてきた。失敗しそうなことは最初からやらないようにして生きてきた。

でも、そんな自分を変えたいと思ったのだ。私は、過去の自分から変わるために、今日、小さいけれど大きな挑戦をする。

店に向かって歩き出そうとした天音が、ふいに足を止めた。その視線は私の赤くなった手に向けられている。

「あ、手袋忘れちゃって。バカだよね」

するとと彼は、おもむろに自分がつけていた紺色の手袋を外して、私の手にはめようとし始めた。

「えっ、いいよ、天音も寒いでしょ」

断ろうと手を引くと、つかんで引き戻される。天音は少し怖い顔をしてみせてから、指をひらひら動かしてピアノを弾く手振りをした。

私は思わず笑って答える。

「はーい、わかりました。温めておきます」

天音は『それでよし』というようにうなずいて、手袋をきっちりとはめてくれた。まだ彼の体温が残っていて、とたんに指先がじいんとしびれるように温かくなっていく。手袋に包まれた両手を握り合わせて目を閉じながら、天音の温もりだ、と思った。

「ありがと、助かった」

瞼を上げて声をかけると、にっこり笑った天音が、突然がしっと私の手をつかんだ。え、と声を上げる前に、ぐいっと引っ張られる。彼はそのまま駆け出した。

「えっ、ちょっと、天音!?」

私も引きずられるように走り出す。ちらりと振り向いた彼が、いたずらっぽく笑いながら私を見ていた。

緊張をほぐそうとしてくれているのだろう。それにしたって雑なやり方だ。

「ちょっと待って、速いってー」

そう言いながらも、走っているうちに体温が上がって、冷えきっていた指はすっかり温かくなっていた。

「こんにちは」

入り口の扉を開けると、店内にはいつになくたくさんの人がいた。

「遥ちゃん、今日はありがとね」

あかりさんがすぐに声をかけてくれる。私は「こちらこそ」と答えた。

「誘ってくださって嬉しかったです」

「急なお願いなのに聞いてくれて助かったわ」

「いえ。私も……いつかちゃんとお客さんの前で弾きたいなって思ってたので」

今日これから私は、この店でピアノを弾くことになっている。たくさんの常連客が集まる中で、ピアノ演奏を披露するのだ。

この話が決まったのは、三日前。美術館に行った翌日、天音と一緒にここを訪れ、ずっと店に来られなかったことのお詫《わ》びと、ちゃんと仲直りができたことの報告をした日のことだった。

私と天音のことをずっと気にしていたというあかりさんは、私たちがふたり揃ってドアを開けた瞬間、カウンターの中で目を見開き、それから眉を下げて笑って、感極まったように目頭を押さえた。こんなに心配してくれていたのだと胸が熱くなったのを覚えている。

しばらく話をして、私と天音がそれぞれ抱えていた問題を打ち明けた。すると彼女が、『よかったら、クリスマスイブにピアノを弾いてみない？』と提案してきたのだ。

『毎年クリスマスイブには常連さんが集まって、ちょっとしたパーティーみたいなのをしてるんだけど、そのときにピアノの演奏があるといいんじゃないかなって思ってたのよね』

ずっと使われていなかったピアノを天音が弾いたことで、お客さんからピアノを聴きながらお茶をするのもいいという声をもらっていた。それに、せっかくのピアノがただ眠っているのももったいない。だから、ピアノを克服する機会として弾いてみたらどうか。

そんな彼女の言葉を聞いて、私はほとんど反射的に『弾きます』と言った。今度こそ自分の殻《から》を破るいい機会だ、と思ったのだ。

天音が心配そうに『一緒に弾こうか』と言ってくれたけれど、ここで彼に頼ってしまったらきっとまた私は自分を甘やかしてしまう、と思って、『大丈夫』と断った。

その日から三日間、冬休みなのをいいことに、私は一日中家で猛練習をした。急にどうしたの、とお母さんが驚くくらいに、朝早くから夜遅くまで弾き続けた。

曲は、ピアノ教室に通っていたころの最後の発表会で演奏したものを選んだ。まだ指が覚えているに違いないと思っていたのに、楽譜を見ながらでもたどたどしくしか弾けないほど下手になっていて、引っかからずに通して弾けるようになるまで何時間もかかった。でも、必死の練習の成果が出て、なんとか昨日の夜には、ほとんどミスタッチもなく演奏できるようになった。

私は息を整えながら視線を巡らせ、ピアノに目を止めた。

窓から射し込む光に照らし出されて、美しくつやめくピアノ。

どうか無事に最後まで弾けますように、と心の中で祈りを捧げてから、私は天音に続いて「手伝います」とカウンターに駆け寄った。

食べ物や飲み物を運んだりするのに忙しくしているうちに、気がついたら演奏会の始まりの時間が近くなっていた。

「さて、お客さんも揃ったことだし、そろそろ始めましょうか」

洗い物を終えたあかりさんがタオルで手を拭きながら言った瞬間、突然心拍数が上がったのを感じた。

とうとう今からみんなの前でピアノを弾く。それを実感して、かっと頭に血がのぼる感覚に陥る。

ずっと心の準備をしていて、練習だってこれ以上ないくらいにがんばった。

それなのに、どうしてこんなに緊張するんだろう。

ばくばくと激しく脈打つ心臓の音が、耳の中で轟音《ごうおん》になって暴れ回る。

私はうまく息もできないまま、ぴくりとも動けずに立ちすくんでいた。

そうしている間にも、あかりさんはピアノの準備をしている。蓋を開けて、鍵盤の上のキーカバーを外し、椅子を置く。それからお客さんたちに「今からピアノの演奏が始まりますよ」と声をかける。

着々と進む準備に、焦りで頭が真っ白になった。気がついたら、足がかたかたと震えていた。膝ががくがくと揺れる。手の指もおかしいくらいに震えている。

「今日はなんと、遥ちゃんがピアノを弾いてくれます」

あかりさんの言葉に、お客さんたちが拍手をした。視線が集まる。

どうしよう、これはだめだ。もうだめだ。こんな状態でまともに弾けるわけがない。

あかりさんには申し訳ないけれど、辞退させてもらおう。ぼろぼろの演奏なんてしたら、お客さんに申し訳ない。だから、もう――。

そのときだった。

震えて冷たくなっていた指先が、突然温もりに包まれた。反射的に目を向けると、そこには天音の笑顔があった。

私を安心させるように微笑んでひとつうなずいた彼は、私の手をつかんだままピアノに向かってゆっくりと動き出す。

されるがままになっているうちに、私はピアノの前に腰かけていた。となりには天音が私を見守るように立っている。

目の前には広げられた楽譜。家から持ってきて、さっき置いておいたものだ。

パッヘルベルのカノン。私の大好きな曲だ。

夢のように美しい旋律が次々に降り注ぐように繰り返され、少しずつ音が重なっていって、最後には壮大な音楽になる。本来はバイオリンやチェロなどで演奏されたりオーケストラで演奏される曲だけれど、この楽譜はピアノの独奏《どくそう》のために編曲されたものだ。

初めて聴いたとき、なんて綺麗な曲なんだろう、いつか弾いてみたいと思った。そして、中二の発表会の演奏曲に選んだ。

でも、たくさんの観客が見ている本番で、私は失敗してしまった。苦手な箇所で指がうまく動かず引っかかって、とたんに頭が真っ白になって、私はピアノの前で固まってしまったのだ。

マネキンみたいに硬直している私を、先生が慌てて舞台袖に引きずっていくまで、ずっとそのままだった。

それが私の最後の発表会になった。家族や先生やたくさんの観客の前で情けない姿をさらしたことがどうしても我慢できなくて、二度とピアノは弾きたくないと思って教室をやめたのだ。

そのことがずっと忘れられなくて、心に突き刺さったまましつまでも抜けずにずきずき痛む棘のようになっていた。だから、今日の演奏会でこの曲を無事に弾くことができたら、私は変われると思ったのだ。

思っていたけれど、今になって怖くなってきた。一度あんな大失敗をしたのに、今度は成功するなんて思えない。

でも、みんなが期待に満ちた目で私を見ている。弾かなきゃ。弾くしかない。

あんなに練習したんだから、昨日は一度もミスなく弾けたんだから大丈夫、と必死に言い聞かせる。

私は自分を落ち着かせるために、目を閉じてふうっと息を吐き、それから大きく息を吸って、ゆっくりと瞼を上げた。

それでも私の指は、情けないことに震えがやまない。かたかたと震え続ける指先が、鍵盤の上をさまよう。

顔が熱い。それなのに冷や汗が出てくる。頭がぼんやりする。喉がからからに渇いている。

極度の緊張のせいで、私はまたマネキンになってしまった。

やっぱりだめだ。私なんて、だめだ。せっかく変わろうと決意して、自分で弾くと決めたのに、結局こんなふうになってしまった。あのときと同じ。やっぱり変わるなんて無理だったんだ。私に弾けるわけない……。

「……はる、か」

私の思考を遮るように、声が聞こえた。驚いて顔を上げる。

そこには、喉をぎゅっと押さえながら眉間にしわを寄せて、必死に声を振り絞る姿があった。

「だい、じょう、ぶ。はるか、なら、できる、よ」

かすれた声で、ひと言ひと言短く区切るように、確かめるようにゆっくりと、天音が私に話しかける。

私はぽかんと口を開いたまま彼を見つめた。

「がん、ばれ」

そう言って、天音は喉から手を離すと、嬉しそうに、なにかから解放されたように、ふわりと微笑んだ。

冷たい冷たい雪が、温かい春の陽射しを浴びて、じわりと溶けていくように。

「――え、天音、声……」

呆然とつぶやくと、彼が目を細めて私にうなずきかけた。

その顔を見た瞬間、目の奥が熱くなった。

「よ……よかったね、天音……」

私は必死に涙をこらえながら、囁くように言う。びっくりしすぎて、震えはすっかり止まっていた。

天音がくすりと笑って、私の頭にぽん、と手を置いた。そこから力が注ぎ込まれてくるような感覚。

よし、弾ける。弾こう。

私は前に向き直って、鍵盤に手を置いた。

ひとつめの音を鳴らしたとたん、ふっと肩が軽くなる。あんなに緊張していたのに、弾き始めてしまえば、身体で音楽を覚えているように、指が勝手に動いていく。

やっぱり綺麗なメロディだな、とうっとりする。

曲の真ん中あたりまできたとき、突然、天音が私のとなりに腰を下ろした。ほっそりとした長い指が、すっと鍵盤に伸びてくる。

驚いているうちに、私の音を追いかけるように彼の音が鳴り始めた。ひっそりと、するりと流れるように入ってきたので、すぐには気づかないほどだった。

背後でお客さんたちが、おおっと驚きの声を上げている。

「お邪魔、して、いいかな」

天音が優雅に指を動かしながら、少し身体を傾けて私の耳元に囁きかけてきた。

「楽しそうに、弾いてる、遥の音、聴いてたら、僕も、弾きたく、なっちゃった」

余裕のない私は鍵盤を見つめながら、「うん」とうなずく。

「私も一緒に弾けて嬉しい」

パッヘルベルのカノンは、同じ旋律が追いかけっこをするようにどんどん重なっていき、美しいハーモニーを奏でる曲だ。いくつものメロディが合わさってできあがる奇跡の調和なので、ピアノでは独奏よりも連弾のほうがずっと綺麗に聴こえる。

天音は私が独奏用の演奏をするのに合わせて、高音と低音をうまく補うようにメロディを重ねてくれていた。

夢のように美しい音の波に身を委ねていると、ふいにピアノとは違う音が耳に忍び込んできた。

となりに目を向ける。――天音が歌っていた。

天を仰ぐように目を閉じたまま、唇を薄く開けて、睫毛をかすかに揺らしながら、歌っている。

細いけれど、ピアノの音にも決してかき消されない、よく通る声。

そっと柔らかく肌を濡らす霧雨のような、穏やかに降り注ぐ春の木洩れ陽のような、優しい優しい歌声。

きっと天使の歌声ってこういう声なんだろうな、と思った。

久しぶりに声を出したからか、ときどきかすれてしまうけれど、天音はとても幸せそうに微笑みながら歌っている。

よかったね、と心の中で語りかける。大好きな歌とピアノに、もう一度ちゃんと出会えて、本当によかったね。

また涙が込み上げてきて、こらえるために私は上を向いた。

渦を巻くようにして天へと昇っていく、完璧な音楽。

震えがくるほど綺麗で、私は目を閉じて、天から降り注ぐ音の雨を全身に浴びた。

春の陽射しような優しく美しい音の向こうに、目映い光が見えた気がした。

私たちの未来を明るく柔らかく照らし出してくれる、希望の光。

曲が終わって、私は高揚した気持ちを抑えきれないまま天音を見上げた。彼は力を出しきったように目を閉じて脱力していた。

天音、と話しかけようとしたとき、割れんばかりの拍手喝采が沸き上がった。振り向くと、あかりさんやお客さんたちが満面の笑みで私たちを見つめている。

「あ……っ、ありがとうございました！」

私は椅子から立ち上がって、みんなに頭を下げた。

演奏後のあいさつさえできなかった、中学二年の発表会の苦い記憶がよぎる。

これでやっと、二年越しになってしまったけれど、あの発表会をきちんとやり遂げることができたのだと思った。

「遥ちゃん、天音くん、ありがとう。とっても素敵な演奏だったわ」

あかりさんが拍手をしながら近づいてきて、私の両側に手を回して抱きしめてくれた。そして、私たちだけに聞こえる声で、「おめでとう」と言ってくれる。ずっと抱えていた傷を乗り越えることができたのを祝ってくれているのだとわかって、私は潤みそうな声で「ありがとうございます」と答えた。

「ふたりとも、本当によかった。いいクリスマスになったわ」

「こんな貴重な機会をくださって、ありがとうございました」

あかりさんと微笑み合ったあと、となりの天音を見ると、彼はまだみんなに向かって深々と頭を下げたまま動きを止めていた。

きっとたくさんの思いが込み上げてきて、その胸をいっぱいにしているのだろうと思う。たくさんの痛みや苦しみを乗り越えて、やっと前を向き、光を見つめることができるようになったのだから。

天音が取り戻したピアノの美しい音と、優しい優しい歌声が、まだ私の鼓膜に残っているような気がする。

「天音、一緒に弾いてくれてありがとう。歌ってくれてありがとう。すごくすごく楽しかった」

やっと顔を上げてこちらを見た彼の目には、うっすらと涙がにじんでいた。透き通るような綺麗な瞳から、透明な光の粒がぽろりとこぼれ落ちる。

初めて出会ったあの日も、彼はこんなふうに涙を流していた。

あのときはわからなかったけれど、それは喜びの涙なのだと、今は確信できる。

大好きな歌を歌えたことが、泣きたいくらいに嬉しかったのだ。その気持ちが瞳から溢れ出した喜びの涙なのだ。

「僕も、すごく、楽しかった」

天音が切れ切れに言ってにこりと笑い、「ありがとう、遥」と言った。

その唇で名前を呼んでもらえる日が来るなんて、少し前には考えられなかった。

彼は私の名前をこんな声で、こんなふうに呼ぶんだ。そう思うとなんだか無性に恥ずかしくなってきた。

天音がそう言って、不思議そうに覗き込んできた。

「顔、赤い」

私は両手で頬を押さえて「気にしないで」と答える。ピアノを弾く前よりもずっと動揺しているような気がした。

「ピアノと歌、お疲れ様」

照れ隠しでそう言うと、天音もかすれた声で「お疲れ、様」と返してくれた。

それだけのことが、本当に泣きたいくらい嬉しかった。

*

冬枯れの桜の木の上から、枝の隙間を縫うように降り注ぐ光が、私と天音の全身を包み込むように照らしている。

冬の陽射しは透明で静かで優しい。

演奏を終えた私たちは、あかりさんに断ってからパーティーを抜け出し、出会った桜の広場に来ていた。

「久しぶり、だ」

天音が今にも消えそうなかすれた声で言った。急に声を取り戻して、いきなり歌ったせいで、喉に負担がかかっているのだろうと思う。

「いきなりたくさんしゃべったら、喉痛めちゃうよ。筆談にしよう」

私がそう言うと、天音がにこりと笑ってノートとペンを取り出した。

『声が出るようになったら、筆談より早く話せるから、遥とたくさんしゃべれるようになると思ったけど、今はまだ書いたほうが早い』

「そりゃあね、何年もだんまり決め込んでたんだから、急にぺらぺらとはしゃべれないでしょ」

私の言葉に、ははっと天音が笑う。

『最近、遥が毒舌《どくぜつ》だ』

「本当は私、心の中では毒ばっかり吐いてたから」

口には出さないだけで、家族に対しても友達に対しても、嫌なことをたくさん思っていた。

「でも、毒って溜め込むとよくないらしいし、適度に吐き出していこうかなと。まあ、そう言いつつも家族の前でも友達の前でもやっぱりいい顔しちゃうんだけどね」

『じゃあ、僕の前でだけ？』

「まあ、今のところは」

私が苦笑しながらうなずくと、彼はふふっと笑みを洩らして、「特別、嬉しい」と言った。

その素直な笑顔と言葉が、やけに気恥ずかしい。また顔が赤くなっているんじゃないかとどきどきしてしまって、私は慌てて顔を背ける。

ちょうどそこに、桜の低い枝があった。花も葉もついていない、まるで枯れてしまっているかのような寂しい枝。

でもよく見ると、あちこちに小さな茶色のかたまりのようなものがついているのがわかった。枝の節かと思ったけれど、それにしては小さい。小指の爪ほどの大きさだ。

「これ、なんだろう」

思わずつぶやくと、天音が覗き込んできた。それからノートになにかを書く。

『前に本で読んだことがある。芽だと思うよ』

「えっ、芽？　葉っぱの芽ってこと？」

『いや、たぶん花の芽。葉の芽はもっとあとから出てくるはず』

「花の芽……蕾《つぼみ》ってこと？」

『みたいなものかな。春になったらこれが膨らんで、中から桜の花が出てきて開くんだって』

私は「へえ」と目を丸くして、花の芽をじっと見つめた。

こんな固そうな茶色いかたまりの中に、ピンク色の柔らかな花びらが隠れているのかと思うと、なんだか不思議な感じがする。

「そっか……枯れてるみたいに見えるけど、ちゃんとこの中には花があって、春を待ってるんだね」

なんだか感慨深い気がして、まだ見ぬ春の桜が咲く様子に思いを馳《は》せていると、彼がふいに真面目な顔になって、ペンを動かし始めた。

『最初に会ったとき、僕が歌ってたの覚えてる？』

突然の問いかけに、私はこくりとうなずいた。

実はずっと気になっていたのだ。何年も前から声が出なかったはずなのに、あのときはどうして歌っていたのだろう、と。

天音がノートから目を上げて、背後の桜の木を見上げた。私たちが出会った場所。

『この木に登ると、向こうに翔希が怪我をした公園が見えるんだ』

天音はそう書いて、桜の木のずっと向こうを指差した。私は驚きに目を見開いた。

「え……、そうなんだ……」

『僕は、あのときからずっと、ほとんど毎日ここに来てたんだ。自分の罪を忘れないために』

天音はゆっくりと瞬きをしながら書き続ける。

『いつもこの木の上に座って、あの公園のブランコを見ながら、何時間もぼんやり過ごした。桜の季節以外は誰も来なくて気が楽だから。でも、あるときからときどき、変な女の子が来るようになったんだ。来ると必ず号泣してる女の子』

そう言っていたずらっぽく笑った顔に、私はおそるおそる訊ねる。

「……それって、もしかして、私?」

天音が「当たり」と笑った。

『あんまり子どもみたいに大声で泣いてるから、いつからか、どうやったらあの子を慰めてあげられるだろう、あの子の涙を止めてあげられるだろうってことばかり考えるようになった。その子が泣く姿を見ながら。でも、僕にはなんの力もないから結局ただ見てることしかできなかった』

誰もいないと思って遠慮なく泣きじゃくる姿を、上からずっと見られていたのかと思うと、今さらながらに恥ずかしくなってきた。

『でも、僕が初めて君の目の前で桜の木から降りた日、あの日の遥は、それまでの中でいちばんつらそうで、見てられないくらいだった。どうやったら泣きやんでくれるかな、少しでも悲しみを忘れさせてあげられるかな、って必死に考えて。そしたら、いつの間にか、歌ってた。もう何年も声が出てなかったのに、気がついたら歌ってたんだ』

私は言葉もなく天音を見つめる。彼はちらりと顔を上げて私に微笑んでから、また下を向いた。

『再会した日に、あかりさんの店でピアノを弾けたのも、遥が演奏を頼まれて震えてるのを見て、助けたいと思ったから。今日もそうだよ。遥が僕と翔希のわだかまりを解いてくれたからピアノを弾けたし、声も出せるようになったんだ。僕の中の罪悪感を軽くしてくれたから』

頭上から降り注ぐ光が、天音のノートを、そこに書かれていく文字を明るく照らし出す。

『遥には特別な力があるみたいだ』

「特別……」

思わず読み上げると、天音がうなずいてくれた。

特別、という言葉を人からかけてもらったのは、初めてだった。

自分のことをずっと平凡でつまらない人間だと思っていたから、彼に特別だと言ってもらえたことが、泣きそうなほど嬉しい。

『僕は遥のおかげで少しずつ前を向けるようになってる気がする。遥は僕にとってすごく特別だよ』

そこまで書くと、天音はペンを置いた。

そしてこちらを向き、春先の雪解け水のような透明な笑みを浮かべた。

「ありがとう」

初めて会ったとき、私の涙を乾かしてくれた、優しい声。胸が温かくなって、喉の奥が苦しくなった。

私は両手で顔を覆って、溢れそうな涙を押さえつける。これだけはどうしても伝えなくちゃと、必死に声を励ました。

「私こそありがとう。私にとっても天音は特別だよ」

彼が軽く目を見張る。私は笑って続けた。

「つらいことがあると、いつもここに来て泣いてた。弱音を吐くのも、みっともない姿を見せるのも、すごく苦手だったから、誰にも見られないように、隠れてここで泣いてたの。すごく孤独だった……でも、天音が見つけてくれたから……」

こらえていたのに、やっぱり涙が溢れてくる。最後は声が震えてかすれてしまった。

「やっぱり、泣き虫」

天音がおかしそうに笑って、すっと伸ばした手で私の頬を拭ってくれた。それが嬉しくて、さらに涙が溢れる。

困ったように笑った天音が、ふいに私をぎゅっと抱きしめた。前よりもずっとずっと強く。

あのときは、天音の体温に包まれるとほっとして落ち着くと思っていたのに、今はむしろ真逆だった。全身の血が沸騰しそうなほど恥ずかしくて、心臓がつぶれそうなほどどきどきしている。

彼に対する気持ちが確かに変わってきていることを、もう認めるしかなかった。

「あ、天音……」

なんとか声を上げると、

「こうやったら、泣きやむ？」

天音が耳元に囁きかけてきた。なんだか実験を楽しむ子どもみたいな口調だ。

「涙は止まったけど、別の意味で、しゃべれない……」

心臓がどうにかなりそうなほど暴れていて、平気でしゃべるなんて無理だった。

「じゃあ、また今度、聞かせて」

天音が笑いながら言った。熱に浮かされたような頬を彼の肩に押しつけながら、りょーかい、と私は小さく答えた。

恥ずかしいのは私だけなのかと思うと悔しくて、精いっぱいの反撃として彼の背に手を回す。触れた瞬間、その背中が動揺したようにぴくりと震えたから、私は大いに満足した。

そのまましばらく無言で抱き合っていて、だんだん恥ずかしくなってきた私は、そろそろと天音から身を離した。

少し気まずく思いながら目を上げると、彼もどこか困ったような照れくさそうな表情で笑っていて、ふたりしてなんて顔してるんだろう、とおかしくなって噴き出した。

ひとしきり笑い合ったあと、ふいに天音が「あのとき」とつぶやいた。見ると、彼は喉に手を当てて、それから「長くなりそうだから」とノートを開いた。

『遥に好きな人がいて、でもその人は遥の親友と付き合ってるって聞いたとき、すごく変な気持ちになった』

「変な気持ち?」

『うん。初めての感覚でよくわからなかった。ただ、その人のことで遥がつらくて苦しい思いをして泣いてたんだと思うと』

天音はそこで一瞬ペンを止め、ちらりと私の顔を見てからまたノートに目を落とす。その目尻や耳のふちがほんのりピンク色に染まっているように見えるのは、私の気のせいだろうか。

『僕なら絶対、遥にそんな思いはさせないのに、そんなつらい思いをするくらいなら僕にすればいいのにって。今思えば、あれは嫉妬だったんだろうなってわかる』

「……は?」

私はノートに落とした目をこれ以上ないくらいに見開いたまま固まってしまった。

僕なら絶対。僕にすれば。嫉妬。

「……なにこの少女漫画みたいなセリフ！」

がばっと顔を上げて天音を見ると、彼は見たこともないくらい頬を赤くしていた。

それに気づいた瞬間、私の顔も火を噴いたように熱くなった。

「ちょっと……自分で言っといて照れるのやめて！　なんか余計に恥ずかしいんですけど！」

「ごめん」

天音が赤い顔を手で押さえながら笑った。

「っていうか……えっ、嫉妬って、どういうこと……？」

激しく動悸する胸の音を自覚しながら、上ずる声で訊ねる。答えが気になるけれど、どきどきしすぎて聞くのが怖いような、妙な気分だった。

すると彼は、こほんと咳払《せきばら》いをして、気持ちを落ち着けるように深呼吸をしてからペンを握った。

『僕は翔希から楽しみを奪ったから、楽しんだり幸せを感じたりしちゃいけないと思ってた。だから歌もピアノもやめたし、恋愛なんてもってのほかって思ってたんだ。でも遥に出会って、遥が僕の中でどんどん大きい存在になっていった。自分にはそんな資格ないからだめだってわかってるのに、他の人の話を聞いて勝手に嫌な気分になって、そんな自分に呆れてた。だけど、翔希にその話をしたら「重い。兄ちゃんがヘタレなだけ。おれのせいにするな」って一蹴されちゃった』

「……翔希くん、いいキャラだね」

でしょ、と天音が笑う。

『だから、もう自分の気持ちに蓋をするのはやめました』

そこまで書いて、彼はぱたんとノートを閉じた。

それから、まだほんのり紅潮している顔で私を見つめ、ふわりと微笑む。

その優しい表情を見たとたんに、なぜかまた泣きそうになった。

私を癒し、救ってくれた微笑み、私がなにをしてでも守りたかった微笑みはこれだと確信した。

両手で目を押さえた私を見て天音は「また？」と笑ってから、

「返事は、また今度、聞かせて」

と柔らかく囁いた。

本当はがんばればしゃべれそうだったけれど、これ以上は心臓がもたないような気がしたから、黙ってこくこくとうなずき返した。

彼方くんに失恋して、冬の桜のように小さく萎《しぼ》んでいた私の中の恋の花。

それが今また、別の場所へと蕾を移して、ゆっくりと芽吹き始めたのを感じる。

きっとこの花は、春が来たら優しい光を全身に浴びて、綺麗に咲き誇るだろう。

「クリスマスの、プレゼント、なにがいい？」

桜の広場をあとにしようと並んで歩き出したとき、ふと思いついたように天音が言った。

私は思わず絶句する。ピアノのことで頭がいっぱいで、プレゼントのことなんて思いつきもしなかったのだ。

「ごめん、私、なにも用意してない……」

「僕も。なにがいいか、わからなかった」

私がうなずいて「どうしよう」と言うと、天音が顔を覗き込んできた。

「僕に、あげられるものなら、なんでも、あげるよ」

私は「じゃあ」と口を開く。

「ピアノ、教えて。もう一回、ちゃんと弾けるようになりたい。ピアノが好きだったこと、思い出したから」

まだまだぼんやりしたままの私の未来。ピアノが進路につながるかはわからないけれど、まずは好きだと思えるものを大事にするところから始めよう、と思った。

「もちろん、いくらでも」

天音はそう答えてから、

「それだけで、いいの？」

と首を傾げた。まだなにか言ってほしそうだ。

私は少し考えてから、顔をうつむけてぽつりと告げた。

「名前……呼んで」

天音が息を呑んだのがわかった。恥ずかしくて顔から火が出そうだ。今日はずっと頬が火照《ほて》っているような気がする。

「なに、それ。プレゼントに、なるの？」

「もらった側が嬉しいなら、全部プレゼントでしょ」

天音が「そうなの」と笑う。

「じゃあ、僕へのプレゼントは、君の名前を呼ぶ権利、にしよう」

「……なんかわけわかんない感じになってない？」

「あはは。呼ぶ側が、嬉しいから、プレゼントってことで」

その笑顔に胸がぎゅっとして、私は思わずとなりを歩く彼の手をそっとつかんで言った。

「天音の声で、呼んでほしい」

彼は嬉しそうに「うん」とうなずく。

「わかった。何回でも、呼ぶよ」

それから照れ笑いを浮かべながら、私の大好きな優しい声で言った。

「――遥」

＊

私にとって、天音は特別だ。

今まででいちばんつらくて悲しくて苦しくて、もうどうしようもなくなっていたときに、私を助けてくれた。

そして私は天音に出会って初めて、誰かのことを救いたい、少しでも力になりたい、そのためなら自分にできることはなんでもする、と心から思えたのだ。

生きていたら、私たちはこれからも何度も苦しい思いをしたり、悲しいことを経験したりするかもしれない。自分の力ではどうにもならないことにも出会うだろう。

進路のことだってまだこれから、たくさんたくさん悩むことになるだろうと思う。

でも、そのとき私のとなりに、もしも天音がいてくれたら、きっと乗り越えられるような気がするのだ。

そして、天音が苦しんでいるときには、私がとなりにいてあげたい。できる限りのことをしてあげたい。

ふたり肩を寄せ合って、もしもどちらかがよろけてしまっても、すぐに支えてあげられるように、厳しい冬を乗り越えられるように、いつもとなりを歩いていたい。

そして、雪解けの春がやってきたときに、ふたりで笑い合っていられたら、それ以上に幸せなことはない。

私は生まれて初めて、そういうふうに思える人と出会えたのだ。

私たちはそうやって、少しずつゆっくりと、目映い希望の光が射すほうへと歩んでいくだろう。

もうすぐ春が来る。

私たちがまだ知らない、新しい春がやってくる。

そのときにも、どうかこうやって、天音のとなりで一緒に笑っていられますように。

私は心からそう願った。

特別書き下ろし番外編

「とうとう受験生かぁ……」

帰りの電車に乗り込んだ私は、窓の外を見ながら思わずぼやいていた。

はっと我に返って周囲を見渡すと、平日の真昼の車内は乗客もまばらで、近くには誰もいなかった。

ほっと息をついて、またガラスの向こうを流れる景色に視線を戻す。

私たちは今日、高校三年生になった。

ここからは本格的な受験勉強が始まるのだと思うと、知らず知らずのうちに背筋がぴっと伸びるような気がする。

あのころの私のままだったらきっと、受験生という言葉の憂鬱な響きに滅入って、ため息ばかりついていただろう。

でも今の私は、『とにかく地道にこつこつがんばるしかない！』という気持ちで、深呼吸をしている。

我ながら変わったな、と思うと、自然と口元が緩んだ。

始業式のあと、帰りのホームルームでさっそく進路希望調査票が配布された。

一年生のころの私は、締め切りぎりぎりに白紙で出したりしてしまっていたけれど、今日はもらってすぐに記入した。

地元の公立大学の『教育学部初等教育学科』。小学校の先生になるための勉強をして、教員免許を取得することができる専攻だ。

志望する進路が決まったのは、二年生になってすぐのことだった。それまでの三ヶ月間よく考えて、たくさん調べて、この道に決めた。そして自分の学力とも相談して、二年間がんばればなんとか合格ラインに届くかもしれない、と担任の先生から言われた大学を志望校にしている。

教師を目指すことにしたのは、勉強が好きではない、将来の夢もなかなか決まらなかった私だからこそ、同じような子どもたちの気持ちに寄り添うことができるのではないか、と思ったからだ。

そして小学校の先生という道を選んだのは、好きなピアノを生かせる道だから。

進路が決まってからは、自分でもびっくりするくらい勉強に身が入るようになった。でも、いくらやる気になったからといって、いきなり成績が上がるはずもない。ずっと楽な道へと逃げてさぼっていたつけで、一年生の範囲からやり直さなくてはいけなかった。

文系教科は遠子に、理系教科は天音につきっきりで教えてもらって、毎日何時間も勉強した。

だからか、二年生の一年間は本当にあっという間で、驚くほど時間の流れが早かった。気がついたら三年、受験生だ。

私の中ではこれ以上ないくらいにがんばっているつもりだけれど、それでもなんとか合格圏内ぎりぎりに食い下がっているような状態だから、これからさらにがんばらなければいけない。

天音に置いていかれないようにね、と私は小さくつぶやいた。

電車が停まり、ホームに降りた私は、早足で駅を出た。

一目散に向かった先は『あかり』だ。


「天音くん、またテレビに出るんだってね」

店に入ってすぐに、常連のおじいさんに声をかけられた。

「みたいです。来週土曜の夜に放送って言ってました」

「楽しみねえ、録画しなきゃ」

カウンターの中から、あかりさんが嬉しそうに話に加わってきた。

「まさかここでピアノを弾いてくれた男の子が、テレビに出るような歌手になるとはねえ。今でも夢みたいだわ」

「私もまだなんだか信じられないような感じがします」

ふふっと笑いながら私は答えた。

「そうよねえ。しかもchrome《クロム》と共演なんでしょう？」

chromeというのは最近人気の男性アイドルグループだ。特に、俳優としても活動している鈴木真昼《すずきまひる》というメンバーが大人気で、テレビで見ない日はないくらいだった。

私も同じ年なのにすごいなと思う。

「そのクロムっちゅうのはなんだい」

常連さんの言葉に、あかりさんが答える。

「ああ、アイドルさんよ」

「ほうそうかい、あかりさんも若いねえ」

「やだ、そうじゃなくてね、私の娘が真昼くんって子のファンなのよ。天音くんのことも応援してるから、憧れのふたりが並んでるのを見れるなんてーって喜んでたわ」

それを聞いて、私は「えっ」と声を上げた。

「あかりさんってお子さんいたんですか？」

「あら、言ってなかったかしら。中学生の娘がひとりいるのよ」

「そうだったんですか……知らなかった」

「いつか会うことがあったら仲よくしてやってね」

「もちろんです」

うなずきながらも、やっぱり驚きを隠せない。

私の勝手な思い込みで、あかりさんはひとり暮らしをしていると思っていた。つくづく人間関係って奥が深い。もし今日chromeの話題にならなければ、あかりさんに娘がいることにずっと気づかなかったかもしれない。

「天音くん、あとで来るのよね」

「はい。よかったらピアノ弾かせてほしいなって言ってました」

「あら、もちろん大歓迎よ。すっかり人気者の天音くんに弾いてもらえたら、うちのピアノも喜ぶわ」

「そんなふうに言われると緊張しちゃうかも」

私は笑って答えながら、これまでのことに思いを馳せる。

一年前のクリスマスの演奏会以来、天音は声のリハビリも兼ねて『あかり』で何度かピアノを弾きながら歌っていた。

初めは声がうまく出なかったり、ピアノもミスが目立ったりしていたけれど、ほんの一ヶ月ほどで見違えるほどうまくなった。というより、昔の勘を取り戻していった感じだろうか。

翔希くんによると、家で毎日とりつかれたように弾いていたらしい。指が壊れるんじゃないかと心配になる、と言っていた。

　でもそれは、天音にとっては上達のための練習などではなく、ずっと離れていたピアノを思いっきり弾けることが嬉しくて楽しくてたまらなかったのだと思う。

だって彼はいつもピアノに触れているとき、本当に幸せそうな顔をしているから。

『死ぬまでピアノを弾いていたい』

　ピアノを再開して三ヶ月ほど経ったころ、天音が突然そう言った。

『できればこの道で生きていきたいと思う』

　その瞳は希望に満ちて、きらきら輝いていた。

『母さんみたいにピアノの先生になれたらいいなと思ってるんだ』

『それってどうやってなるの？』

『いろいろあるんだけど、代表的なのは音大のピアノ専攻に行くとか、ピアノの教員養成課程がある専門学校に行くとかかな』

『そっかあ。天音なら絶対なれるよ。本当に上手だもん』

　そんな会話をしてしばらくしたころ、翔希くんが『あかり』で演奏している天音の姿を撮影して、動画サイトに公開した。

　最初は家族や親戚、学校の知り合いくらいしか見ていなかったけれど、あるとき突然、爆発的に再生回数が上昇したのだという。

驚いた翔希くんが調べてみたところ、どうやらツイッターで誰かが『天使がピアノ弾き語ってる』と動画を紹介し、それが話題になったらしかった。

『天使の歌声』『こんな優しいピアノ聴いたことない』『癒される』『澱んだ心が浄化された』などとコメントつきで拡散され、みるみるうちに音楽ファンの間で有名になり、テレビでも紹介されるようになって、深夜帯の歌番組にまで呼ばれてしまった。

身近な人が画面の中で、プロの歌手やバンドの人たちと一緒に映っているのを見るのは、とても不思議な感覚だった。

決して彼には言えないけれど、本当は少しだけ、少しだけ寂しい気持ちもある。どんどん有名になって、なんだか手の届かないところに行ってしまいそうで。

ずっと一緒にいられたらいいな、彼の歩む未来に私もいられたらいいな、と思っていたけれど、もしかしたら叶わないかもしれない、とふいに思ってしまうことがあるのだ。

もしも、となりに彼がいなかったとしたら、きっと私の歩む未来は今よりずっと暗い、光の射さない世界かもしれない。そんなネガティブな想像をしてしまったり。

でも、天音が大好きな歌とピアノで認められたというのは、本当に嬉しかった。

簡単ではないのかもしれないけれど、もっともっとたくさんの人に聴いてもらって、彼が音楽の道で生きていけるようになったらいいな、と思う。

だから、私のちっぽけな不安なんて、とるにたらないことだ。

そのとき、からんころん、とドアベルが鳴った。

不思議なことに、ベルの音は同じはずなのに、天音が来た音というのはすぐにわかる。ドアの開け方が違うのだろうか。

振り向くと、いつもの微笑みがそこにあった。

「遥」

柔らかくて優しくて澄んだ声。

何度も何度も聞いているのに、いまだに胸が高鳴る。

「遅くなってごめんね」

「ううん、全然待ってないよ」

「ありがとう、遥」

何年も失われていたこの綺麗な声に、自分の名前を呼んでもらえるということが、奇跡のように思える。

「すみません、ピアノを借りてもいいですか」

天音はあいさつもそこそこに、あかりさんに訊ねた。

相変わらずピアノが大好きだなあ、と微笑ましく思いながらも、少しだけ、つまらないなと感じてしまう自分がいる。

だって、まだ全然しゃべってないし。これから受験生だからあんまり会えなくなるかもしれないし。せめて少しゆっくりしてからでもいいのに。

ああだめだめ、と自分を叱りつける。わがままを言って困らせたらだめだ。

私は天音の邪魔をしたいんじゃない。誰よりも応援しているんだから。

そんな情けない葛藤のさなかで、「遥」と優しく呼ばれた。

見ると、彼がピアノの前に立って手招きしている。

ちょっと可愛い、とこっそり笑いながら、私は席を立って天音のもとに向かった。

「今日ね、新しい曲を作ってきたんだ」

唐突な言葉に、私は「そうなの」と目を丸くしてうなずく。

「うん。春の歌だよ」

彼のピアノが旋律を奏で始めた瞬間、身体がふわりと浮かび上がって、空いっぱいに舞い散る花吹雪に全身を包まれた。そんな幻想で胸がいっぱいになる。

彼が歌い始めたとたん、ゆったりと流れる透明な小川や、風にそよぐ新緑の森や、草花を潤す霧雨や、咲き誇る桜の花びらが見える。

ああ、私はやっぱり天音の音楽が好きだ。

この美しい音を、優しい声を、誰よりも近くで聴いている。

これ以上の幸せはない。だから、これ以上の高望みなんてしてはいけない。

私はただひたすら彼の音楽に身を委ねる。

これだけでもう充分、充分すぎるほど幸せだった。

曲が終わって、しばらく目を閉じていた天音がゆっくりと瞼を上げた。

「……なんていう曲？」

彼の音の余韻を邪魔しないよう、私は囁き声で訊ねる。

するとと彼はにこりと笑って私を見た。

「……遥のために作ったんだ」

ひどく照れくさそうに、彼が答えた。

「え……」

私は言葉を失い、じっと彼を見つめる。頬が熱くなり、胸がきゅうっと音を立てた。

天音は優しい眼差しで私を包み込み、そっと私の手をとって額に押し当て、囁くように言った。

「――『君と歩む未来はきっと、優しい光に満ちている』」


【完】

あとがき

この度は、数ある書籍の中から『まだ見ぬ春も、君のとなりで笑っていたい』を手にとってくださり、誠にありがとうございます。

本作は、二〇一九年二月に刊行された単行本の文庫化作品となっています。今回の改稿にあたって、全体に細かい加筆修正を加え、また番外編として後日談を書き下ろしました。少しでも楽しんでいただけましたら幸いです。

この作品は、『夜が明けたら、いちばんに君に会いにいく』『だから私は、明日のきみを描く』(ともにスターツ出版文庫)のスピンオフで、前作『だから私は〜』の主人公・遠子の親友で恋のライバルでもあった遥が主人公になっています。

内気で自分に自信のない遠子から見れば、明るくて可愛い優しい遥はなにも悩む必要などない「完璧な女の子」で、憧れの存在でもありました。

でも、ひとつも悩みやコンプレックスのない人間なんていないと、私は思っています。自分から見たら羨ましくて仕方がないほどたくさんのものを持っているように思える人でも、きっと大小さまざまな苦悩や劣等感を抱えているはずです。

遠子の羨望の対象である遥にも、もちろんいくつもの悩みがあり、自分を好きになれずに苦しんでいます。

他人の心の内側、本当の気持ちはなかなか見えない。誰かを救うのも救われるのも難しい。だからこそ、誰かの心の声に注意深く耳を澄ますこと、そしてなにより苦しい胸の内を吐き出す勇気を振り絞ることが大切なのかな、と思います。


最後になりましたが、この場を借りて、感謝の気持ちをお伝えさせてください。

いつも応援してくださっている読者の皆様、本作の刊行に携わってくださった皆様、そしてこの本を手にとってくださったあなたに、心より御礼を申し上げます。

昨年から続くコロナ禍の影響で先の見えない不安な世の中ですが、だからこそ、誰かの心を少しでも明るくすることのできる作品を目指して執筆活動を続けていきたいと思っておりますので、今後ともお力添えをいただけましたら幸いです。

一刻も早く世の中に平穏が戻り、元通りの日常生活を送れるようになること、そして皆様のご健康とご多幸を、心よりお祈り申し上げます。

最後までお付き合いいただき、誠にありがとうございました。

汐見夏衛

この物語はフィクションです。実在の人物、団体等とは一切関係がありません。

汐見夏衛先生へのファンレターのあて先
〒104-0031　東京都中央区京橋1-3-1　八重洲口大栄ビル7F
スターツ出版（株）書籍編集部 気付
汐見夏衛先生

まだ見ぬ春も、君のとなりで笑っていたい

2021年４月28日　初版第１刷発行
2024年８月28日　　　第13刷発行

著　者　汐見夏衛

発 行 人　菊地修一
デザイン　フォーマット　西村弘美
　　　　　カバー　粟村佳苗（ナルティス）
発 行 所　スターツ出版株式会社
　　　　　〒104-0031
　　　　　東京都中央区京橋1-3-1　八重洲口大栄ビル7F
　　　　　出版マーケティンググループ　TEL 03-6202-0386
　　　　　（ご注文等に関するお問い合わせ）
　　　　　URL　https://starts-pub.jp/
印 刷 所　大日本印刷株式会社

Printed in Japan

ISBN　978-4-8137-1082-0　C0193

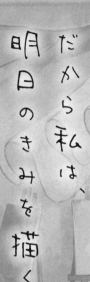

スターツ出版文庫　好評発売中!!

『100年越しの君に恋を唄う。』　冬野《ふゆの》夜空《よぞら》・著

親に夢を反対された弥一は、夏休みに家出をする。従兄を頼り訪れた村で出会ったのは、記憶喪失の美少女・結だった。浮世離れした魅力をもつ結に惹かれていく弥一だったが、彼女が思い出した記憶は“100年前からきた”という衝撃の事実だった。結は、ある使命を背負って未来にきたという。しかし、弥一は力になりたいと思う一方で、結が過去に帰ることを恐れるようになる。「今を君と生きたい」惹かれ合うほどに、過去と今の狭間で揺れるふたり…。そして、弥一は残酷な運命を前に、結とある約束をする――。

ISBN978-4-8137-1066-0／定価671円（本体610円+税10%）

『放課後バス停』　麻沢《あさざわ》奏《かな》・著

バスケ部のマネージャーとして頑張る高3の澪佳。ある日、バスケ部OBの九条先輩がコーチとして部活に来ることになり、バス停で帰りが一緒になる。ふたりはそれぞれ過去の痛みを持ちつつ、違う想い人がいるが、あることがきっかけで放課後バスを待つ15分間だけ、恋人になる約束をする。一緒に過ごすうちに、悩みに向き合うことから逃げていた澪佳の世界を、九条が変えてくれて…。お互い飾らない自分を見せ合えるようになり、ウソの関係がいつしか本当の恋になっていた――。

ISBN978-4-8137-1069-1／定価660円（本体600円+税10%）

『今宵、狼神様と契約夫婦になりまして』三沢《みさわ》ケイ・著

リラクゼーション総合企業に勤める陽茉莉は妖が見える特殊体質。ある日、妖に襲われたところを完璧エリート上司・礼也に救われる。なんと彼の正体は、オオカミの半妖（のち狼神様）だった!?礼也は、妖に怯える陽茉莉に「俺の花嫁になって守らせろ」と言い強引に“契約夫婦”となるが…。「怖かったら、一緒に寝てやろうか？」ただの契約夫婦のはずが、過保護に守られる日々。――しかも、満月の夜は、オオカミになるなんて聞いてません！旦那様は甘くてちょっぴり危険な神様でした。

ISBN978-4-8137-1067-7／定価660円（本体600円+税10%）

『山神様のあやかし保育園～強引な神様と妖こどもに翻弄されています～』皐月《さつき》なおみ・著

保育士資格を取得し短大を卒業したばかりの君島のぞみは、唯一の肉親・兄を探して海沿いの街へやってきた。格安物件があるという山神神社を訪ねると、見目麗しい山神様・紅の姿が。紅が園長の保育園に住み込みで働けることになったものの「俺の好みだ」といきなりアプローチされて…。早速保育園をのぞくと狐のようなふさふさの尻尾がある子が走り回っていて…そこはあやかしこどもの保育園だった――。仕方なく働きはじめると、のぞみは紅にもこどもたちにも溺愛され、保育園のアイドル的存在になっていき…。

ISBN978-4-8137-1068-4／定価671円（本体610円+税10%）

スターツ出版文庫　好評発売中!!

『この恋を殺しても、君だけは守りたかった。』稲井田《いないだ》そう・著

幼い頃から吃音が原因で嫌な経験をし、明日が来ることが怖い高1の萌歌。萌歌とは正反対で社交的な転校生・照道が現れ、毎日が少しずつ変化していく。彼は萌歌をからかっていたかと思えば、さりげなく助けてくれて…。意味不明な行動をする照道を遠ざけたい萌歌だったが、ある日彼も自分と同じような傷を抱えていることを知り…。萌歌を救うために自分を犠牲にしようとする照道を見て、彼女は誰もが予想だにしなかった行動に出る—。ふたりの絆に胸が締め付けられる純愛物語。

ISBN978-4-8137-1053-0／定価660円（本体600円+税10%）

『桜のような君に、僕は永遠の恋をする』騎月孝弘《きづきたかひろ》・著

演劇部に所属する高2のコウは、自分の台本が上映されるのが夢。だが、何度執筆するも採用されず落ち込んでいた。そんな彼の唯一の楽しみは、よく夢に出てくる理想の女の子・ゆずきを小説に書くことだった。ある日、屋上で舞台道具を作っていると、後ろから「コウくん」と呼ぶ声が…。振り向くと、そこにはあの“ゆずき”が立っていた。最初は戸惑うコウだったが、一緒に過ごすうちに、ゆずきは小説に書いた通りに振る舞うのだと気づく。しかし、そんな小説の彼女との関係が続く訳はなく…。淡く切ない恋物語。

ISBN978-4-8137-1054-7／定価682円（本体620円+税10%）

『猫島神様のしあわせ花嫁～もふもふ妖の子守りはじめます～』御守《みもり》いちる・著

生まれつき治癒能力を持つ弥生は、幼い頃に怪我を治した少年と結婚の約束をする——時は経ち、恋も仕事も失いドン底の弥生の前に現れたのは、息を呑む程の美麗な姿に成長した初恋の相手・廉治だった。「迎えにきた、俺の花嫁」と弥生をお姫様抱っこで、強引に連れ去って…!?行き着いたのは、青い海に囲まれた、猫達が住み着く“猫島”。彼の正体は、猫島を守る島神様だった！さらに彼の家には妖猫のマオ君が同居しており…。最初は戸惑う弥生だったが、マオ君のもふもふな可愛さと廉治の溺愛っぷりに徐々に癒されて…。

ISBN978-4-8137-1052-3／定価660円（本体600円+税10%）

『夜叉の鬼神と身籠り政略結婚～花嫁は鬼の子を宿して～』沖田弥子《おきたやこ》・著

親に捨てられ、愛を信じられないおひとり様OLのあかり。嫌味なくらい完璧で、冷徹無慈悲な鬼上司・柊夜が苦手だ。それなのに、飲み会の夜、あろうことか一夜を共にしてしまう。翌月、妊娠が発覚！悩んだ末に柊夜に話すと、「俺の正体は夜叉の鬼神だ」と衝撃の事実を打ち明けられる。そして“鬼神の後継者”であるお腹の子を産むまでの、かりそめ夫婦を始めることに。しかし、形だけの夫婦だったはずが、別人のような過保護さで守られ、愛されて…。愛とは無縁の人生を送ってきたあかりは、いつしか幸せで満たされ——。

ISBN978-4-8137-1051-6／定価649円（本体590円+税10%）

スターツ出版文庫　好評発売中!!

『僕が恋した、一瞬をきらめく君に。』　音《おと》はつき・著

サッカー選手になる夢を奪われ、なにもかもを諦めていた高2の樹。転校先の高校で友達も作らず、ひとりギターを弾くのだけが心落ち着く時間だった。ある日公園で弾き語りをしているのを同級生の咲果に見つかってしまう。かつて歌手になる夢を見ていた咲果と共に曲を作り始めた樹は、彼女の歌声に可能性を感じ、音楽を通した将来を真剣に考えるようになる。どん底にいた樹がやっと見つけた新しい夢。だけど咲果には、その夢を追いたくても負えない悲しい秘密があって…。

ISBN978-4-8137-1041-7／定価649円（本体590円+税10%）

『ようこそ来世喫茶店へ～永遠の恋とメモリーブレンド～』　辻堂《つじどう》ゆめ・著

カフェ店員に憧れる女子大生の未桜は、まだ寿命を迎えていないにも関わらず『来世喫茶店』―あの世の喫茶店―に手違いで招かれてしまう。この店は“特別な珈琲”を飲みながら人生を振り返り、来世の生き方を決める場所らしい。天使のような少年の店員・旭が説明してくれる。未桜はマスターの孝之と対面した途端、その浮世離れした美しい姿に一目惚れしてしまい…!? 夢見ていたカフェとはだいぶ違うけれど、店員として働くことになった未桜。しかし、未桜が店にきた本当の理由は、孝之の秘密と深く関わっていて――。

ISBN978-4-8137-1038-7／定価693円（本体630円+税10%）

『いつか、眠りにつく日3』　いぬじゅん・著

案内人のクロに突然、死を告げられた七海は、死を受け入れられず未練解消から逃げてばかり。そんな七海を励ましたのは新人の案内人・シロだった。彼は意地悪なクロとは正反対で、優しく七海の背中を押してくれる。シロと一緒に未練解消を進めるうち、大好きな誰かの記憶を忘れていることに気づく七海。しかし、その記憶を取り戻すことは、切ない永遠の別れを意味していた…。予想外のラスト、押し寄せる感動に涙が止まらない――。

ISBN978-4-8137-1039-4／定価660円（本体600円+税10%）

『縁結びの神様に求婚されています～潮月神社の甘味帖～』　湊《みなと》 祥《しょう》・著

幼いころ両親が他界し、育ての親・大叔父さんの他界で天涯孤独となった陽葵。大叔父さんが遺してくれた全財産も失い、無一文に。そんなとき「陽葵、迎えに来た。嫁にもらう」と颯爽と現れたのは、潮月神社の九狐神様で紫月と名乗る超絶イケメンだった。戸惑いながらも、陽葵は得意のお菓子作りを活かし、潮月神社で甘味係として働きながら、紫月と同居生活することに。なにをするにも過保護なほど心配し、甘やかし、ときには大人の色気をみせながら、陽葵に迫ってくる紫月。どんどん惹かれていく陽葵だが、ある日突然そんなふたりに試練が訪れて…。

ISBN978-4-8137-1040-0／定価671円（本体610円+税10%）

書店店頭にご希望の本がない場合は、書店にてご注文いただけます。